ROMEON
VERLAG

Und Neptun lächelt

1. Auflage, erschienen 5-2019

Umschlaggestaltung: Romeon Verlag
Text: Louise Michaelis
Layout: Romeon Verlag

ISBN: 978-3-96229-108-2

www.romeon-verlag.de

Bibliografische Information der Deutschen Nationalbibliothek:
Die Deutsche Nationalbibliothek verzeichnet diese Publikation in der Deutschen Nationalbibliografie; detaillierte bibliografische Daten sind im Internet über *http://dnb.dnb.de* abrufbar.

Und Neptun lächelt

Ein Roman von

Louise Michaelis

Vorwort

„Fact and Fiction" oder „Tatsachen und Phantasie".

Was auch immer – in diesem Buch habe ich beides genutzt und bin in meiner Phantasie in die Zeit und die Orte zurückgekehrt, die mir ganz besonders am Herzen liegen.

Da ist als Erstes meine Wahlheimat Norddevon mit seinen verschlafenen Dörfern, den geheimnisvollen Hochmooren, den weiten Stränden und dem unendlichen Atlantik. Auch nach den sechs Jahren, die ich nun wieder in Hannover lebe, sehne ich mich danach zurück.

Aber auch ein anderer Ort, weit von Devon entfernt, hat eine große Rolle in meinem Leben gespielt. Es ist ein kleiner Ort in der Türkei, in dem ich viele Jahre mit meinem Dudley glückliche Urlaubstage verbracht habe.

Hier will ich die Gelegenheit ergreifen und Özdan und ihrer Familie, die uns so oft in ihrem Hotel willkommen geheißen haben, von Herzen danken. Nicht nur war es für uns beinahe ein zweites Zuhause – immer wieder traf man interessante Menschen. Zum Beispiel den Vogelwissenschaftler BER VAN PERLO und seine Frau Riet, die ich auch in meinem Buch erwähne.

Ganz wichtig ist die Tatsache, dass die antike Sonnenuhr, die Peer auf Lundy findet, wirklich existiert, und zwar habe ich sie selbst vor über vierzig Jahren in den Dünen von Croyde gefunden. Was für eine Entdeckung! Sicher hätte ich sie abgeben müssen; aber nie wäre sie in einem Heimatmuseum so geliebt und bewundert worden wie bei mir. (siehe Titelbild)

1689! Das sind jetzt 330 Jahre! Was für eine Geschichte sie wohl hat? Vielleicht fällt mir dazu noch mehr ein.

Hannover im Januar 2019

Kapitel 1

Der alte Citroen fuhr vorsichtig den gefährlichen, steilen Weg von Potters Hill hinunter. Aus dem Dach wippte fröhlich ein Schornsteinfegerbesen. Es war einer der seltenen klaren, sonnigen Frühlingstage, - die goldenen Blüten des wilden Ginsters, einige bizarre alte Pinien und alles vor der Kulisse des schimmernden blauen Atlantiks, gerahmt von dunklen Felsen. Spanien würde man sofort denken, Griechenland, Portugal - nein, es ist Norddevon in England!

Steve, der Schornsteinfeger und Fahrer des Wagens, hielt auf seinem gewohnten Platz in Marine Car Park wie jeden Morgen; der riesige weiße Schäferhund, der neben ihm saß, schüttelte sich und wartete ungeduldig, dass die Tür aufging, während er selbst den Blick auf den Atlantik und die Insel Lundy genoss, sich eine Tasse Tee aus der Thermosflasche einschenkte und dann erst den Hund raus ließ, damit er seine Morgenrunde machte. Tief atmete er die frische salzige Meeresluft ein und genoss seine Tasse Tee. Dann pfiff er dem großen Hund, den er „Tiny“ genannt hatte und stieg selbst wieder ein. Er öffnete seinen Kalender, um zu sehen, was heute anlag.

Wie gut, es war der Kamin in einem Pub ganz in der Nähe in Woolacombe selbst, allerdings ein unangenehmer Job, den er vor sich hergeschoben hatte. Den früheren Wirt hatte er schon des Öfteren gewarnt, dass der Kaminabzug eine gründliche Reparatur brauchte; aber der hatte es immer wieder aufgeschoben und dann plötzlich das Pub an ein junges Paar aus London verkauft, das wenig Ahnung davon hatten, was es heißt ein Pub auf dem Land zu betreiben.

Nun also, er seufzte, als er den letzten Schluck Tee trank. Es hatte keinen Zweck, es aufzuschieben, er musste ihnen eröffnen, was auf sie zukam, und zwar waren die großen Reparaturen jetzt fällig, nicht in der fernen Zukunft. Mit einem letzten, sehnsüchtigen

Blick aufs Meer, wo die Wellen gerade richtig zum Surfen waren, fuhr er weiter zur „Smugglers Inn."

Es sah sehr einladend aus, dachte er. Obwohl Touristen erst in einigen Wochen zu Ostern erwartet wurden, hatte Jennie große Keramiktöpfe mit bunten Primeln bepflanzt. Als er die schwere Eichentür öffnete blies ihm eine Wolke Ruß voll ins Gesicht. „Hallo, ist irgendwer zu Hause" rief er und fing an zu husten.

Seine Augen gewöhnten sich an den Rauch und er konnte gerade Jennie erkennen, die in einer Ecke kauerte. Er stürzte zu ihr hinüber, um ihr auf zu helfen. "Was ist passiert, sind Sie verletzt, was ist denn los?"

„Oh, Steve, was bin ich froh, dass Sie hier sind, ich habe solche Angst. Hier fliegt ein großer, schwarzer Vogel durch den Schankraum. Er muss wohl durch den Schornstein gekommen sein, und macht mit dem Ruß und seinem Kot einen furchtbaren Dreck. Meinen Sie, Sie könnten ihn fangen. Das arme Tier scheint Todesangst zu haben." „Das Beste ist immer, Fenster und Türen weit aufzumachen, dann fliegt er dem Licht zu und wir sind ihn los."

In weniger als einer Minute hatte der verängstigte Vogel den Ausgang gefunden und verschwand mit ärgerlichem Krächzen. Steve sah sich um und war entsetzt über den Schaden, der angerichtet war. Die frisch gestrichenen weißen Wände waren völlig verschmiert, die rotweiß karierten Gardinen verrußt. Alle Gläser mussten frisch gewaschen werden. Was für ein Glück, dass der Fußboden aus alten Steinen bestand. Trotzdem war da eine Menge Arbeit für die arme kleine Jennie.

„Möchten Sie eine Tasse Tee, Steve" fragte sie. „Vielen Dank, nein. Es ist besser, wenn ich mit dem Schornstein anfange, sonst verspäte ich mich für meinen nächsten Job. Wie läuft es denn bei Ihnen, haben Sie schon viele Gäste?" fragte er, während er seine Geräte sortierte.

„Leider nein" war die traurige Antwort. „Aber für nächstes Wochenende ist ein Reisebus mit Touristen angemeldet, die hausgemachte Fleischpasteten und Cider gebucht haben. „Das ist ja ein Lichtblick!" „Leider nicht, weil ich keine Ahnung habe, wie man Porkpies backt, und Rob wird so wütend mit mir, wenn ich in der Küche versage." „Arme, kleine Jennie, lassen Sie mich mal nachdenken."

Jennie war am Überlegen, wo sie sie anfangen sollte, das Chaos zu beseitigen, als sich Steve mit fröhlichem Lächeln zu ihr umdrehte. „Ich glaube, ich habe eine Hilfe gefunden. Meine Grandma ist ein begeistertes Mitglied vom Women's Institute in Ilfracombe. Sie haben einen Wettbewerb im Kochen nach dem anderen. Warum also nicht einen, wer die besten Porkpies macht? Ich werde sie fragen."

„Aber wären sie dann nicht alle verschieden?" „Aber sicher, das ist dann ja der Beweis, dass sie handgebacken sind. Also, wie viele sind in der Bus Party?" Jenny überlegte einen Augenblick „Dreißig, glaube ich, und sie wollen zwei pro Person." „Machen sie sich also keine Sorgen. Es wird den Damen etwas zu tun geben und Sie brauchen nur für die Zutaten zu bezahlen und vielleicht ein paar Flaschen Sherry und eine Schachtel Pralinen als Danke schön." „Steve, Sie sind mein Retter, wie kann ich Ihnen danken?" „Kein Problem, mit einem Glas kühlen Lagers, wenn ich hier fertig bin."

Endlich konnte er anfangen, den Schornstein zu fegen. Der Vogel hatte den meisten Ruß mit sich heruntergebracht, sodass für seinen Sauger nicht mehr allzu viel zu entfernen war. Er blickte in den Schornstein nach oben und konnte außer dem alten Problem nicht viel entdecken. Aber er entschloss sich, Jenny nicht noch mehr Sorgen zu machen, sondern zu warten, bis er ihren Mann, Rob sah.

Während er sein Lager genoss, überlegte er, was zwei so ungeeignete Leute wohl dazu gebracht hatte, eine Gastwirtschaft am Meer in einem beliebten Feriengebiet zu übernehmen. Das bedeutete, mit völlig unterschiedlichen Gästen umzugehen.

Die Stammgäste, meistens Farmer oder Pensionäre, die sich hier zur Ruhe gesetzt hatten und das ganze Jahr über das Pub besuchten. oder aber die Touristenströme, die in der Saison den Ferienort überfluteten - meistens mit verwöhnten Kindern, die man duldete, solange sie sich ruhig verhielten. Jede Anzahl von Hunden war immer herzlich in jedem Pub willkommen aber Kinder – nicht wirklich. Die alte Regel – KINDER SOLL MAN WOHL SEHEN. ABER NICHT HÖREN- war hier auf dem Land noch durchaus lebendig.

Und wenn man es ganz realistisch betrachtete, wer wollte in einem gemütlichen Pub schon ein nörgeliges Kleinkind und noch schlimmer einen übellaunigen Teenager, der mit der Slot Maschine Lärm machte? Man duldete schweigend; aber besuchte dieses Pub nicht wieder.

Aber das war ein Problem, das auch Steve nicht lösen konnte. Er sollte sich lieber an die Porkpies halten und so rief er seine Grandma mit seinem Vorschlag an. Sie griff sofort seinen Vorschlag auf und er freute sich, dass sie ihm, wie immer helfen wollte. „Du weißt ja, dass meine „girls" immer bereit sind, eine Aufgabe zu übernehmen. Aber ich wette, sie werden erwarten, dass Jenny ihnen beitritt und lernt, wie man Porkpies macht. Und ehrlich gesagt, das wäre für sie ein weiterer Bonus."

„Also, Gran, wenn sie nur halb so gut sind wie deine, werde ich ihr bester Kunde. Ich muss jetzt machen, dass ich pünktlich bei meinem nächsten Kunden bin. Nochmals vielen Dank!"

Erleichtert wandte er sich wieder Jenny zu. „Alles ok, Jenny. Für die Arbeit bekomme ich zehn Pfund bitte. Und könnte ich für meinen Hund etwas Wasser bekommen." Damit öffnete er die Autotür, um Tiny herauszulassen. Wie ein Blitz war Tiny im Pub und rollte sich auf den Rücken in der Hoffnung, dass ihr Bauch gekitzelt würde. „Oh nein" schrie Steve, als er entsetzt sah, wie sich ihr schönes weißes Fell vor seinen Augen schwarz färbte.

„Ja, das hilft wohl nichts, da müssen wir kurz ins Meer, so kannst du nicht ins Auto kommen, du Untier! Ich lasse meinen Wagen hier, wenn das ok ist, Jen." Damit rannte Steve mit einer hocherfreuten Tiny zum nahen Strand, wo er einen Stock soweit er konnte ins Meer warf. Tiny schwamm sofort hinterher und kam triumphierend mit dem Stock zurück und legte ihn schweifwedelnd Steve vor die Füße. „Heute nicht, mein Mädchen" sagte Steve und konnte gerade zur Seite springen als sie sich schüttelte. Dann rannten beide zurück zum Wagen.

Kapitel 2

Steve sah auf seine Uhr, es war schon nach 12 Uhr. „Ich glaube, es ist besser, wenn ich Miss May anrufe. Ich wette, sie will lieber ihr Mittagsschläfchen halten, ehe wir ankommen“ sagte er zu Tiny, die ihn verständnisvoll ansah. „Und wir können unsere Mittagspause hier haben und die Aussicht aufs Meer genießen.“

Also fuhren sie zurück zu Steves Lieblingsplatz. Er nahm einen alten Campingstuhl aus dem Auto und machte es sich mit einem Stück Brot und Cheddar Käse bequem, während Tiny mit Gusto eine Hand voll Bonios verputzte.

Wie immer, wenn er über das Meer bis zur Vogelschutzinsel Lundy blickte, war er von Herzen dankbar, dass er seine Position als Steuerberater in London aufgegeben hatte und wenn er noch so viel verdient und sich sein Leben völlig verändert hatte. Als er die letzten Krumen des Bauernbrotes von seinen Jeans wischte, musste er lächeln. Was für eine große Erleichterung es allein bedeutete, nicht Tag für Tag in förmlicher Kleidung die Drängelei in der U-Bahn mit Massen von anderen Menschen auf sich zu nehmen, um mit etlichen anderen jungen Männern in einem Büro zu arbeiten, sogar Wochenenden zu opfern, nur um befördert zu werden und wozu letzten Endes?

Um zu heiraten, genug zu verdienen, um ein größeres Haus zu besitzen? Einen noch längeren Weg zur City, ein noch besseres Auto, noch exotischere Urlaubsreisen? Steve erkannte sehr bald, dass das Leben in London ihn beinah erstickte. Er sehnte sich nach dem unendlichen Horizont am Atlantik, wo man die Wetterfronten beobachten konnte, die frische Seeluft einatmen – und sich einfach lebendig fühlen!

Nachdem er dem Geschäftsleben also eine Chance gegeben hatte, traf er die Entscheidung, nach Norddevon zurück zu kehren.

Er besaß ein altes Cottage, nicht viel mehr wie eine Hütte mitten in den Borroughs und begann, sich ein Heim zu schaffen.

Er vertiefte sich in Bücher über Solarenergie und es gelang ihm, einige photovoltaische Panels preiswert zu erwerben und installierte sie auf seinem Dach.

Sie versorgten ihn mit genug Strom für Licht und einen kleinen Kühlschrank. Sein Großvater hatte schon einen Brunnen graben lassen, der wunderbar klares Wasser spendete.

Unwillkürlich lächelte er, als er so an sein Zuhause dachte, umgeben von wildem Ginster, oft vom Sturm geschüttelt und wiederum so friedlich an manchen Abenden, wenn die Sterne ihm so nah schienen, dass er sie fast berühren konnte.

Was war es für ein Glücksfall gewesen, als er sich mit dem alten Schornsteinfeger im Pub unterhalten hatte, der ihm vorjammerte, er könnte sich nicht zur Ruhe setzen, weil er keinen Nachfolger finden konnte. Er folgte seinem Impuls und ohne Zweifel dem Einfluss von zwei großen Gläsern Lager auf einen leeren Magen und bot old Tom an, ihn auf seiner Route zu begleiten. Zu seinem Erstaunen machte es ihm Spaß, die verschiedenen Menschen aus den unterschiedlichsten Gesellschaftsschichten kennen zu lernen.

Alle schienen ihn als Lehrling von old Tom und natürlich als Enkel von Joan Hamilton willkommen zu heißen. Die Tatsache, dass er das Stadtleben aufgegeben hatte und nach Devon heimgekehrt, war ein zusätzlicher Bonus.

Die Arbeit war mit modernen Geräten nicht schwer und er empfand es als Herausforderung, Verbesserungen zu finden und sie seinen ländlichen Kunden mit oft uralten Kaminen vorzuschlagen. Er brauchte nicht lange, um zu entscheiden, dass er Toms Arbeit übernehmen würde und hatte es noch nicht einmal bereut. Selbst, wenn er nach der Arbeit unter der kalten Dusche stand, die er sich hinter dem Cottage zurechtgebastelt hatte, um die erste Lage Ruß abzuseifen, freute er sich an der Natur, die ihn umgab.

Die Lerche, die hoch am Himmel sang, der Falke, der nach Beute ausspähte, alles das entschädigte ihn reichlich für die Bequemlichkeiten, die ihm jetzt noch fehlten. Nach einem sehnte er sich allerdings – etwas Liebe in seinem Leben. Er streichelte Tinys Ohren, und sie blickte liebevoll zu ihm auf. Auch seine Gran war immer für ihn da.

Aber; und er musste lachen als er sich an den Song aus dem Film „My fair Lady“ erinnerte „wouldn't it be lovely“ jemanden zu haben, der sich an ihn schmiegte, wenn die Herbststürme um das Cottage tobten. Ein flüchtiges Bild von Jenny erschien vor seinem geistigen Auge und er überlegte, was für ein Mensch wohl ihr Mann war. Er schüttelte den Kopf über sich selbst. Es war sinnlos so zu denken.

Er rief sich zur Ordnung und blickte auf seine Uhr. Ja, es war Zeit, sich auf den Weg zu Miss May zu machen. „Come on, Tiny, wir müssen jetzt was tun und du brauchst auch nicht im Auto warten. Die alte Lucy wird sich über deinen Besuch freuen!“ Wie gut, dass Miss Mays Katze von Tinys Welpen Zeit an, eine Vorliebe für den riesigen Hund hatte.

Damit fuhren sie los, Steve flötete seine Lieblingsmelodien bis sie die schwarze Tafel vor Miss Mays Haus sahen. “SOS - Kätzchen zu verschenken – nur in gute Hände!“ Ach du liebe Güte, Lucys Freundschaft mit dem großen Kater Tigger von der Farm hatte wieder Konsequenzen gehabt.

„Eine Tasse Tee, Steve,“ rief Miss May, als sie Steve auf ihrem Gartenpfad sah. „Ich habe gerade den Kessel aufgesetzt und ein paar Kekse aus dem Aga genommen.“ „Hoffentlich haben Sie sich daran erinnert, den Aga abzuschalten, Mary“ sagte Steve besorgt „sonst kann ich den Kamin nicht fegen, wenn er heiß ist.“

„Ach du liebe Güte, nein, das habe ich völlig vergessen, ich werde zu alt und vergesslich. Das tut mir leid, Steve.“ „Machen Sie sich keine Sorgen, dann fege ich den im Wohnzimmer zuerst, vielleicht hat sich der andere dann abgekühlt. Ihre Lucy hat wieder ihren alten Freund Tigger getroffen, sehe ich.“ „Na, Sie kennen die beiden ja, Lucy und Tigger, von klein auf unzertrennlich. Aber ein Wurf ganz süßer Kätzchen, sehen Sie sie ruhig mal an.“

Steve stöhnte „führen Sie mich nicht in Versuchung Mary. Sie wissen nur zu genau, dass ich Tieren einfach nicht widerstehen kann. Aber sie sind wirklich bezaubernd“ Steve beugte sich über den Korb mit den Kätzchen. „Sehen Sie nur dieses Schwarze! Diese Augen, blau wie der Himmel über dem Meer, unglaublich!“

„Sie können ihn gern haben, wenn Sie wollen. Er wird bestimmt ein guter Jäger, wie seine Eltern.“ Steve überlegte einen Moment „ich könnte ihn sicher gut gebrauchen. Die Mäuse in meinem Cottage klauen mir beinah den Käse vom Brot. Bitte behalten Sie ihn hier für mich. Ich sage in ein paar Tagen Bescheid.“

Steve machte weiter mit seiner Arbeit, während Lucy es erlaubte, dass Tiny ihre Kleinen beschnüffelte. Miss May war erstaunt, als sie ihre kleine Katze mit dem riesigen Schäferhund sah, wie sie zusammen die Kätzchen betrachteten. Sie erinnerte sich nur zu gut an den Tag, als Steve den kleinen Welpen mitgebracht hatte. Sie hatten sofort große Freundschaft geschlossen, und das hatte sich nie geändert.

Als Steve in die Küche zurückkam, war der Aga doch noch zu heiß zum Fegen „Ich schaue morgen wieder rein, Miss May und erledige den Rest. Ich sage auch wegen des Kätzchens Bescheid; aber bitte nicht den Aga anmachen.“ „Nochmals tut mir leid, Steve. Sehen Sie, ich habe Ihnen ein paar Eier eingepackt. Meine Hühner waren wirklich fleißig. Ich glaube, ich muss auch „Eier zu verkaufen“ auf mein schwarzes Brett schreiben.“

„Die sehen ja wirklich gut aus, Mary, vielen Dank! Da werde ich mir heute Abend Rühreier machen, lecker!“ Damit ging Steve mit Tiny zum Wagen. Nur noch ein Job beim Vikar und er konnte einen frühen Feierabend haben.

Im Pfarrhaus war niemand zu sehen; aber er konnte Rauch riechen und folgte dem Geruch hinten in den Garten, wo der Vikar ein prasselndes Feuer hatte. „Sie haben heute Pech, Steve, den Kirchenkamin können Sie noch nicht fegen, aber, wenn Sie die Zeit haben, wie ist es mit dem im Haus?“ „Ja, das ist ok, dann hole ich eben mein Werkzeug, bin gleich zurück.“

Der Vikar führte Steve durch die Hintertür ins Haus und Steve fragte ihn „haben Sie schon das neue Paar von Woolacombe kennengelernt, die das Pub gepachtet haben?“ „Nein, bis jetzt noch nicht, obwohl sie auf meiner Liste sind.

In der Kirche sind sie noch nicht gewesen. Um ehrlich zu sein, bin ich besorgt. Man sagt, dass der Mann etwas aggressiv ist. Nicht gerade ideal für einen Wirt hier. Na ja, man muss eben erst mal abwarten.“

Dann zeigte er Steve den Kamin im Wohnzimmer. Nancy, die Frau des Vikars war eine von diesen Superhausfrauen, das erkannte Steve sofort. Alles funkelte förmlich vor Sauberkeit. Er ging ungefähr auf Zehenspitzen und breitete ein großes Plastiklaken aus, um den hellen Teppich zu schützen. Dann setzte er den großen Staubsauger in den Kamin. Es sah nicht so aus, als ob er oft benutzt würde, aber irgendwas stimmte nicht. Aha, da war es, ein Vogel hatte angefangen, über dem Schornstein ein Nest zu bauen und es fiel in einzelnen Stücken herunter. Welches Glück, dass die Vögel noch nicht angefangen hatten, zu brüten.

„Ben, ich würde Ihnen raten, ein Drahtgitter über den Schornstein legen zu lassen. Fall Sie das Feuer nur selten anhaben, werden immer wieder Vögel versuchen, ihr Nest dort zu bauen. Wenn Sie wollen, kann ich es nächste Woche anbringen.“ Ben zögerte einen Moment und sagte dann “ich werde es Nancy sagen und sie kann dann anrufen. Sie hat es nicht so gern, wenn ich mich in ihre Haushaltsangelegenheiten einmische.“

Steve nickte verständnisvoll. „Ist schon gut, ich glaube, ich verstehe, Ben. Ich werde dann jetzt nach Haus fahren.“ Währen er zu seinem Wagen ging, dachte er, wie verhasst es ihm sein würde, in einem so hochpolierten Haus zu leben, armer Vikar!

Tiny brachte sich bald um vor Wiedersehensfreude und Steve überlegte, wie sie sich wohl mit einem Kätzchen im Cottage vertragen würde.

Er dürfte sich nicht zu leicht von seiner Tierliebe in Versuchung führen lassen, oder sein Heim wäre bald ein Zoo. Ob Tiny wohl für ein Kätzchen sorgen würde, wenn es noch sehr jung war? Es würde sicherlich nicht gern allein gelassen werden. Andererseits kam Tiny zu gern mit ihm auf seinen Touren mit, und er würde sie sehr vermissen. Nein, er brauchte Tiny bei sich. Wenn sie sich in ihrer ganz besonderen Art an ihn lehnte und ihm von Zeit zu Zeit übers Ohr leckte, fühlte er ihre Liebe.

Es wäre auch längst nicht so viel Vergnügen zu surfen, wenn sie nicht bei ihm wäre und versuchte, mit zuschwimmen, bis er sie zurückbeorderte und sie dann treu am Ufer auf ihn wartete. Nichts konnte sie ablenken, solange er in den Wellen war, selbst Bruno, der Schäferhund, der im alten Mill Haus am Strand lebte, konnte sie nicht zum Spielen verleiten.

Zu Haus angekommen machte Steve als erstes Tinys Futter zurecht, das mit großem Appetit verputzt wurde. Sie sah hoffnungsvoll zu Steve auf und bettelte um eine Zulage. „Das war es für heute, mein Mädchen" sagte Steve streng. Resigniert leckte sie noch einmal die Schale aus und wanderte schließlich ergeben nach draußen, um sich in der Abendsonne auszustrecken.

Steve gesellte sich mit einem Glas Bier zu ihr und entspannte sich auf der Bank vorm Haus. Ganz in der Nähe hatte sich ein Schwarm Stieglitze auf dem blühenden Ginster niedergelassen. Es war ein so bezaubernder Anblick, dass Steve kaum seinen Augen trauen konnte. Wo in aller Welt konnte man die Natur noch so unverfälscht beobachten?

Dann lachte er und dachte, - wahrscheinlich in einem Attenborough Kulturfilm im Fernsehen. Tiny bewegte sich und die Vögel flogen in einer farbenprächtigen Wolke davon.

Es wurde Zeit, dass er sein Abendessen zubereitete. Er freute sich über die frischen Eier, die Miss May Ihm geschenkt hatte. Dann prüfte er die Gewürzecke im Garten und entdeckte die ersten zarten Spitzen von Petersilie und Schnittlauch. Ob es wohl eine gute Idee wäre, auch ein paar Hühner zu halten, überlegte er sich. Platz hatte er ja reichlich und konnte auch leicht einen kleinen Stall zusammen hämmern. Frische Eier zum Frühstück? Nicht schlecht entschied er, und seine Grandma würde sich auch über Eier freuen. Auf jeden Fall würde er darüber nachdenken.

Morgen war Sonntag, und er war bei seiner Grandma zum Essen eingeladen. Er würde ihr eine Menge zu erzählen haben. Seitdem er ein kleiner Junge war, bestand diese sehr innige Beziehung zu seiner Großmutter. Beide teilten die große Liebe zum Meer und der Natur. Sie war die einzige, die seinen Entschluss nach Nord Devon zurückzukehren, verstand.

Das Wasser lief ihm beinah im Munde zusammen, als er sich ausmalte, was es wohl geben würde - knusprigen Schweinebraten mit gerösteten Kartoffeln und hinterher vielleicht Applepie mit Sahne! Seine Grandma war eine ganz hervorragende Köchin und sie würde ohne Zweifel Jenny beibringen, wie man Porkpies bereitete und vor allem auch Scones, die in einem Pub auf dem Land sehr begehrt sind.

Viele Pubs in der Gegend hatten leider angefangen, alle möglichen indischen und chinesischen Spezialitäten anzubieten, statt der traditionellen Gerichte wie „Ploughmans lunch“ und dergleichen.

Aber nun wäre es wirklich besser, endlich seine Rühreier in die Pfanne zu schlagen statt über andere Gerichte nachzudenken.

Anerkennend stellte er fest, dass Miss Mays Eier sehr viel besser schmeckten als Gekaufte, vor allem mit seinen frischen Kräutern. Beinah war er nun entschlossen außer dem kleinen Kater ein paar Hühner bei sich aufzunehmen. Es sah wirklich so aus, als ob er bald seinen eigenen Zoo haben würde. Steve musste lachen, wenn er sich vorstellte, dass seine ehemaligen Kollegen von London ihn hier sehen könnten. Nun, eins stand fest, er würde auf keinen Fall mit ihnen tauschen wollen, wenn er überlegte, wie sie sich in überfüllten Untergrundbahnen drängeln mussten, um nach einem stressvollen Arbeitstag in der City in ihre seelenlosen und engen

Wohnungen in der Vorstadt zu kommen, für die sie ein Vermögen bezahlen mussten, und nachdem sie in einem Pub, wer weiß wie viel für ein Pint Bier und ein karges Mahl bezahlt hatten.

Tiny stand auf, schüttelte sich und kam dann hoffnungsvoll zu ihm, um vielleicht seinen Teller ab zu lecken. „Nichts für dich, mein Mädchen! Wir wollen uns die Beine vertreten und einen kleinen Spaziergang machen." Damit wanderten sie über die schweigenden Borroughs, während es dunkel wurde und die Sterne am Himmel erschienen. Steve hörte das Donnern der Brandung und plante, am nächsten Morgen früh am Strand zu sein. Die Hochflut würde so gegen acht Uhr sein, gerade richtig für ihn.

Jetzt wurde es schnell dunkel und die Eule am Ende des Gartens fing an zu rufen. Steve liebte den Klang von dem sanften „hoo hoo" und fühlte die starke Versuchung zu antworten.

Aber da hörte er schon eine Antwort von der anderen Seite. Wie schön, dann würde sein Zoo wohl auch bald junge Eulen enthalten.

Als sie wieder zurück im Cottage waren, begann er eine große Aufräumungsaktion und erst danach sah er seine Post durch. Zu seiner Freude entdeckte er, dass die exklusive Reisegesellschaft, für die er des Öfteren gearbeitet hatte, ihm einen Job im Mai anbot. Das war eine sehr gute Neuigkeit. Der alte Tom konnte ohne Schwierigkeiten die wenigen Kamine im Sommer fegen, während er gutes Geld für die Renovierung seines Hauses verdienen und gleichzeitig einen interessanten Urlaub verbringen konnte. Die Reisegesellschaft bot ausgesuchten Gästen immer nur ganz besondere Ferienziele an, die sie aus dem Buch "Lonely Planet" aussuchte. Die Mehrzahl der Gäste waren Wissenschaftler, Ärzte und ähnliches, alle interessante Gesprächspartner.

Er war gespannt, welches Ziel für dieses Jahr ausgewählt war und sah auf der nächsten Seite, dass es Dalyan in der Türkei war, wo die Riesenseeschildkröten ihre Eier auf einem langen Strand namens Iztuzu ablegten. Das war wirklich faszinierend, er war noch nie in der Türkei gewesen. Es schien, als ob sie in einem relativ kleinen Hotel nicht weit vom Dalyan Fluss mit dem vielversprechenden Namen Sultans Palace eingebucht waren. Die beigefügten Fotos zeigten, dass es ganz einsam zwischen Bergen inmitten eines wunderschönen Gartens mit Pool lag.

Was für eine Erleichterung, dass es nicht einer von den neuen riesigen Palästen war, wo laute Musik jede Atmosphäre zerstörte und der „all inclusive“ Wein in Strömen floss.

Außerdem wurde erwähnt, dass es sich in der Nähe der berühmten Felsengräber und der uralten Ruinenstadt Caunos befand.

Das hörte sich besser und besser an. Ein Minibus würde auf sie warten, den er ihn Empfang nehmen musste, wenn sie in Dalaman gelandet waren. Landkarten der Gegend waren auch schon in seinem Informationspaket, die zeigten, dass der Bus auf der gegenüberliegenden Seite des Flusses geparkt wurde und das Hotelboot sie dort abholen würde.

Auf der anderen Seite wartete dann der Hotel Bus auf sie. Er sah noch einmal die Fotos durch und bewunderte das Meer mit den blauen Bergen im Hintergrund, Wasserfälle und eine Lagune, Wildwasserkanutrips und mehr. Dalyan hatte wirklich viel anzubieten. Er begann schon, sich darauf zu freuen. Im vergangenen Jahr hatte er eine Gruppe Touristen zu einer bezaubernden Insel in Kroatien begleitet. Eine völlig unbekannte Insel mit dem Namen Mljet, er war ganz ihrem Bann verfallen und fest entschlossen, eines Tages zurückzukehren. Kein Wunder eigentlich; denn sogar Odysseus war drei Jahre dortgeblieben. Vielleicht würde die Reisegesellschaft mit einer anderen Gruppe dorthin zurückkehren.

Schnell unterschrieb er den Vertrag, frankierte den Umschlag und ging dann nach draußen, um sein altes Surfboard zu holen. Liebevoll strich er über das Mahagoni Holz. Nie würde er den Tag vergessen, an dem sein Grandpa es ihm gekauft hatte - das beste Geschenk, das er je erhalten hatte. Die Welle, die er nicht damit reiten konnte, gab es nicht. Ganz anders als die meisten Surfer heutzutage, die ein Vermögen für ihre riesigen Malibuboards ausgaben und dann die meiste Zeit im Wasser verbrachten, indem sie auf die perfekte Welle warteten.

Er freute sich, seine alten Freunde morgen wiederzusehen; mit den meisten von ihnen war er zur Dorfschule gegangen. Genau wie er, surften sie lieber, bevor die „Yuppies“ von London in ihren schicken Vans, Wetsuits und den teuersten Boards ankamen und im wahrsten Sinne des Wortes, den Strand unsicher machten. Sie waren vor allem bei den Einheimischen äußerst unbeliebt.

Der nächste Morgen war ein schöner, sonniger Frühlingstag stellte er fest, als sein Wecker klingelte. Ehe er mit Tiny zum Stand fuhr, pflückte er noch schnell einen Strauß Osterglocken, die überall wild wuchsen. Ein Überbleibsel aus der Kriegszeit, als es angeordnet wurde, dass man statt Blumen Kartoffeln und Gemüse im Garten ziehen sollte. Die ausgegrabenen Blumen Knollen wurden von der Bevölkerung an die Wegränder, Wälder und Heide geworfen.

Der Verkehr auf dem einspurigen Weg zum Strand war noch ruhig – nicht so Tiny, die genau wusste, wohin es ging und es kaum abwarten konnte. Rob, der Eigentümer des Parkplatzes und ein alter Schulfreund war noch nicht da und Steve freute sich, dass er die Parkgebühren gespart hatte. Schnell zog er seinen uralten Wetsuit über, griff sein Board und rannte den Pfad zum Strand mit Tiny fröhlich bellend an seiner Seite hinunter. Der Hund Bruno, der schon auf sie gewartet hatte, sprang von seiner Mauer und preschte hinter ihnen her.

Einige seiner Freunde waren bereits angekommen, standen herum und diskutierten die letzten Fußball Resultate. Steve winkte ihnen kurz zu und lief in die Brandung, Tiny immer an seiner Seite. Als er weit genug im Waser war, drehte er sich und konnte sich auf den ersten Brecher werfen, perfekt!

So liebte er das Surfen, nur wenige Menschen am Strand, die

meistens mit ihren Hunden spazieren gingen – der Sand unberührt und sauber von der Flut. Was für ein Glück er hatte, hier zu leben, wenn er überlegte, wieviel die Touristen für zwei Wochen Ferien zahlen mussten, wenn es vielleicht auch noch jeden Tag regnete.

Die Wellen waren heute perfekt, regelmäßig und genau die richtige Höhe. Leider konnte er nicht zu lange bleiben, es könnte sein, dass seine Grandma noch irgendeinen Job für ihn hatte, und er half ihr immer gern aus. Also wartete er nur noch auf eine super Welle und ging dann den Weg zum Parkplatz hinauf. Seine Freunde hatten ihre Debatten inzwischen beendet und wollten jetzt gerade zum Surf hinuntergehen. „Treffen wir uns später im „Rock" auf ein Lager" riefen sie zu ihm rüber. „Vielleicht heute Abend auf ein Dartspiel" antwortete Steve ihnen. Schnell trocknete Steve sich ab und schlüpfte wieder in seine Jeans und rubbelte sogar Tiny mit seinem Handtuch, damit Granny sich nicht sorgte, dass sie sich erkältete. Das war so typisch seine Grandma – als ob sich Tiny im Meer erkälten würde! Aber es war besser, man vermied alle Argumente. Manchmal hatte sie wirklich eigenartige Ideen!

Als er an die Hintertür klopfte, hörte er Stimmen und wunderte sich, wer wohl der Besucher war. „Herein, herein" rief seine Gran. E sah etwas zweifelhaft von den Osterglocken im Garten und dann auf seinen Strauß – etwas wie Eulen nach Athen bringen! Ah, er schnupperte nicht nur Bratendüfte, sondern auch frische Scones. Sehr zu seiner Überraschung sah er wie Jenny vom Pub gerade eine Platte mit Scones aus dem Agaherd zog. „Mm, die riechen ja gut!" „

Hi, Steve, hoffentlich schmecken sie auch gut! Ich habe gerade Unterricht von deiner Grandma und mir macht dieses Backen echt Spaß!"

Nachdem er seiner Gran einen herzlichen Kuss zur Begrüßung gegeben hatte und seine Blumen abgeliefert, war er mehr als erfreut, als sie sagte „wie schön, dass du dich erinnerst hast, dass ich meine eigenen Blumen nie gern pflücke, vielen herzlichen Dank. Hier ist Wasser für die Blumen in dieser Vase und noch mehr für den armen Hund, der nach dem Salzwasser im Meer sicher höllischen Durst hat."

„So, und wie laufen denn die Kochlektionen, schon Erfolg mit den Porkpies?" „Nur nicht so schnell, junger Mann! Eins nach dem anderen. Wir planen ein großes WI „Bake-in" in der Village Hall, um die Pork Pies für das Pub zu backen. Jenny kann dann alles von den besten Bäckerinnen in Devon lernen. Außerdem werden wir eine Menge Spaß haben, sie wird viele Leute kennenlernen, und das wird gut für das Pub sein."

Seine gute alte Grandma, immer erzielte sie die besten Resultate. Steve war wirklich stolz auf diese ungewöhnliche Frau, er liebte sie von Herzen.

Er sah sie von der Seite an, immer noch aufrecht und sportlich in ihren Jeans und einem blauen T-Shirt, das ihre Augen noch blauer erscheinen ließ, dem kurzen weißen Haar um ihr leicht gebräuntes Gesicht und allem Neuen gegenüber aufgeschlossen. Während Steve liebevoll seine Großmutter betrachtete, war es ihm nicht bewusst, wie Jenny heimlich ihn studierte. Sie war erstaunt, wie gut Steve aussah, wenn er so frischgewaschen war. Hochgewachsen mit den blauen, klaren Augen seiner Großmutter, weißen Zähnen und vom Surfen blonden Haaren.

Aber leider nicht für sie, resigniert wendete sie sich ab, um sich am Waschbecken ihre mehligen Hände abzuspülen. Als sie sich die Ärmel hochkrempelte, kamen die dunklen Flecken zum Vorschein, wo Rob sie vor Wut über das Chaos von dem Vogel, gepackt und geschüttelt hatte. Aber nicht nur Jenny hatte die Flecken gesehen, auch Steve und seine Großmutter bemerkten sie. Sie sahen sich gegenseitig an, dann trat seine Grandma zu Jenny, legte eine Hand auf ihren Arm und sah sie fragend an. „Ist dies, was ich fürchte, Jenny?" Jenny nickte nur stumm, eine Träne lief über ihr Gesicht und sie wandte sich der Großmutter zu. Sie fühlte, wie gütige Arme sie tröstend umfingen. „Du armes, kleines Ding, möchtest du darüber sprechen?“

Aber Jenny schüttelte nur ihren Kopf. „Ist ja gut, ich verstehe, aber wann immer du deinen Kummer teilen möchtest, bin ich für dich da.“ „Und nun komm und setz dich zu uns zum Essen.“

Jenny schüttelte wieder den Kopf „nein danke, aber ich muss wirklich nach Haus!“ „Ich verstehe, vergiss deine Scones nicht und denke daran, dass du immer zu mir kommen kannst. Nichts, das du mir anvertraust, wird anderen zu Ohren kommen. Nun sei vorsichtig auf der Heimfahrt.“ Jenny nahm sie kurz in den Arm, winkte Steve zu und war verschwunden.

Steve half seiner Gran aufzutischen, aber fand, dass er völlig den Appetit verloren hatte, obwohl er sich so auf das leckere Essen gefreut hatte.

Den Anblick der blauen Flecken auf Jennys Armen konnte er einfach nicht vergessen. Er sah zu seiner Großmutter über den Tisch, die traurig den Kopf schüttelte.

„Man sollte es kaum für möglich halten, aber diese Dinge geschehen öfter, als man denkt und nicht nur bei einfachen Leuten. Und es ist schwierig, zu entscheiden, was man tun sollte. Manchmal lösen sich diese Probleme von selbst, und eine Einmischung macht die Situation nur schlimmer. Hat irgend jemand, aus unserem Bekanntenkreis diesen Rob schon kennengelernt?“ „Ja, der Vikar sagte, er sei ein ungeschliffener Bursche.“

„Wir können nicht viel mehr tun, als das Mädchen im Auge zu behalten. Sie wird ja an dem Bake-in teilnehmen, und ich kann sehen, wie es ihr geht. Nun versuch doch, deine Mahlzeit mit Appetit zu essen. Ich habe auch noch einen leckeren Applecrumble für dich.“ Steve dachte immer noch an die arme Jenny; aber riss sich nun zusammen. „Vielen Dank, Gran, du machst dir immer viel zu viel Arbeit. Aber sag mir lieber; ob du einen Job für mich hast, wo ich nun gerade hier bin?“ „Darauf hatte ich gehofft, mein Junge.

Der Zaun am oberen Teil des Gartens müsste repariert werden.“

„Das kann ich gleich erledigen und dabei fällt mir ein - was meinst du, sollte ich mir ein paar Hennen anschaffen? Miss May hatte mir einige Eier geschenkt, und die waren köstlich! Platz habe ich ja genug. Sie hat mir auch ein Kätzchen angeboten," seine Augen strahlten plötzlich „du hättest es nur mal sehen sollen. Wunderschön – pechschwarz mit blauen Augen. Erinnerst du dich an Timmy, den kleinen Kater, den ich als Kind hatte?" „Aber natürlich, er war etwas ganz Besonderes! Aber was deine Fragen angeht, würde ich zu beiden ja sagen! Frische Eier sind immer gut und wenn auch Tiny den Fuchs abhält, brauchst du eine Katze, um die Mäuse unter Kontrolle zu halten.

„Gut, dann werde ich das machen. Hast du Neuigkeiten von Mum und Dad? Es ist so schwierig, ohne E-Mail mit ihnen im Kontakt zu bleiben."

Seine Grandma schüttelte den Kopf „hast du mal was von Tinte und Papier gehört, Steve? Ja, es geht ihnen gut, ihre kleine Galerie in der Gironde beginnt jetzt bekannt zu werden und auch die Arbeiten an ihrem Haus scheinen beendet zu sein, Es hat ja auch lange genug gedauert. Aber warum meine Kinder es vorziehen, so weit weg zu leben, ist mir ein Rätsel," beschwerte sie sich.

„Das Fernweh haben sie von dir geerbt, Gran. Gib es nur zu, bevor Grandpa krank wurde, wart ihr doch dauernd unterwegs. Seid ihr jemals übrigens in der Türkei gewesen?" Joans Augen waren feucht geworden, als sie sich an ihren Mann erinnerte „nein, wir hatten es auf unserer Liste. Es soll sehr schön sein und es ist, wie du wissen solltest, die Wiege der Zivilisation. Warum fragst du?"

„Weil ich im Mai mit der Agentur, für die ich arbeite in Dalyan in der Türkei sein werde. Es klingt faszinierend." „Wie sehr wünsche ich, dass ich jünger wäre und könnte mit dir kommen. In der Nähe von Dalyan gibt es berühmte Schlammbäder und Schwefelquellen, die seit tausenden von Jahren zur Linderung von rheumatischen Beschwerden genutzt werden. Erstaunlich, wie weit andere Völker schon waren, als wir noch in Höhlen wohnten. Aber ich könnte wirklich eine solche Kur gebrauchen." Erstaunt sah Steve seine Grandma genauer an. Sie war immer so ein Felsen im Sturm für sie alle gewesen, dass er sich nie klar darüber war, dass sie alt war und vielleicht krank. Traurig sah er die feinen Falten in ihrem lieben Gesicht und nahm sich vor, in Zukunft mehr auf sie zu achten.

„Gran, du musst mir die Wahrheit sagen, bist du krank, tut dir irgendetwas weh?" „Nun lass man gut sein, mein Junge. Wenn man alt ist, hat man so etliche Zipperlein und ich habe heute noch nicht mein Mittagsschläfchen gehalten."

„Sowie der Zaun in Ordnung ist, mache ich Dir eine Tasse Tee und du legst deine Füße hoch, dann muss ich machen, dass ich nach Haus komme und meinen Bürokram erledige. Nächste Woche komme ich wieder, um zu sehen, ob ich Dir irgendwie helfen kann."

Nachdem Steve die versprochene Tasse Tee bereitet hatte, die Küche aufgeräumt und den Geschirrspüler beladen, rief er Tiny und machte sich auf den Heimweg. Auf der Fahrt machte er sich mehr und mehr Sorgen. Erst die traurige Episode mit Jenny und nun seine Großmutter, die sich nicht wohl fühlte. Eines war ganz sicher, er musste sich mehr um sie kümmern. Aber alles nach der Reihe. Als erstes musste sein Arbeitsplan für die nächsten Wochen ausgearbeitet werden, dann überlegen, wo der Hühnerverschlag hinsollte, den Hund füttern, das Haus aufräumen und so weiter und so weiter.

Er freute sich auf den Besuch bei Miss May, vor allem darauf, das Kätzchen wiederzusehen. Ob er den kleinen Kater Timmy nennen sollte? Nein, entschied er sich, er müsste seinen eigenen Namen haben. Er würde ihn „Blue" nach der Farbe seiner Augen nennen. Als Nächstes musste er Miss May fragen, wo er wohl Hühner kaufen sollte. Er hatte gehört, dass Batteriehühner verschenkt würden, wenn sie ein gewisses Alter erreicht hatten.

Als erstes würde er aber einen Zettel durch ihre Tür stecken, dass der Aga kalt sein müsste, damit er den Kamin fegen konnte.

Zu dem „Dartsabend“ im „Rock Inn“ hatte er die Lust verloren. Auf den schmalen Straßen war kaum Verkehr und Steve bewunderte hunderte von Primeln am Wegrand unter den hohen Hecken. Leider wurde diese Idylle nicht lange anhalten, wenn die Ferienzeit begann und Mengen von Touristen sich über Devon und Cornwall ergossen. Eine wahre Qual für die Einheimischen, da die Feriengäste es hassten, in den einspurigen Straßen zurückzusetzen, um ja nicht ihre polierten Autos an den Dornenhecken zu zerkratzen. Die Devonians machten natürlich ihre Witze darüber und behaupteten, die Fremden hätten keinen Rückwärtsgang.

Nachdem Steve alles erledigt hatte, sah er in seinem Kalender, dass er für den Dorfladen und vorher in der Gärtnerei gebucht war.

Mary, die mit ihrem Mann, Mick, die Gärtnerei betrieb, war eine seiner Lieblingskundinnen, immer bereit, herzhaft zu lachen. Sie ließ ihn nie ohne ein Stück ihres leckeren Kuchens gehen. Oft schenkte sie ihm auch übriggebliebene Pflanzen für seinen Garten. Wie eine ganze Anzahl der Dorfbewohner hatte sie angefangen zu malen und entdeckte, dass sie großes Talent hatte. Schnell war sie bekannt geworden, hauptsächlich durch ihre einfühlsamen Tierportraits. Als er zum ersten Mal eins ihrer Pferdebilder gesehen hatte, war er besonders beeindruckt, wie sie die weichen Nüstern der Pferde nachempfunden hatte. Er hatte beinah den Wunsch, sie zu streicheln.

Mary hatte ihren Erfolg verdient, sie arbeitete unglaublich hart in der Gärtnerei und züchtete bei weitem die besten Primeln in der Gegend.

Als er endlich im Bett gelandet war, konnte er lange nicht einschlafen, sorgte sich um seine Großmutter, dachte an die Flecken auf Jennys Arm, an das Kätzchen, die Surfer und alles Mögliche. Schließlich träumte er einen bizarren Traum von Hühnern, die surfen lernten.

Kapitel 4

Der nächste Tag war wieder ein strahlender Frühlingstag, als er mit Tiny durch die Borrows joggte. Alles sah strahlend frisch aus.

Der Tau glitzerte in den sonnengelben Blüten des Ginsters, in der Ferne sah der Atlantik so blau aus wie der Himmel darüber. Die Möwen zogen hoch oben ihre Kreise und er sah sogar ein paar verfrühte Schwalben.

Er hatte den Citroën noch abends bepackt, sodass er pünktlich bei der Gärtnerei ankam. Es schien niemand da zu sein; aber da hörte er Marys Stimme, wie sie streng auf die Blumen einredete, „also, nun hört gut zu, ihr Primeln, nehmt euch zusammen und blüht für Ostern oder ihr könnt was erleben". Steve schüttelte den Kopf, typisch Mary mit den Blumen zureden wie Prinz Charles! „Seit wann bewegen wir uns in den höchsten Kreisen, Mary," rief er in das große Gewächshaus, wo Mary hunderte von knospenden Primeln inspizierte. „Und auch dir einen schönen Morgen, Steve" erwiderte Mary und eilte so schnell auf ihn zu, dass ihr wunderschönes kastanienrotes Haar über ihre Schulter schwang. „Ich mache mir Sorgen, dass diese verflixten Blumen nicht rechtzeitig für das Ostergeschäft blühen, und das wäre ein bitterer Verlust für uns. Lass uns zum Haus hinübergehen, dann kannst du gleich anfangen. Wir erwarten Bed and Breakfast Gäste für dieses Wochenende und alles muss perfekt sein, wenn sie ankommen."

Sie seufzte und Steve fragte „du armes Ding, wie du alles schaffst, ist mir ein Rätsel! Wie haben deine Töchter in den letzten Rennen abgeschnitten?" „Ganz hervorragend" war die stolze Antwort „aber eine von ihnen hatte einen Sturz beim Training in der letzten Woche und darf erstmal nicht reiten. Du musst später zum Feld rübergehen. Arlenes Stute hat ein Fohlen, und du hast noch nie ein entzückenderes Baby gesehen" strahlte sie.

So wie sie das Wohnzimmer betraten, sah Steve die große Leinwand mit dem Bild eines Kalbes beim Fenster. „Mary, dies ist unglaublich, deine Bilder werden besser und besser." „Nun übertreibe nicht, Steve. Aber ich muss zugeben, dass ich zurzeit mit mir zufrieden bin. Du wirst es kaum glauben, aber diese Tierpastelle bringen mehr ein, als die ganze Gärtnerei. Es ist erstaunlich, wieviel ich für ein Bild verlangen kann!"

Eine charmante Stimme ertönte plötzlich aus dem Hintergrund „hallo, hallo und wie geht es Ihnen heute?" Wie zuvor fiel Steve darauf rein, zuckte zusammen und wandte sich um, während Mary nur sagte „oh, hör bloß auf, Caspar" worauf der schöne rotgrüne Papagei nur beleidigt krächzte und sich wieder seinen Sonnenblumenkernen zuwandte.

Steve grinste vor sich hin, als er sein Werkzeug auspackte. Ein noch ungewöhnlicher Haushalt hätte erfunden werden müssen. Mary schien mehr Talente und Energie zu haben wie ein halbes Dutzend normale Menschen. Sie war selbst noch kürzlich eine talentierte Reiterin gewesen und hatte zugestimmt bei einem Dorffest die Lady Godiva darzustellen. Ihr Pferd war während der Prozession erschreckt worden, hatte Mary abgeworfen, und schwere Verletzungen waren das Ende ihrer Reiterkarriere gewesen. Während ihrer langen Genesungszeit hatte sie ihr Talent fürs Malen entdeckt.

Zuerst hatte sie nur an den Malkursen im Dorf teilgenommen aber schnell festgestellt, dass es dort für sie nicht viel zu lernen gab. Malen gab ihrem Leben große Erfüllung, von dem finanziellen Bonus ganz zu schweigen. Außerdem machte es ihr möglich, gute Pferde für ihre Töchter zu erwerben und die nicht unerheblichen Tierarztrechnungen zu bezahlen.

Steves Gedanken kreisten um diese Familie während seiner Arbeit, bis seine Gedanken von Tiny unterbrochen wurden, die sich durch das Fenster seines Vans gequetscht hatte und wütend Marys heiß geliebten Siam Kater Linhui durch das Haus jagte, bis er schließlich auf den Bücherschrank flüchtete. Linhui wie alle Siamkatzen war sehr vokal und gab seine Wut über Tiny laut kund.

Der Papagei Casper stimmte fröhlich mit „hallo, hallo," ein. Kurzum es konnte kaum chaotischer werden.

Mary war bald mit einem Becher Tee und einem großen Stück Kuchen zurück. „Oh, danke, Mary auf deinen Fruchtkuchen habe ich mich besonders gefreut." „Weißt Du, Steve, meine Hühner produzieren zurzeit so viele Eier, dass Kuchenbacken eine wahre Freude ist." Steve fragte schnell „hast du eine Ahnung, wo ich ein paar Hennen bekommen könnte, ich plane, auch meine eigenen Frühstückseier zu haben."

„Auf der anderen Seite von Ilfracombe gibt es eine Batterie Farm, die immer gern ihre älteren Tiere loswerden. Wir haben unsere dort bekommen und sind sehr damit zufrieden. Die armen Dinger glauben sicher, sie sind im Paradies bei uns gelandet, wenn sie im Gras ihre Würmer rauskratzen."

„Das ist gut, dann will ich jetzt so schnell wie möglich einen kleinen Stall zusammenhämmern."

„Es sieht so aus, als ob du eine richtige kleine „homestead" aufbaust, Steve? Wie ist es denn mit der Romanze bestellt," und sie gab ihm einen gutgemeinten Knuff in die Rippen. „Aber Mary, du weißt doch, wenn ich dich nicht bekommen kann ----. Und außerdem, wer will schon einen Schornsteinfeger?" Mary konnte nicht aufhören, ihn zu necken „ich weiß nicht recht," und sie gab ihm einen so langen Blick, dass er beinah rot wurde „ich wette, nach einem Bad, siehst du gar nicht so schlecht aus!"

Der arme Linhui war noch immer ein Gefangener auf dem Bücherschrank, den Tiny trotz des wütenden Fauchens streng bewachte. „Nun ruf lieber deinen weißen Wolf zur Ordnung, Steve!" „Na klar, aber du weißt doch, dass Tiny ihm nicht wirklich etwas tun würde. Die beiden haben doch schon ihren Spaß gehabt, seit sie ein Welpe war." „Erinnerst du dich, Steve, wie bezaubernd sie war? Und sie ist ganz besonders schön geworden. Macht es dir etwas, wenn ich Mick bitte, ein paar Fotos von ihr zu machen. Manchmal kann man Ehemänner eben doch ganz gut gebrauchen." „Nein, überhaupt nicht, und ich versichere dir, dass Tiny gern gratis Modell stehen wird."

„Dann warte noch einen Augenblick. Ich plane eine Serie von Wolfsbildern. Einige gute Fotos von ihr, wären eine große Hilfe für mich. Stell dir ein Rudel Wölfe vor, die gerade aus einem nebeligen Wald hervorkommen." Steve fühlte förmlich, wie sich Mary danach sehnte, diese Impression zu Papier zu bringen. „Hört sich schön spukig an, Mary, vergiss nicht ein paar Vampire im Hintergrund," scherzte er, als er seine Arbeit beendete.

Tiny erwies sich als ein hervorragendes Modell, saß, stand, lief und sprang mit einer Anzahl von Hundekeksen als Ansporn.

Mary und Mick waren begeistert von ihren Aufnahmen. „Vergiss nicht, mir Bescheid zu geben, wenn du das Bild malst, Mary. Ich möchte es zu gern sehen" verabschiedete er sich „und nun muss ich weiter zu Mr. and Mrs. Baker, die den Dorfladen übernommen haben. Habt ihr sie schon kennengelernt?"

„Noch nicht, aber man sagt, sie sollen alle Preise erhöht haben. Das wird ihnen nicht viele Kunden bringen." „Dann werde ich mich jetzt überraschen lassen. Bis dann Mary und Mick und ade Casper!" „Tschüss, du Raudi!" kam die krächzende Antwort vom Papagei.

Bein Dorfladen angekommen, war Steve sehr unangenehm von einer neuen Sonnenblende in schreienden Farben überrascht, die für ein altes Dorfhaus völlig ungeeignet war. Es schien niemand im Laden zu sein, als Steve eintrat, außer einem ältlichen Mann, der hinter dem Tresen stand. „Guten Morgen, ich bin Steve, der Schornsteinfeger, Mr. Baker, es ist schön, Sie kennenzulernen. „Na, es ist auch wohl an der Zeit, dass Sie endlich auftauchen. Sie schlafen wohl länger auf dem Lande. In London würden Sie mit solcher Trödelei nicht weit kommen. Ich habe Sie viel früher erwartet."

Dies war ein völlig anderer Ton, als Steve gewohnt war – völlig falsch im ländlichen Devon. „Es tut mir leid, dass Sie gewartet haben; aber wir hatten keine spezifische Zeit verabredet, und ich habe eine Reihe anderer Kunden."

Steve sah gleich, dass ihm weder Tee noch Kuchen angeboten würde. Als er sich umsah, bemerkte er, wie die Preise angestiegen waren und auch, dass das Angebot an Gemüse mehr als dürftig und nicht appetitlich wirkte.

Der Fleischtresen enthielt nur ein paar Päckchen gekochten Schinken, der mehr wie Plastik aussah. Wo war das große Holzbrett mit dem ganzen saftigen rosa Schinken geblieben, der in der ganzen Umgebung berühmt war, sodass Leute von den umliegenden Dörfern Meilen fuhren, um ihn zu kaufen. Steve sah praktisch Jo Minster, den früheren Eigentümer in seiner schlohweißen Schürze vor sich, wie er sein Messer schärfte und leckere Scheiben abschnitt, immer mit einem freundlichen Lächeln auf seinem runden Gesicht.

„Nun, Sie kommen besser mit mir und ich zeige Ihnen die Kamine." „Das ist nicht nötig, ich weiß, wo sie sind. Ich bin schließlich schon des Öfteren hier gewesen." Die sehr unfreundliche Antwort „Sie glauben doch nicht im Ernst, dass ich Sie hier unbeaufsichtigt in meinem Haus lasse," schockte Steve dermaßen, dass er nicht recht wusste, wie er sich verhalten sollte, aber er wollte ungern Streit vom Zaun brechen und entgegnete ernsthaft „Mr. Baker, das mag wohl für London zutreffen, aber in unserem Teil der Welt vertrauen wir uns noch." Damit knirschte er seine Zähne und sagte kein Wort mehr. Er reinigte die Kamine, bemerkte mit Schaudern die geschmacklose Dralongarnitur und Plastikblumen. Mit bestem Willen konnte er keine Zukunft für die Bakers hier sehen.

Ein Villageladen war nicht nur der Ort, wo die Dorfbewohner einkauften, sondern ein Platz, wo sie andere trafen, sich unterhielten und die letzten Nachrichten austauschten. Aber ein Laden mit überhöhten Preisen und schlechter Qualität würde sehr schnell bergab gehen, wenn die Kunden ausblieben.

Allerdings für die Dorfbewohner ohne Transport würde es

schwierig werden; denn der Busverkehr war nicht besonders gut. Steve überlegte, wie wohl Mrs. Baker war. Er würde sie früh genug kennenlernen.

Als er fertig war und wieder in den Laden kam, war Mrs. Baker erschienen. Steve verschluckte sich beinah, als eine Frau mit wogendem Busen, langen, blutroten Nägeln und grell gefärbten Haaren ihn unter künstlichen Wimpern an klimperte.

„Mavis, zahl dem Sweep zehn Pfund.“ Das war das – kein danke oder auf bald –nichts! Wie schade, es würde ein schwieriger Sommer für die Dorfbewohner werden, die zum großen Teil auf den Laden angewiesen war.

Steve schätzte, dass die Bakers in drei bis vier Monaten pleite sein würden. Und jemand anders wäre bereit, seine Ersparnisse für einen Laden in einem malerischen Dorf riskieren und einen leichten Job erwarten. Er würde einen schlimmen Schock erleiden. Steve hatte als Teenager für einen Dorfladen Zeitungen ausgetragen. Er wusste, dass ein Dorfladen harte Arbeit von morgens bis abends erforderte, auch am Wochenende, Weihnachten und Ostern.

Er war heilfroh, als er auf dem Weg zu seinem Lieblingsplatz war - mit Tiny an der Seite, die ihm einen schnellen Willkomenslick gegeben hatte. Was für ein unangenehmes Paar dachte er und verglich sie in Gedanken mit Mary und ihrer Familie, die trotz ihrer vielen Arbeit, so zufrieden waren. Nicht zum ersten Mal überlegte er, was für einen interessanten Job er doch hatte, dass er so viele verschiedene Menschen kennenlernte.

An seinem Platz in Marine Drive angekommen, atmete er tief die frische, salzige Meeresluft ein, ehe er sein Picknick auspackte.

Der Parkplatz war schon voller, bemerkte er. Bald würde die Touristenzeit ernstlich anfangen und er musste versuchen, alle Buchungen von Hotels und Pensionen abzuarbeiten.

Es war eine ganze Anzahl und er würde gleich damit anfangen. Zu seiner Erleichterung konnte er einige uninteressante Pensionen nachmittags erledigen und musste über sich lachen, dass er private Kunden bevorzugte, mit denen er sich unterhalten und den neuesten Klatsch hören konnte.. Wirklich nicht die beste Einstellung für einen Geschäftsmann, rügte er sich. Er freute sich auf einen ruhigen Abend in seinem Cottage und einen Spaziergang mit Tiny. Auf seinem Heimweg fuhr er bei seiner Großmutter vorbei und war sehr erleichtert, dass sie sich wieder erholt hatte und ganz die Alte erschien. Außerdem hatte sie einen Cottagepie zum Mitnehmen für ihn bereit.

Hocherfreut fuhr er damit ab, Tiny schnüffelte erwartungsvoll an seinem Korb, wurde aber mit „nicht für dich, mein Mädchen!" abgewiesen. Jetzt nichts als nach Hause und eine leider eiskalte Dusche im Garten, wonach er sicher halberfroren aber frisch und sauber sein würde.

Sehr fidel begann er den Marsch aus dem Film „The River Kwai" zu flöten und brachte Tiny dazu, bitterlich zu heulen, dann ging es den holperigen Pfad zum Cottage hoch. Er war entsetzt, als er ein klapperiges Rad und eine schluchzende Jenny vor seiner Tür entdeckte.

KAPITEL 5

„Jenny, was um Himmel willen machst du hier? Oh, nein!“ rief er, als er ihr tränenüberströmtes Gesicht völlig entstellt von einem blauen Auge sah. „Rob“ fragte er und Jenny nickte nur und versuchte, ihr Gesicht hinter ihrem nassen Taschentuch zu verstecken. „Was immer auch passiert ist, willst du es mir erzählen?“ Sie schüttelte traurig den Kopf, „bitte, ich möchte jetzt nicht darüber sprechen. Kann ich mich hier nur etwas erholen, ich hatte keine Ahnung zu wem ich flüchten konnte, ich kenne ja niemanden hier. Ich will diesen Mann nie, nie wiedersehen!“ „Ja, aber bist du denn nicht mit ihm verheiratet?“ Jenny schluchzte nur „nein, wir haben das nur angegeben, sonst hätte die Brauerei uns nicht die Lizenz für das Pub erteilt.“ Seufzend antwortete Steve „das ist ja ein Glück! Erstmal mache ich eine Tasse Tee und dann überlegen wir, was wir am besten tun.“

Steve ging in seine Küche und setzte den Kessel auf. Beinah bebte er vor Wut, wenn er sah, was dieser brutale Mensch dieser armen, kleinen Jenny angetan hatte, die ihr Möglichstes versuchte, um zu tun, was er von er verlangte. Ob er wohl die Polizei anrufen sollte? Nein, es wäre besser abzuwarten und zu prüfen, wie tief Jenny in dieser Pachtangelegenheit war, wenn Rob auch reichlich eine Festnahme verdient hatte.

Steve fühlte sich sofort besser, als er einen Plan hatte und wollte mit seinen Teebechern nach draußen, als er Tiny sah, die vor dem Tisch saß und leise winselte. „Also, wirklich, du armes Tier, wie konnte ich dich denn völlig vergessen!“ Er beugte sich zu ihr nieder und klopfte zärtlich ihren Hals, nahm eine Dose Hundefutter und füllte ihren Napf.

Kopfschüttelnd ging er nach draußen. Das war ja wohl das allerletzte, dass er seinen Hund vergaß!

Jenny hatte aufgehört zu weinen, saß wie ein Häufchen Elend auf der Gartenbank und nahm dankbar den Becher mit Tee in

Empfang. Steve setzte sich zu ihr „am besten wir fangen ganz am Anfang an, Jenny. Erzähl mir doch, wie du Rob kennengelernt hast und wieso du mit ihm nach Devon gekommen bist." „Ich weiß nicht recht, das entwickelte sich alles so langsam, dass ich es fast nicht bemerkte. Ich arbeitete in einer Bibliothek in Manchester und Rob war einer der Stammkunden. Er las die lokale Zeitung, benutzte den PC und lieh sich Bücher, die mit Pubs auf dem Land zu tun hatten. Zuerst wechselten wir nur ein paar Worte, dann unterhielten wir uns etwas länger und eines Abends lud er mich zum Essen ein. Er sieht gut aus und schien auch sonst sehr nett, und ich freute mich sehr, dass er sich für mich interessierte, weil bis dahin niemand von mir Notiz genommen hatte.

Steve fand das merkwürdig, er hatte sie bei ihrem ersten Treffen ganz attraktive gefunden, obwohl ihre Kleidung ziemlich langweilig war und ihr Pferdeschwanz auch nicht besonders kleidsam. Aber ihre sanften braunen Augen und die Grübchen, die unerwartet erschienen, wenn sie lächelte, waren sehr gewinnend.

„Dann" so fuhr sie fort, „fing er an, über seinen großen Wunsch zu sprechen, ein Pub in Devon zu pachten. Er beschrieb das alles so wunderbar, die freundlichen Menschen auf dem Lande, die herrliche Landschaft, die himmlische Ruhe – so vollkommen anders wie das Ratrace in Manchester.

Er zeigte mir eine Menge Fotos, die er gemacht hatte und ich fing an, mich nach einem Leben in der Natur zu sehen und war immer weniger mit meinem möblierten Zimmer ohne Aussicht in einer dunklen Straße zufrieden.

Nachdem wir uns mehrere Male getroffen hatten, schlug er vor, dass ich mit ihm kommen sollte – ohne jede Verpflichtung; denn er brauchte natürlich einen Partner. Er versicherte mir, dass es nicht schwer sein würde, Kunden zu bedienen. Und eines Wochenendes fuhren wir tatsächlich nach Norddevon und besichtigten „The Smugglers Inn.

Wie du dir denken kannst, war ich völlig begeistert von allem –

dem Strand, dem Meer und dem malerischen Pub. Es war wie ein schöner Traum. Also willigte ich ein, so zu tun, als wäre ich seine Frau, damit die Brauerei zufrieden gestellt war.

Aber als wir dann wirklich in Devon lebten, brauchte ich nicht lange, um zu entdecken, dass ich nicht besser als eine Sklavin war – Arbeit vom frühen Morgen bis abends spät in die Nacht. Zuerst war es einigermaßen erträglich, weil Rob noch freundlich war, aber langsam fiel diese Maske von ihm ab, jeder Charme verschwand und er wurde immer rauer. Als der Vogel durch den Kamin gefallen war, und er zurückkehrte, hat er mich das erste Mal geschlagen. Ich wollte ihn dann schon verlassen; aber ich wusste nicht wohin. Es wurde jeden Tag schlimmer, er hatte auch angefangen, mehr und mehr zu trinken und ich bekam wirklich Angst und bin weggelaufen. Eigentlich wollte ich in eine Pension; aber dort hätte er mich sofort gefunden. Deine Grandma und du seid so gut zu mir gewesen und ich hoffte, bei euch Rat zu finden. Ich mache mir auch Sorgen um die sechzig Pasteten, die von den WI Mitgliedern nächste Woche gebacken werden. Sie waren alle so unglaublich nett."

Steve musste lachen, als er sich die würdigen WI Damen vorstellte, wie sie sich mit ihren Porkpie Rezepten übertreffen wollten, aber er verbiss es sich, als er sah, wie ernst es Jenny war. „Nun sorg dich nicht um die Pies, Jenny, sie werden schnell dankbare Abnehmer finden. Wir müssen überlegen, was du machen sollst. Du kannst nicht einfach so verschwinden. Rob wird vielleicht die Polizei einschalten. Es ist viel besser, wenn du ihm mit einem Rechtsanwalt gegenübertrittst. Ich habe einen unter meinen Kunden. Soll ich mich mit ihm in Verbindung setzten?"

„Oh bitte, mach das" doch," bat Jenny. Steve griff sein Handy „dann mache ich es jetzt gleich" damit ging er etwas höher auf die Düne, wo der Empfang besser war. „Mr. Barnes hat gleich für morgen Vormittag einen Termin für dich und ich kann dich mitnehmen, wenn ich abfahre" sagte er, als er zurückkam.

„Jetzt teilen wir uns den „Cottage Pie“ von Gran und dann bringe ich dich zu Springfields Bed and Breakfast. Ich habe gesehen, dass sie Zimmer frei haben, als ich ihren Kamin kehrte.“

Sowie Steve einen Plan gemacht hatte, fühlte er sich besser und hatte schnell die Pastete aufgewärmt und den Tisch gedeckt. „Nun, komm, Jen, alles ist organisiert und du kannst dich jetzt entspannen. Erzähl mir doch, wolltest du immer Bibliothekarin werden! Oder hast du von einem anderen Beruf geträumt?“ „Geträumt? Das kann man wohl sagen, immer wollte ich Tierärztin werden und mit Tieren zusammenarbeiten.“

Ihre Augen leuchteten, als sie davon sprach „meine A-levels waren ausreichend, aber wir konnten die Universitätskosten nicht aufbringen. Meine Mutter wurde krank und ich musste sie pflegen. Um etwas zu verdienen, arbeitete ich in der Bücherei erst stundenweise und als Mum tot war, wurde ich dort voll angestellt. Jetzt bin ich mit 27 zu alt, um von vorn anzufangen. Ich habe wohl etwas Geld geerbt; aber längst nicht genug, um ein langes Studium zu finanzieren.“ „27! Verglichen mit meinen 35 Jahren bist du fast ein Baby! Aber ich kann deine Liebe für Tiere verstehen und sie mögen dich. Sieh doch mal den Blick in Tinys Augen, wenn sie dich ansieht. Da werde ich beinah eifersüchtig.“

Beide verzehrten sie die köstliche Pastete beinah schweigend und dachten darüber nach, welche Richtung ihr Leben genommen hatte, während Tiny hoffnungsvoll mit ihrer triefenden braunen Nase schnupperte. Darüber mussten beide lachen und ihre ernsten Gedanken waren abgelenkt. „Du bist zu gierig, mein Mädchen! Du hast eine große Schüssel Hundefutter verputzt und bekommst nichts mehr! Einen fetten, weißen Hund will ich nicht haben,“ sagte Steve energisch. Dabei erinnerte sich an das Bild von den weißen Wölfen, dass Mary plante und begann, Jenny davon zu erzählen. Er war erfreut, wie interessiert sie schien. „Immer habe ich mir gewünscht, Aquarell zu malen; aber irgendetwas ist jedes Mal dazwischengekommen.“

„Weshalb setzt du dich dann nicht mit Mary in Verbindung, sie kann dir alles über die Malgruppe in der Village Hall erzählen."
„Das werde ich machen; aber erst muss ich einen Job und ein Zimmer finden."

Tiny stand erwartungsvoll an der Tür und wedelte mit ihrem Schweif „ja, du armer Hund, ich weiß Bescheid, wir müssen noch eine Runde wandern, hast du Lust mitzukommen, Jenny?" Die nickte nur und zog sich ihre Jacke über die Schultern.

Der Mond war gerade über den Dünen zu sehen und glitzerte auf dem Meer in der Ferne. Tiny war schon weit vorausgelaufen, voller Begeisterung auf der Suche nach aufregenden Spuren von Mäusen, Karnickeln und anderen Kreaturen. Jenny ließ den Frieden, die Schönheit des Abends und die Anwesenheit von Steve und Tiny auf sich einwirken. Sie konnte sich nicht erinnern, dass sie je die Natur so genossen hatte. Es erschien ihr wie eine andere Welt nach ihren turbulenten und schmerzhaften Erfahrungen mit Rob. Wie hatte sie nur so naiv sein können, seinen Versprechungen zu glauben! Allerdings war sie für ihr Alter besonders unerfahren. Man sollte es nicht für möglich halten, dass sie so dumm gewesen war. Was für ein Segen, dass er nichts von ihrem kleinen Erbe gewusst hatte. Nun, dieses Kapitel in ihrem Leben war beendet, wer weiß, was ein Neues bringen würde!

Auch Steve war tief in Gedanken versunken, als sie durch den Abend wanderten. Würde der dunkle Schatten in seinem eigenen Leben jemals verblassen? Innerlich schüttelte er sich. Es hatte wenig Zweck, dass er über alte Zeiten brütete, wenn es viele Probleme in der Gegenwart gab, die gelöst werden mussten.

Nach ihrer Rückkehr packte er das alte Rad hinten in seinen Van und wartete auf Jenny. Sie versuchte, ihm für alles zu danken, aber er winkte ihren Dank beiseite und sagte nur „Versuch darüber hinweg zu kommen, wir werden es alles morgen erledigen.

Du versuchst nun einen ganz neuen Start und vergiss nicht, dass du jetzt Freunde hast, die dir beistehen." Tiny, die hinten zwischen dem Rad und Stapeln von alten Zeitungen eingeklemmt saß, lauschte aufmerksam und leckte dann Jenny zärtlich über ihr Ohr, als ob sie Steves Worte bestätigen wollte.

Er hielt bei dem Tierheim unterwegs an und sagte, „ich muss nur schnell die alten Zeitungen und Magazine hier abgeben, die ich von meinen Klienten sammele, sie brauchen Unmengen, um die Tiere sauber und warm zu halten." Daphne, die Leiterin des Tierheims hatte sein Auto gehört und kam heraus.

„Super, Steve, dich zu sehen. Hast du Zeitungen mitgebracht? Wow, ich sehe schon eine ganze Menge. Wir können sie gut gebrauchen. Die Zwinger sind alle voll. Viele von den armen Tieren, die als Weihnachtsgeschenke gedacht waren, sind schon bei uns gelandet. Sowie die Leute merken, dass Welpen eine Menge Arbeit bereiten, verlieren sie ihren Charme. Und wenn wir auch unseren Slogan „Ein Hund ist fürs Leben und nicht nur für Weihnachten" verbreiten, haben wir immer das gleiche Problem. Aber nun was anderes, Steve – ist dieser Riesenwolf die kleine Tiny, die du so vor zwei Jahren von uns bekommen hast?" „Jawohl, sie hat sich ganz schön herausgemacht und ich mache mir langsam Sorgen, wann sie wohl aufhört zu wachsen. Sie futtert mich aus Heim und Haus."

„Also, wenn ich mir ihre Pfoten ansehe, wird sie noch etwas weiterwachsen. Es wäre sicher gut, wenn du dir ein größeres Auto anschaffen würdest. Aber ich muss jetzt machen, dass ich weiterkommen.

Madge, meine Hilfe hat sich das Fußgelenk gebrochen und ich habe keine Ahnung, wie ich meine Arbeit schaffen kann."

Steve lachte „da hast du ja Glück, Daphne, sieh mal, wen ich noch im Auto habe, abgesehen von den Zeitungen und meinem Riesenhund. Aber ehe du fragst – nein sie ist nicht meine Freundin. Dies ist Jenny und dies ist Daphne, die das Tierheim leitet und dringend Hilfe braucht. Jenny dagegen sucht einen Job - möglichst mit Tieren und eine Unterkunft. Bingo – besser könnte es doch gar nicht passen!"

Jenny war aus dem Wagen gesprungen und sah Daphne bittend an. „Wäre das wirklich möglich. Ich würde alles tun und wirklich lange und hart arbeiten. Die meisten Tiere kommen gern zu mir." Sie war so aufgeregt, dass sich ihre Worte beinah überschlugen. Daphne rief „du würdest uns wirklich helfen, ich kann es kaum glauben! Komm herein und sieh dich um, während Steve die Zeitungsberge hereinbringt. Sag bloß, könntest du wirklich gleich anfangen? Wir haben sehr hübsche Zimmer hier, die ein großzügiger Spender finanziert hat."

Beide Mädchen verschwanden im Gebäude. Steve brachte die Zeitungen in das Lager und sah, dass sie tatsächlich dringend Zeitungen brauchten. Was für ein glücklicher Zufall dachte er bei sich, wenn ihm die arme Madge auch leidtat. Aber sie hatte es auch selbst schuld, weil sie immer in hohen Absätzen herumstolzierte. Er war sehr erleichtert, dass Jennys Problem vorläufig gelöst schien und sie Zeit gewonnen hatte, um über ihre Zukunft nachzudenken.

Als er auf die beiden Mädchen wartete, erinnerte er sich daran, wie er Tiny hier entdeckt hatte.

Genau wie heute, hatte er einen Stapel Papier gebracht und wollte sich von den Tierpflegerinnen verabschieden, die zu dreien versuchten, einen winzigen weißen Welpen mit einer Flasche Milch zu füttern. Vergeblich versuchte das kleine Bündel Hund zu saugen und gab es schließlich auf, um sich in einer Decke zu verstecken.

„Er saugt einfach nicht kräftig genug" seufzte Daphne „, wenn er nicht genügend Milch bekommt, wird er eingehen. Seht doch mal, wie süß er ist! Man kann einfach nicht verstehen, dass der Züchter ihn einschläfern wollte, nur weil er weiß ist und Albino Schäferhunde nicht zum Züchten zugelassen werden."

Steve hatte dann angeboten, sein Glück zu versuchen. „Ich musste so viele Lämmer mit der Flasche füttern, als ich ein Junge war, ich habe es bestimmt noch nicht vergessen." Als er die Flasche nahm, sah er sofort, dass das Loch im Sauger viel zu klein war und erweiterte es vorsichtig. Dann setzte er sich mit dem Welpen im Arm hin und gab ihm erneut die Flasche.

Der Winzling bekam nun Milch und hatte ganz schnell die Flasche geleert. Steve hielt ihn auf seinem Schoß und rieb vorsichtig den warmen, rosa Bauch, bis der kleine Hund gewaltig aufstieß und alle zum Lachen brachte. „Das hast du gut gemacht, Baby!“ Der Welpe lag noch auf dem Rücken und wandte seine bernsteinfarbigen Augen auf Steve, dann leckte eine winzige rosa Zunge über seinen Daumen. Und das war es dann gewesen. „Ich werde sie adoptieren, wenn ihr sie mir anvertraut“ sagte er den Mädchen.

„Jetzt werde ich alles Nötige besorgen und morgen hole ich sie ab. Ich werde sie Tiny nennen.“ Nicht einmal hatte er es bereut. Geliebt hatte er Tiere schon immer, aber zwischen ihm und dieser schönen weißen Schäferhündin hatte sich ein besonders inniges Verhältnis entwickelt.

Gelächter erschallte im Hintergrund und die beiden Mädchen kamen heraus. „Alles erledigt“, fragte er dann die beiden. „Also, Steve, dies ist für mich wie ein Wunder, wenn ich hier arbeiten kann. Es ist, was ich mir immer gewünscht habe!“ „Sag das nicht so schnell, warte lieber ab, wenn du die Zwinger an einem frostigen Novembermorgen ausschrubbst,“ lachte Daphne.

„Ich verabschiede mich dann, dein Rad ist beim Eingang und ich hole dich morgens ab, um zu Mr. Barnes zu fahren. Viel Spaß!“

Mit einem fröhlichen Winken war Steve in seinem Van und fuhr ab. Tiny saß wieder auf ihrem gewohnten Platz und bekam ihre Streicheleinheit.

Kapitel 6

Außerordentlich erleichtert freute sich Steve auf ein kaltes Bier und einen ruhigen Abend. Andererseits musste er zugeben, dass er eigentlich Jennys Gesellschaft genossen hatte, vor allem den Spaziergang. Aber es hatte keinen Zweck, Gedanken daran zu verschwenden, er musste sich auf alles konzentrieren, was vor seiner Tour in die Türkei zu erledigen war. Aber nach ein paar Minuten fing er wieder an zu träumen vom Schwimmen im warmen, tintenblauen Wasser - heißer Sonne, exotischen Blumen, interessanter Gesellschaft und, und ….

Er überlegte sich, ob Jenny jemals im Ausland gewesen war. Von ihrem Wunsch, Tierärztin zu werden, war er sehr überrascht gewesen. Welche Kluft bestand doch zwischen dem Beruf einer Tierärztin und einer Bibliothekarin. Wie sehr konnte man sich bei der Einschätzung von Menschen irren.

Endlich willkommene Ruhe als er daheim war. Tiny rannte nach draußen, um ihre Grenzen zu markieren; aber bald schliefen beide fest. Tiny wie immer vor Steves Bett, der wildeTräume von Jenny hatte, die darauf bestand, in ein Felsengrab in Dalyan zu klettern.

Am nächsten Morgen war der Besuch bei Mr. Barnes nur kurz, wie er gehofft hatte. Sie hörten von ihm, dass Rob nach Manchester zurückgekehrt war, nachdem er das Pub hatte aufgeben müssen. Eine große Sorge weniger für Jenny. Auf der Fahrt zurück zum Hundeheim hörte Steve, wie gut sie mit den Hunden fertig wurde und wie sehr sie sich auf ihre Arbeit freute. „Du kannst dir nicht vorstellen, Steve, was für ein hübsches Zimmer ich habe und wie nett Daphne zu mir ist. Meine Leben hat sich so dramatisch geändert, seitdem du in mein Leben gekommen bist, dass ich kaum weiß, wie ich dir danken kann!"

„Nun sei nicht albern, Jenny, das habe ich doch gern getan. Hoffentlich sehe ich dich in der Zukunft auch noch mal, wenn ich das Papier für die Hunde bringe!" „Aber sicher und du wirst immer eine Tasse Tee hier finden, das verspreche ich dir!" „Das will ich aber auch hoffen und für heute alles Gute!"

Damit fuhr Steve weiter zu seinem Lieblingsplatz mit dem Blick auf die wunderschöne Woolacombe Bucht und der Insel Lundy, auf der wilder Ginster in voller goldener Blüte stand.

In seinem Notizbuch sah er, dass er für 12:00 Uhr für das Herrenhaus in Putsborough gebucht war, dann bei Miss May und als letztes beim Farm Shop in den Dünen.

Schnell lief er noch eine Runde mit Tiny, die in dem gepflegten Garten des Herrenhauses nicht sonderlich willkommen war. Steve selbst freute sich immer sehr auf seinen Besuch im Manor Haus. Der Rasen war wie smaragdener Samt und die Menge der blühenden Frühlingsblumen übertraf jede Gartenausstellung. Besonders bewunderte Steve bei jedem Besuch den uralten Maulbeerbaum, der noch immer Früchte trug. Beide – Lord and Lady Gentry arbeiteten täglich in ihrem Garten, und wenn man sie in dort traf, würde man sie für gewöhnliche Gärtner halten, immer freundlich und stets zu einem Gespräch über die Pflanzen bereit.

Steves Großmutter, Joan Hamilton kannte sie sehr gut. Sie freute sich immer, wenn Lady Pam sie um ihre Unterstützung bat, wenn die Gärten für Wohltätigskeitzwecke geöffnet wurden. Er war erstaunt, sie nicht im Garten zu sehen und zwei Polizeiwagen in der Einfahrt bemerkte. Wie merkwürdig dachte er, hoffentlich hatte es keinen Unfall gegeben. Er ging weiter zum hinteren Eingang und fand die Haushälterin in der Küche.

„Ach, Steve, Ich hatte Sie völlig vergessen, wir hatten nichts als Schocks heute!" „Ja, was ist denn bloß passiert, sind Lord Tom und Lady Pam ok?" „Setzen Sie sich, Steve und trinken Sie eine Tasse Tee mit mir, ich bin dermaßen zitterig von dieser Aufregung! In meinem ganzen Leben habe ich noch nie etwas mit der Polizei zu tun gehabt und nun werde ich verhört wie ein Verbrecher! Man soll es nicht für möglich halten! Dieser eingebildete kleine Angeber Sergeant White! Als ob er mich nicht sein ganzes

Leben gekannt hätte! Wie oft ich ihm wohl seine dreckige Nase abgewischt habe, als er als kleiner Bengel hier rumgelaufen ist und seine Mutter ewig zu viel getrunken hatte, um sich um ihre Gören zu kümmern!"

Die arme Gladys musste Luft holen, so hatte Steve die Gelegenheit zu fragen „aber was ist denn passiert, Gladys?" Nach einem beruhigenden Schluck Tee sagte sie schließlich, „wir wurden ausgeraubt, das ist passiert," und brach sofort in Tränen aus. „Das Schlimme ist, es war alles meine Schuld! Ich habe dem Einbrecher sogar zugewinkt und ihm eine Tasse Tee angeboten! Und nun hat Lady Pam die Perlen ihrer Großmutter verloren!" Heraus kam ein großes Taschentuch und sie schluchzte „sicher werde ich nach all diesen Jahren meinen Job verlieren und meine Tage im Gefängnis beenden."

Steve stand auf und nahm sie tröstend in den Arm „warum erzählen Sie es mir nicht von Anfang an, Gladys?" Sie sah mit tränenüberströmtem Gesicht zu ihm auf.

„Ich stand hier am Küchenfenster und schälte Kartoffeln, als ich den Maler mit der Leiter über einer Schulter und einem Farbeimer in der anderen Hand, die Einfahrt heraufkommen sah. Heute Morgen konnte ich mal wieder meine Brille nicht finden und glaubte, er hatte mich wohl gar nicht winken gesehen. Jedenfalls ging er um das Haus nach hinten, wo die Schlafzimmer sind. Ich dachte, endlich hat Lord Tom den Maler bestellt, damit er die Schlafzimmerfenster streicht, die Rahmen hatten es wirklich nötig. Wie gut, dass ich die Fenster offengelassen habe, das wird es viel einfacher machen."

Sie nahm noch einen Schluck Tee und fuhr dann fort „es dauerte nicht lange, was mich eigentlich überraschte und er eilte zurück zu seinem Wagen. Als ihre Ladyship zurückkehrte, sagte ich, dass der Maler dagewesen war. Sie war ganz erstaunt, da sie nichts darüber gewusst hatte, ging nach oben, um sich umzukleiden, dann hörte ich ihren Schrei. So schnell ich konnte, rannte ich nach oben und hörte, wie sie weinte „mein Himmel, wir sind beraubt, meine Perlen sind verschwunden!" Dann sah ich sie, wie sie an ihrem Ankleidetisch saß und schluchzte „was wird nur Tom sagen, ich mag gar nicht daran denken! Ich hatte sie noch nicht mal in ihre Schatulle gelegt, weil ich nach der Party so müde war und heute Morgen habe ich es vergessen. Die Perlen sind seit Generationen in der Familie und er hat sie gestern erst von der Bank geholt, damit ich sie bei dieser besonderen Gelegenheit tragen konnte. Jetzt kann ich ihn gar nicht erreichen. Er spielt im Golf Tournament in Saunton.

Ich musste die Polizei anrufen. Dann kam die Polizei und stellte mir alle diese Fragen – hatte ich den Einbrecher erkannt – hatte ich die Fenster absichtlich offengelassen – warum hatte ich die Perlen nicht weggelegt, als ich aufräumte.

Einer von ihnen schrieb alles auf und ich musste es unterschreiben. Ich versuchte zu erklären, dass ich meine Brille morgens nicht finden konnte und dass ich diesen Burschen nur im Maleroverall mit Leiter und Farbeimer gesehen hatte. Was sollte ich denn denken? Wir hatten unseren Maler immer allein im Haus arbeiten lassen, er war seit Jahren unser Maler."

„Versuch doch, dich zu beruhigen, Gladys. Wir können es nicht mehr ändern. Wir können nur hoffen, dass die Polizei ihn packt, wenn er versucht, die Perlen zu verkaufen, und das wird schwierig für ihn sein. Derart kostbare Erbstücke sind sehr selten, und nur wenige Händler würden sich daran wagen."

Sie hörten einen Wagen und sahen Lord Tom, wie er ins Haus eilte. Nach kurzer Zeit erschien er wieder mit einem Arm um die Schulter seiner Frau gelegt im angeregten Gespräch mit den Polizeibeamten während sie in ihren Wagen stiegen. Steve und Gladys sahen sich erstaunt an, sie hatten eine ganz andere Reaktion von Lord Tom erwartet.

Nicht lange danach kam er selbst in die Küche „gut Sie zu sehen, Steve, tut mir leid, dass Sie warten mussten. Ich habe gute Nachrichten Gladys, weinen Sie nicht mehr! Wie haben großes Glück gehabt! Die Perlen waren nur das Replica, nicht die echten! Als ich sie aus dem Safe in der Bank holte, bemerkte ich, dass der Verschluss defekt war und brachte sie gleich zur Reparatur beim Juwelier, der ein Replica hat. Ich hatte völlig vergessen, es Lady Pam zu sagen. Bringen Sie uns bitte eine Runde Kresse Sandwiches in den Wintergarten."

Dann nickte er ihnen zu, um sich zu Lady Pam zu gesellen. „Komm, setz dich zu mir, Darling, wir sollten einen Toast auf die nichtgestohlenen Perlen trinken."

„Mm, mein Lieblingssherry, ich danke dir, Tom! Das war wirklich ein großer Schrecken, aber wir sind gut davongekommen." Sie lehnte sich in ihrem weißen Korbsessel zurück. „Findest du nicht, dass der Garten in diesem Jahr besonders schön aussieht? Dies ist wirklich die beste Jahreszeit! Hast du übrigens Honey gesehen? Ich fühle mich nie richtig wohl, wenn ich nicht einen Retriever an meiner Seite habe." „Sie saß vor Steves Van und wollte unbedingt mit seinem riesigen, weißen Schäferhund spielen." „Um Himmels Willen nicht, die beiden würden den Garten ruinieren. Der arme George könnte einen Fit haben. Er war so erleichtert, als Honey gelernt hatte, ihre Geschäfte nicht auf dem Rasen zu verrichten. Du weißt ja, wie er sich damit anstellt. Aber ich werde nach Honey flöten. Es ist nicht fair, für Steves Hund so eingesperrt zu sein." Schnell hielt sich Pam ihre Ohren zu, sie kannte Toms Flötentöne nur zu gut. Ein Farmer hatte ihm als Kind beigebracht, wie man zwischen den Zähnen pfeifen konnte und er zeigte diese Kunst zu gern. Sowie der schrille Pfiff ertönte, kam die schöne Retriever Hündin durch die offene Tür und stand gehorsam vor Pam noch völlig außer Atem. „Komm hierher und sit, Honey!" Honey setzte sich, legte ihre Pfote auf Pams Knie und sah sie flehend an. Als Gladys mit dem Tablett hereinkam, sprang sie auf und wedelte wild mit ihrem Schweif.

„Nein, nein, mein Schatz, du bist zu gierig, ab in die Küche. Gladys wird dich füttern." Gladys warf ein „Steve ist beinah fertig, soll ich ihn bezahlen?"

„Ja, bitte und bestelle ihn für nächste Woche, damit er den Rest fegen kann."Damit wandte sie sich wieder ihrem Mann zu. „Die Sandwiches sind wirklich lecker, vor allem die Kresse. Wir haben Glück, dass sie im Bach in unserem Garten wächst. Ich freue mich schon auf unsere eigenen Tomaten. Weißt du, welche Sorten George in diesem Jahr zieht?" „Oh ja, meine Liebe, Gärtners Delight, Alicante und die großen Salattomaten. Erinnerst du dich, dass wir die Samen aus La Gomera mitgebracht hatten."

Nachdenklich antwortete Pam „aber ja, sicher! Das waren wirklich schöne Ferien, wir sollten darüber nachdenken, wieder einmal Urlaub zu machen." Lächelnd antwortete Tom „es gibt keinen Grund, weshalb wir das nicht können" dann zwinkert er sie an „vorausgesetzt du veranstaltet nicht zu viele Wohltätigkeitsparties!" Schnell lenkte Pam ab „wie hast du denn bei dem Tournament abgeschnitten?" „Es geht so; aber ich hörte von einem Skandal im Dorf – die Frau von dem neuen Besitzer des Village Shops hat ihn verlassen und ist nun Barmaid im Rock Inn Pub! Dazu muss ich allerdings sagen, dass er allgemein sehr unbeliebt war." Pam schüttelte den Kopf „das mag ja sein, aber allein wird er den Laden nicht bewirtschaften können. Für die Dorfbewohner, besonders für die älteren wird das ein schwerer Schlag sein, wenn sie kein Auto haben; denn dies ist ihre einzige Einkaufsmöglichkeit.

Aber, was auch immer, ist es eine Tragödie – ein Lebenstraum zerstört und Ersparnisse verschwendet. Dieser Laden braucht ein junges, energisches Paar, die im Dorf Sympathien erwecken. So etwas wie young Brian, der Sohn von unserem Gärtner, der seine Militärzeit hinter sich hat und alle im Dorf kennt."

„Aber, Tom, er hat sicher nicht das Geld, um den Laden zu übernehmen" warf Pam ein. „Das wohl nicht; aber mit seiner guten Laufbahn in der Armee sollte er wohl ein vernünftiges Darlehen von der Bank bekommen. Ich könnte ja auch ein Wort für ihn einlegen. Am besten, ich spreche mal mit George, er machte sich schon lange Sorgen, was Brian machen soll, wenn sein Armeevertrag ausläuft. Dies war eine nette kleine Pause, mein Darling; aber ich habe noch einige Briefe zu schreiben." Er stand auf, um sich in seine Bibliothek zurück zu ziehen.

Pam verkniff sich ein Lächeln, sie wusste nur zu gut, dass er nun ein Nickerchen machte. Und warum auch nicht, er war schließlich über 70 und hatte die Ruhe verdient. Sie blickte in die Zeitung und war traurig, als sie ein Foto von der wunderschönen Diana sah, die traurig allein auf der Marmorbank vorm TajMahal saß.

Steve kam bei Miss May an, nachdem er sein tägliches Käsebrot mit Tiny genossen hatte. Miss May war im Garten und versuchte ein Feuer anzumachen. „Hi, Mary, soll ich Ihnen helfen?" „Du bist genau im richtigen Augenblick gekommen, Steve. Würdest Du den Feueranzünden von dem oberen Regal in der Küche holen. Ich muss im Winter eingelaufen sein, ich kann nicht mehr darankommen." „Klettern Sie bloß nicht auf Leitern herum, Miss May, ich helfe Ihnen doch gern."

Nach ein paar Minuten prasselte das Feuer fröhlich und Miss May wendete sich Steve zu „vielen Dank, fang du mit dem Aga an, ehe ich ihn wieder brauche. Du wirst dich wundern, wie dein Kätzchen gewachsen ist, nächste Woche wirst du es mitnehmen können. Ich werde es sehr vermissen.

Du weißt ja, wie sentimental ich bin, ich liebe jedes von ihnen. Aber solange sie ein gutes Heim finden, will ich zufrieden sein."

Als sie ins Haus gingen, quetschte sich Tiny an ihnen vorbei zu dem Korb mit den kleinen Katzen. Sie miauten, quiekten, und der kleine Blue war herausgefallen. Tiny hob ihn vorsichtig auf und legte in wieder zu den anderen. Sie leckte ihn zärtlich und sah bittend zu Steve auf. „Ja, mein Mädchen, du darfst ihn wieder herausholen aber ganz vorsichtig!"

Tiny wedelte ihren Schwanz und holte Blue, um ihn Steve zu bringen. „Weißt Du, Steve, es ist richtig unheimlich, woher weiß sie, dass du dieses Kätzchen ausgesucht hast?"

„Ich habe keine Ahnung, manchmal kommt es mir so vor, als ob sie meine Gedanken lesen kann, es ist ganz eigenartig. Aber sehen Sie doch mal diesen kleinen Burschen an, er ist zu entzückend! Haben Sie jemals Augen in dieser Farbe gesehen und sehen Sie doch, seine vier Pfoten sind weiß, als ob er Socken anhätte, wie komisch! Aber ich glaube, wir brauchen uns nicht um ihn sorgen, Tiny wird auf ihn achten."

„Hast du schon das Neueste von unserem Villageshop gehört? Die Frau von dem neuen Eigentümer hat ihn verlassen und ist jetzt Barmaid im Rock Inn und er versucht den Laden wieder zu verkaufen. Lange hat er es also nicht ausgehalten. Aber weißt du, das überrascht mich überhaupt nicht. Er war wirklich nicht für ein Dorf in Norddevon geeignet!"

Steve war schnell mit seiner Arbeit fertig, streichelte little Blue noch einmal und war auf dem Weg zur Farm in den Borroughs.

Am besten kaufte er gleich ein paar Kartoffeln entschied er, als er sie auf den Verkaufsregalen sah, neben Osterglocken, Karotten und Blumenkohl. Dabei stand eine Pappschachtel für Geld. Alles war unglaublich preiswert, er suchte ein paar Sachen zusammen, dann klopfte er an die Küchentür.

„Guten Tag" rief er, ehe er eintrat. Bob, der Farmer und seine Frau saßen am Küchentisch und studierten einen Luftpostbrief. „Gute Neuigkeiten dann aus Australien von Ihrem Sohn?"

„Nicht wirklich, Steve, nicht für uns! Es gefällt ihm so gut da drüben, dass er dableiben will, und wir brauchen seine Hilfe so dringend. Wenn ich an alle diese Spargelbeete denke, die ich extra für ihn gepflanzt habe! Ich finde es so schwierig, sie zu bearbeiten, mein Rücken macht einfach nicht mehr mit." Seine Frau Brenda, sah ihn mit Tränen in den Augen an „aber Bob, wenn er doch dort so glücklich ist, sollten wir ihm erlauben, zu bleiben, „Unsinn, was treibt er denn da – nur dieses verdammte Surfen! Das ist doch keine Arbeit für einen jungen Mann von zwanzig Jahren! Denk doch mal, wie hart wir arbeiten mussten, als wir mit der Farm anfingen "schimpfte er.

„Vergiss nicht, er schreibt, dass er gut in der Werkstatt verdient, wo sie die Surfboards herstellen, er hat hier so viel über Boards gelernt.“ Brenda versuchte vergeblich, ihn zu beruhigen.

Es war Steve peinlich, ein Zeuge diese Auseinandersetzung zu werden. Er kannte John gut und hatte oft mit ihm zusammen gesurft. Es geschah immer wieder, dass die jungen Menschen so begeistert vom Surfen waren, dass sie an nichts anderes Interesse hatten, als die große Welle zu finden. Es war ihr Leben - nicht nur ein Sport – ein Kult.

„Vielleicht wird ihm die Sorte Leben bald überdrüssig! Machen Sie sich nicht zu viel Sorgen, solange er nicht das Herz an eine dieser langbeinigen, blonden Schönheiten am Strand verliert“ versuchte er zu scherzen. Das war natürlich zu dumm von ihm gewesen und machte den beiden noch mehr Sorgen. Nach Hühnern zu fragen, hatte keinen Zweck. „Soll ich lieber ein anderes Mal wiederkommen, Brenda?“ „Nein, nun bist du schon da, fang man an, du weißt ja Bescheid,“ entschied Bob und Steve versuchte, so schnell wie möglich fertig zu werden.

Diese armen Eltern, dachte er, als er abfuhr. Sie waren nicht die einzigen, deren Kinder dem Zauber von Australien und Neuseelands verfielen, wenn sie auf ihrem „Jahrestrip“ nach der Schule waren.

Kapitel 7

Auf der Heimfahrt heute beachtete Steve nicht die schönen wilden Blumen, die an jeder Seite der engen Straße wuchsen, sondern verfluchte sich, dass er das Bild von blonden australischen Mädchen heraufbeschworen hatte. Er hatte den Schleier, den er seit Jahren über seine Vergangenheit gelegt hatte, in diesem Augenblick zerrissen.

Bei einem Parkplatz hielt er und stieg aus, ohne Notiz von Tiny zu nehmen. Er zog seine Brieftasche aus seinem Jackett und nahm einen Zeitungsabschnitt heraus. Es war nur eine kurze Notiz „Barbara Austin im Alter von 23 Jahren, eine australische Studentin, die in Exeter als Au-pair gearbeitet hatte, verstarb an einer Fehlgeburt, die durch die Überdosis von Chinin verursacht war." Steve legte die Hand über seine Augen, um die Bilder zu verdrängen, die seine Erinnerung ihm aufzwang.

Babs war das typische „goldene" langbeinige „Aussiegirl" voller Lebensfreude gewesen.

Ganz schnell wurde sie der Mittelpunkt seines Freundeskreises, ganz wie am Abend der Abschiedsparty ihres Semesters, an der auch Steve teilnahm. Er genoss diesen Abend ganz besonders, da er seine eigenen Studien mit Auszeichnung abgeschlossen hatte. Babs tanzte dicht an ihn heran und sie begannen zusammen einen heißen Tango. Ein Tanz folgte dem anderen genau wie ein Glas Wein dem nächsten. Das Ende war vorauszusehen – beide landeten im Bett zusammen, hatten ein paar Stunden trunkener Leidenschaft und waren am nächsten Morgen dementsprechend reumütig. Sie trennten sich mit einem verlegenen Lächeln und freundlichem Gruß. Steve verbrachte die Universitätsferien bei seinen Eltern und Babs arbeitete weiter als Au-pair.

Als er nach zwei Monaten zurückkehrte, fand er einen Brief von Babs, die dringend bat, ihn anzurufen, was er auch sofort tat. Alles, was sie ihm sagen wollte, war, sie abends im Pub zu treffen.

Steve war nicht an einer Beziehung interessiert, wollte aber auch einem so netten Mädchen gegenüber nicht unhöflich sein. Und ein Drink in einem Pub verpflichtete ihn schließlich zu nichts. Als er im „Ship aground" ankam, wartete sie schon auf ihn. Er war bestürzt, wie blass und elend sie aussah, gar nicht so sonnig und gebräunt, wie er sie in Erinnerung hatte.

„Du siehst aber gar nicht gut aus, warst du krank?" fragte er, als er sich ihr gegenübersetzte. Sie kam sofort zur Sache. „Ich bin schwanger, Steve und ich möchte auf gar keinen Fall jetzt ein Kind haben. Was kann ich machen, um es los zu werden." Steve war aufs tiefste geschockt, nicht nur über die Schwangerschaft, sondern auch von der Art und Weise, wie sie darüber sprach. Noch nie in seinem Leben war er mit ähnlichen Problemen konfrontiert worden. In keiner Weise war er ein Unschuldsengel; aber in seinem bisherigen Leben wäre eine gründliche Prüfung aller Tatsachen und Möglichkeiten erwartet gewesen, ehe ein beginnendes Leben vernichtet wurde – ganz abgesehen davon, wie es entstanden war.

Er dachte auch an Chloe, seine Freundin, seitdem sie zusammen zur Schule gingen. Sie würde es ihm nicht verzeihen können, dass er mit einem anderen Mädchen geschlafen hatte. Alle diese Gedanken jagten durch seinen Kopf, als er in sein Bierglas starrte.

„Nun sag doch endlich etwas" drängte ihn das Mädchen. „Entschuldige, Babs, ich war tief in Gedanken, und dies ist eine schreckliche Entscheidung." „Wieso? Ich habe es bereits entschieden. Für mich gibt es keine andere Möglichkeit, ich kann unmöglich mit einem Kind zu meinen Eltern zurückkehren. Sie haben zu hart gespart, um mir ein Studium zu finanzieren. Ich werde sie nicht enttäuschen!" „Aber ist es nicht furchtbar gefährlich, Babs?" „Ach was, nicht in einem so frühen Stadium, darüber kann ich mir keine Sorgen machen."

Steve fuhr sich verzweifelt mit der Hand durchs Haar. „Ich kann mich mit dem Gedanken nicht anfreunden" sagte er schließlich und schämte sich, diesem armen Mädchen, eine so lahme Antwort zu geben. „Aber ich werde versuchen, etwas mehr von einem Kommilitonen herauszufinden. Mach dir nicht zu viel Sorgen. Es werden auch keine Namen erwähnt. Wir treffen uns morgen hier um die gleiche Zeit."

Und so war er fortgegangen zutiefst beschämt, dass er keine bessere Lösung anbieten konnte. Er ließ seine engsten Freunde in Gedanken an sich vorüberziehen. Wen sollte er wohl um Rat fragen – es würde wohl Arthur sein, derjenige aus seiner Gruppe, der wohl die meiste Erfahrung hatte – außer natürlich, er gab nur an. Schwierig, das zu wissen, aber er hatte ein Versprechen gegeben und das musste er halten.

Arthurs Studentenbude war nicht weit, so machte er sich gleich auf den Weg und klingelte. Seine Wirtin öffnete die Tür als er fragte, ob Arthur zusprechen sei. „Wenn Sie Glück haben, ist er da. Wann der junge Mann jemals studiert, ist mir ein Rätsel!" Er klopfte und eine fidele Stimme rief „herein, herein, nur nicht schüchtern."

Steve schauderte, als er sich erinnerte, wie peinlich es ihm gewesen war, die Situation zu erklären. Und auch die Erleichterung, als Arthur sagte „du bist an die richtige Adresse gekommen, du alter Schwerenöter! Onkel Arthur weiß genau Bescheid und deine Sorgen sind vorbei. Leider ist es unter 50 Quid nicht zu haben – ha, ha, ein Päckchen Gummis wäre billiger gewesen!" „Ist es gefährlich?" Arthur lachte nur „Unsinn, es ist Chinin! Du trinkst es in deinem Gin und Tonic jeden Tag. Komm morgen wieder und vergiss nicht das Geld!"

Lebhaft erinnerte sich Steve das Gefühl unheimlicher Erleichterung, als er Arthur verließ. Fünfzig Pfund würden ihm nicht viel Geld für den Rest des Monats lassen; aber er war erleichtert über die Sicherheit. Es war ja allgemein bekannt, dass den britischen Truppen sogar regelmäßig Chinin in den Tropen verschrieben wurde. Die arme Babs würde ihm so dankbar sein, dass er ihr geholfen hatte.

Das Ende war zu tragisch, Steve sah wieder auf das kleine Stück Papier in seiner Hand. Er war es gewesen, der ihr die Droge gebracht hatte, und diese kurze Notiz im Exeter Journal war alles, was von Babs geblieben war. Seufzend verbarg er das vergilbte Stück Papier wieder in seiner Brieftasche und fuhr weiter. Tiny fühlte, dass er traurig war und schmiegte sich an ihn.

In einem hatte er Recht behalten. Chloe konnte ihm nicht verzeihen. Bereute er, dass er ihr die Wahrheit gesagt hatte? Nein, wenn sie ihm diesen einen Fehler, den er gemacht hatte, als er betrunken war, nicht verzeihen konnte, war sie nicht die richtige Frau für ihn. Verständnis und Mitgefühl waren für ihn in einer Partnerschaft sehr wichtig.

Seit damals war sein einziges Ziel gewesen, sich in der Anwaltsfirma in der City zu etablieren, bis er erkannte, dass dieses Ratrace nicht für ihn war. Eins jedoch war sicher, er musste ernstlich über die Zukunft nachdenken!

Auch als er zu Haus ankam, war er noch immer deprimiert. Immer wenn er sich an das so fröhliche junge Mädchen erinnerte, dessen Leben dann unglücklich, in Schmerzen und völlig allein endete, gab er sich die Schuld. Und es war nicht nur ihr Leben, sondern auch das eines Kindes – seines Kindes. Es nützte wenig, dass er darüber nachgrübelte. Was vor langer Zeit geschehen war, konnte nicht mehr geändert werden.

Am besten, er begann mit dem Hühnerstall und machte Ernst mit seinen Versuchen, einige aus dem Batteriebetrieb zu retten. Er arbeitete ohne Unterbrechung und freute sich, dass er eine Art Stall mit Auslauf fertiggestellt hatte, als es dunkel wurde.

Die harte Arbeit hatte seinen Kopf von den trüben Erinnerungen befreit. Während er sein Abendessen zubereitete, ließ er Tiny allein in die Dünen laufen und wunderte sich, dass sie so lange ausblieb. Merkwürdig, dachte er. Normalerweise, würde der Geruch von Essen sie wie ein Magnet nach Haus gezogen haben. Nachdem er fertig war, stand er auf und wollte gerade nach ihr suchen, als er sie hecheln hörte und sie mit großen Sätzen mit einem grauen Windhund auf ihren Fersen auftauchte. Beide setzten sich vor ihn und sahen erwartungsvoll zu ihm auf.

„Ich weiß wohl, was ihr wollt" sagte er und gab ihnen eine gro0e Schüssel Wasser. Beide schlappten es durstig auf und ließen sich vor dem Kamin nieder. Es war offensichtlich, dass beide völlig erschöpft waren. Er sah sich den Windhund näher an „wen haben wir denn hier, das möchte ich wohl wissen! Kein Halsband und kein Namensschild. Ob du wohl mikrochipped bist? Eigenartig, eine solche reinrassige Schönheit und auch guterzogen! Er streichelte sie und bewunderte ihre schönen Augen und glänzendes Fell. Er selbst kannte niemanden in der Gegend, der einen Windhund hatte. Die meisten Leute hatten Retriever, Labradors und Sheepdogs in der Umgegend. Vielleicht ein Hund aus einem Tierheim?

Er hatte schon oft gehört, dass Windhunde, wenn sie etwa fünf Jahre alt waren und nicht mehr zu Höchstleistungen bei Hunderennen fähig waren, abgegeben oder sogar eingeschläfert wurden. Es waren Fanatiker, die Hunderennen veranstalteten. Es wäre am besten, wenn er auf seinem Weg zu Miss Carter, der Kundin für morgen, beim Tierheim vorbeifuhr, um Rat zu bekommen.

Miss Carter oder Susan war eine merkwürdige alte Jungfer. Das war eigentlich zu gelinde ausgedrückt, er fand sie schon fast verrückt.

Als er zum ersten Mal zu ihr bestellt war, musste er sich durch hüftlange Dornen und andere Unkräuter einen Weg zur Haustür bahnen. Sein Klopfen wurde von einer bizarren Figur beantwortet, tief gebeugt mit Massen von weißen Haaren, nur noch wenigen Zähnen und einer uralten Brille auf der knochigen Nase.

„Come in, come in!" hatte er eine sehr kultivierte Stimme gehört. Er musste seitlich eintreten, da beide Wände im Eingang große Buchregale mit hunderten von Büchern bis zur Decke aufwiesen. Statt Lampen gab es nur elektrische Birnen in ihren Fassungen, die ein trauriges Licht auf die Fußböden und Möbel warfen, die alle in Laken gehüllt war. Fenster hatten keine Gardinen und große Spinnennetze waren in allen Ecken und hingen von der Decke. Es war mit Abstand das spukigste Haus, das er bisher besucht hatte und er kam sicherlich mehr herum als die meisten Leute.

„Wenn es Ihnen recht ist, hole ich eben meinen sauberen Besen und entferne die vielen Spinnennetze, Miss Carter. Sie können sicher nicht daran reichen." „Oh nein, mein guter Mann, das sind meine kleinen Freunde, sie haben ihr sicheres Heim bei mir und ich werde nicht gestatten, dass sie verängstigt werden." Steve konnte kaum glauben, dass dies die Antwort von Miss Carter war.

„Entschuldigen Sie, ich habe es nur gut gemeint" murmelte Steve und sah sich im Wohnzimmer um, wo jede Wand von Bücherregalen verdeckt war. „Sie haben wirklich unheimlich viele Bücher, sicher lesen Sie sehr viel", „ja, das ist korrekt. Mein Stiefvater war ein bekannter Autor und ich war seine Lektorin. Bücher sind mein ganzes Leben, ohne sie wäre ich totunglücklich, vor allem seit ich in dieser entsetzlichen modernen Kiste von Haus leben muss.

Wie anders war mein Leben, als ich noch in Hedge Banks wohnte." „Hedge Banks, ist das nicht das alte schöne Haus über Woolacombe Beach?" „Ja, Sie haben recht oder vielmehr, es war ein schönes Haus, bis diese neureichen Leute aus London, die es gekauft hatten, es modernisierten und den Charakter völlig vernichteten. Warum nur können Menschen nicht die alten schönen Dinge lassen, wie sie sind?" Steve entgegnete besänftigend „wahrscheinlich wollten sie modernen Komfort und auch Isolation gegen die schweren atlantischen Stürme!" Aber Miss Carter ließ sich nicht beruhigen „wenn sie nicht mit der Natur leben können, dann sollten sie die Natur verlassen und wieder in ihre überfüllten, elenden Städte zurückkehren!" Das war ihre leidenschaftliche Antwort. Steves Eindruck war, dass mit dieser Dame nicht zu spaßen war und er fuhr fort mit seiner Arbeit. Er fühlte einen Widerstand, versuchte so hoch wie möglich zu gelangen und entschied, dass es ein Vogelnest war. „Sie haben ein Vogelnest auf Ihrem Schornstein Miss Carter, ich hole schnell meine lange Bürste, um es zu entfernen.“ „Oh, nein, das kommt nicht in Frage, wie können Sie das nur vorschlagen. Wie wunderbar, ein Nest zu haben, ich werde beobachten können, was es wohl für Vögel sind?“ „Aber Sie werden kein Feuer im Kamin haben können.“ „Dann werde ich meine Beine in eine Decke wickeln, um warm zu bleiben.“ Steve hatte dann aufgegeben und versprochen zurückzukommen, wenn die Vögel das Nest verlassen hatten. Also hoffte er, dass er morgen keine Vögel finden würde, als er die Hunde fütterte.

Am nächsten Morgen sprangen beide Hunde zusammen in den Passagiersitz, sie schienen die besten aller Freunde zu sein, obwohl es zwei Hündinnen waren. Tiny zeigte auch keinen Anflug von Eifersucht als er den Windhund tätschelte. Wieder bewunderte er sie und wunderte sich, wie sie wohl hieß. Wenn es sein Hund wäre, würde er sie „Breeze“ nennen. Sie war so schnell und leichtfüßig wie eine Sommerbrise.

Nein, er musste aufhören so zu denken, es war albern. Er hatte einen schönen Hund, bald hätte er ein Kätzchen und Hühner. Noch mehr Tiere konnte er wahrhaftig nicht gebrauchen.

Jenny begrüßte ihn mit einem warmen Lächeln. Steve erkannte sie kaum wieder in den flotten Hosen mit dem Motto „Ein Hund ist fürs Leben und nicht nur für Weihnachten“. Sie sah so glücklich aus mit rosigen Wangen und strahlenden Augen. „Was für einen wunderschönen Windhund hast Du hier, Steve!“ „Du wirst es kaum glauben, Tiny hat sie gestern Abend in den Borroughs gefunden und sie mitgebracht. Kannst Du mich beraten, was ich jetzt machen muss? Als erstes wohl die Polizei benachrichtigen?“ Jenny sagte gleich „das ist richtig; aber Daphne hat einen Scanner und sie wird gleich feststellen können, ob sie mikro chipped worden ist.“

„Wow, ich bin beeindruckt, schon sehr professionell, Madam!“ „Aber natürlich, ich lerne schnell“ lachte sie „wie ist es denn mit der versprochenen Tasse Tee, Sir, Milch und Zucker, wenn ich mich recht entsinne!" „Aber ja, zwei Löffel Zucker, bitte!"

Beide waren erstaunt, dass Daphne keinen Mikrochip finden konnte. „Sehr merkwürdig bei einem so wertvollen Tier. Dann wollen wir uns lieber mit der Polizei in Verbindung setzen. Vielleicht hat der Besitzer sie schon als vermisst gemeldet." Aber von der Polizei erfuhren sie nur, dass keine Vermisstenanzeige vorlag, falls sie etwas hörten, würden sie sofort informiert.

Daphne runzelte ihre Stirn „ich fürchte, wir haben ein Problem, wir sind schon überfüllt und ich weiß wirklich nicht, wo ich mit ihr bleiben soll. Könntest du sie nicht ein paar Tage behalten, Steve?" „Kein Problem, du weißt ja, wie sich Tiny über Spielgefährten freut und jetzt muss ich mich wirklich beeilen. Miss Carter ist sonst noch schwieriger als sonst, wenn ich zu spät komme. Also, tschüss dann, Girls, gebt mir Bescheid, wenn ihr irgendwas Neues hört! Und vielen Dank für den Tee!"

Miss Carters Vorgarten war noch schlimmer geworden, am meisten waren die Dornen und Brennnesseln gewachsen. Wie die alte Dame so leben konnte, war Steve unbegreiflich. „Guten Morgen, Steve, kommen Sie herein! Ich muss sagen, es freut mich, dass Sie so pünktlich sind. Heutzutage findet man das nicht mehr all zu oft." „Auch Ihnen einen guten Morgen, Miss Carter! Haben Sie herausgefunden, welcher Vogel auf Ihrem Schornstein genistet hatte?" „Dass sie sich daran erinnern Steve! Ja, es war ein reizendes Paar Drosseln und sie hatten 5 Junge, die alle überlebten. Es hat mir so viel Freude gemacht, sie zu beobachten und der Milchmann war so nett, das Nest zu entfernen, nachdem die Kleinen flügge waren."

Steve blickte auf, Miss Carter hörte sich viel fröhlicher an und sah auch nicht ganz so gekrümmt aus. „Es scheint Ihnen so viel besser zu gehen, wahrscheinlich bekommt Ihnen das wärmere Wetter!" Sie zögerte für einen Augenblick und sagte dann ," ich muss es Ihnen erzählen, Steve. Es hat sich etwas ganz Wunderbares ereignet. Ich hatte Ihnen doch erzählt, dass mein Stiefvater ein bekannter amerikanischer Autor war, nicht wahr? Nun, ich bekam einen Brief von seinem alten Verlag in der USA; in dem ich informiert wurde, das sein letztes Werk plötzlich sehr populär geworden ist und Verhandlungen über den Verkauf der Filmrechte anstehen. Und außerdem ist er dominiert für den Buchpreis „Der goldene Adler"

„Das sind ja allerdings hervorragende Nachrichten, meinen herzlichen Glückwunsch! Werden Sie in die Staaten reisen müssen?" „Aber ja, und bevor ich reise, entsendet die Filmgesellschaft eine Agentin hierher, um mich für öffentliche Auftritte zu stylen." Dabei lachte sie und fügte zu „das wird bei mir für die Ärmste ein schwieriger Job werden! Aber würden Sie mir wohl einen großen Gefallen tun?" „Selbstverständlich, Miss Carter, was ist es denn?" „Könnten Sie wohl meine Hauspflanzen in Pflege nehmen? Ich habe sie schon seit vielen Jahren." „Warum nicht, ich kann sie ja gleich mitnehmen. Zeigen Sie mir nur, wo sie sind."

Miss Carter führte Steve nach oben, wo die Tür zu ihrem Schlafzimmer offenstand, das mehr als spartanisch eingerichtet war, auch hier waren alle Wände voller Bücher. Dann sah Steve mit Schrecken, dass ein Zimmer daneben mit kränklich aussehenden Pflanzen angefüllt war, die Miss Carter stolz als Chorophytum vorstellte. „Ich glaube kaum, dass ich sie jetzt mitnehmen kann, es sind mehr als ich angenommen hatte. Vielleicht frag ich meine Gro0mutter, ob sie sie in ihrem Gewächshaus aufnimmt. Mein Cottage ist leider nicht groß genug. Ich komme dann wieder vorbei, Miss Carter."

Wieder im Auto bei den Hunden musste Steve lachen. Was wäre wohl das Nächste für seine Kollektion.? Dann dachte er über Miss Carter nach. Was sie wohl beruflich gemacht hatte, ehe sie ihre Mutter pflegen musste. Er kam zu der Meinung, dass sie eigentlich eine ganz interessante Person war, wenn man sie näher kennen lernte. Wie sie wohl aussehen würde, wenn der Agent aus Amerika sie umgewandelt hatte.

Gerade wollte er an dem traurig aussehenden Dorfladen vorbeifahren, als ihm jemand zuwinkte. Er entpuppte sich als Brian, sein Schulfreund – und nicht in Uniform. Er konnte ihn kaum in Zivilkleidung erkennen. „Hi, Brian, bist du hinter dem Dorfladen her“ lachte er.

„Du hast es erraten. Ich suchte für ein Projekt nach meiner Armeezeit und Lord Tom hat mir dazu geraten. Was meinst du?“ „Also deine Erfahrung in der Militärzeit sollte gut sein, wenn deine Frau bereit ist, dir zu helfen.“ Brian strahlte „meine Betty ist genau die Richtige und sehnt sich danach, Wurzeln zu schlagen nach diesen vielen Jahren, die wir im Ausland verbracht haben. Wir beide lieben Norddevon und wären in der Nähe von Mum und Dad. Lass uns ein Bier zusammen trinken, dann kannst du mir über die Leute hier erzählen, du kennst hier schließlich mehr als jeder andere.“ „Ja, ich freue mich besonders, dass ich Betty kennen lerne. So morgen gegen sechs im Rock, bis dann.“

Seine nächsten Jobs waren schnell erledigt, er war in der Nähe des Tierheims und entschied, Jenny auch zum Rock einzuladen. Es würde ihr guttun, mal unter die Leute zu kommen. Es war schon ziemlich lange her, dass er ein Mädchen eingeladen hatte und wirklich an der Zeit, dass er selbst mal unter Menschen kam, er wollte schließlich kein Einsiedler werden.

„Hallo, Jenny“ rief er durch das Autofenster, als er sie zum Eingang kommen sah, „hast du Lust morgen Abend auf einen Drink mit ins Rock zu kommen. Ich treffe dort einen alten Freund mit seiner Frau. Jenny war überrascht, wie erfreut sie war und erwiderte schnell „ja, gern, das wäre nett. Ich kann auch den Wagen nehmen, also bin ich ok mit Transport.“

Das war ja glattgegangen, nun musste er noch seine Gran wegen der Pflanzen fragen. Was sie wohl zu dem schönen Windhund neben Tiny sagen würde. Er beugte sich über die beiden Hunde und nahm sie beide in den Arm. Sie hatten die Zeit am Strand genossen und waren nach ihren wilden Spielen gehorsam zurückgekommen. Er merkte schon, dass er Breeze ins Herz geschlossen hatte und sich nur ungern von ihr trennen würde. Falls niemand sie vermisste, sollte er sie behalten? Aber er musste auch an seine Zeit in der Türkei denken. Einer seiner Freunde aus seiner Studentenzeit hatte sich angeboten, auf alles zu achten; aber zwei Hunde, eine Katze und Hühner war wirklich etwas viel verlangt. Er sollte vorher mit ihm sprechen, ehe er zu einem Entschluss kam.

Wie er befürchtet hatte, schüttelte seine Großmutter ungläubig den Kopf, als sie den zweiten Hund erblickte. Aber ihr Herz schmolz, als sie den Windhund näher ansah. „Hoffentlich nicht auch noch deiner, mein Junge!“ „Nicht zurzeit, Grandma, sie ist mir zugelaufen und ich sorge nur für sie, bis sich der Eigentümer meldet.“ Sie sah in von der Seite an „und du hoffst von Herzen, dass dies nicht geschieht. Ich kenne dich zu gut, Steve.“ „da hast du wohl recht, Gran“ gab Steve zu, als er ausstieg und sie zärtlich begrüßte.

„Bald wirst du selbst keinen Platz mehr im Cottage haben, wenn du so weitermachst.“ „Komm, sei nicht böse, ich muss dich um einen Gefallen bitten. Erinnerst du dich an Miss Carter, die Dame mit den vielen Büchern? Sie bat mich, während ihrer Abwesenheit, ihre Pflanzen zu pflegen.“ Dann erzählte er ihr über die Ereignisse in Miss Carters Leben und dass die Pflanzen zu groß für seine Fensterbänke waren.

„Ich kann wohl schlecht nein sagen, vielleicht könnte ich auch für die WI ein paar Ableger verkaufen. Manche Leute hängen an ihnen. Ich habe sie immer schon sehr langweilig gefunden.“

„Übrigens senden Lord Tom und seine Frau herzliche Grüße. Ich nehme an, sie brauchen deine Hilfe für Ihr nächstes Wohltätigkeitsfest. Du bist genauso gutmütig wie ich, Grandma.“ „Aber ich weiß es wenigstes, und außerdem machen mir diese Veranstaltungen auch Spaß. Was gibt es sonst? Vielleicht mal eine Freundin am Horizont?“ Steve musste lachen, seine Großmutter hatte ihn immer schon als einzige mit Leichtigkeit durchschauen können.

Also antwortete er etwas zögernd „noch nicht, tut mir leid Gran; aber ich habe Jenny heute auf einen Drink mit Brian und seiner Frau eingeladen. Die beiden hoffen, den Dorfladen zu übernehmen." „Das höre ich aber sehr gern. Und die Dorfbewohner werden sich freuen, wir alle kennen ja Brian, seit er ein kleiner Junge war."

Steve sah seine Gran forschend an und fragte dann „und wie fühlst du dich jetzt, Grandma? Ich habe mir wirklich Sorgen um dich gemacht." „Das brauchst du nicht, mein Junge, ich fühle mich viel besser. Bis auf bald, wenn du mit den Pflanzen kommst."

Als er abgefahren war, freute sich Joan, dass sie an sich gehalten hatte und keine Bemerkung über Jenny gemacht hatte. Falls sie zu erfreut schien, könnte er wieder scheu werden, wie manches Mal zuvor. Sie fühlte, dass irgendetwas in seiner Studentenzeit geschehen war, was seine Einstellung Mädchen gegenüber völlig verändert hatte. Aber selbst sie hatte nie herausfinden können, was es war. Er schien mit seinem Leben völlig zufrieden zu sein; aber ihr kam es doch merkwürdig vor, dass ein junger Mann nur mit einem Hund in der Einsamkeit lebte.

Es musste sicher ein ganz besonderes Mädchen sein, das für ihn bestimmt war. Es würde so schön sein, ein Urenkelkind zu haben! Ein kleines Mädchen, so träumte sie für sich hin, mit dem sie spezielle Törtchen backen könnte! Sie musste über sich lachen und schalt sich, dass sie im Alter albern würde. Es wäre besser, sie kehrte in die Wirklichkeit zurück und finge an, für Miss Carters Pflanzen in ihrem Gewächshaus Platz zu machen.

Was für ein Aufwand, ärgerte sich Steve, dass er Tiny und Breeze ganz nach Haus fahren musste, um dann die „Beamtenpalmen" von Miss Carter zu holen. Wenn er das erledigt hatte, entschied er, würde er endlich Hennen, Hühnerfutter und extra Hundefutter besorgen. Wenn sich nur niemand als Eigentümer von dem schönen Windhund meldete! Wer weiß, was sie für eine Geschichte hatte. Wie recht hatte doch James Herriot in seinen Tierarztgeschichten, wenn er sagte: „Wenn sie doch nur sprechen könnten!“

Es dauerte eine ganze Weile, bis er schließlich alles erledigte hatte und dann endlich mit den beiden Hunden, die neugierig zusahen, vier Hennen in den kleinen Auslauf setzte. Sie begannen sofort eifrig in dem saftigen Rasen zu scharren.

Zufrieden stand Steve einen Moment vor der Einzäunung, streute etwas Futter aus und füllte das Trinkgefäß. Ehe er die Neuankömmlinge in den kleinen Stall scheuchte, sollten sie sich erst an die neue Umgebung gewöhnen. Sicher hatten sie in ihrem Leben noch nie Gras kennengelernt; aber bei ihm sollten sie es guthaben. Jetzt fehlte nur noch das Kätzchen, und das würde in einer Woche geholt.

Kapitel 8

Die Zeit verging so schnell, er musste sich unbedingt mit einem Freund in Verbindung setzen, ehe er Pläne für die Türkei machte und herausfand, ob er bereit war, für diesen Zoo zu Sorgen. Am nächsten Tag, so sah er, war er in den Luxus Ferienwohnungen in Saunton Sand angemeldet.

Aber alles, was er jetzt wollte, war ein Glas Bier in Ruhe trinken und über die Dünen zu sehen, wie der Mond aufging, die beiden Hunde an seiner Seite und im Hintergrund das leise Gegacker der Hennen. Noch nie hatte er gewusst, dass Hühner sich anhörten, als ob sie miteinander redeten. Auf keinen Fall dürfte er vergessen, sie in den Stall zu lassen, ehe der Fuchs ihnen einen Besuch abstattete.

Er konnte es nicht lassen, am nächsten Morgen ehe er sie aus dem Stall ließ, nachzusehen, ob vielleicht schon ein Ei gelegt war. Große Enttäuschung – bis jetzt noch nicht! „Schade“ sagte er zu den Hunden „keine Eier zum Frühstück – langweiliges Müsli wie immer!“

Es war wieder ein schöner sonniger Morgen, als er nach Saunton aufbrach. An einem der Parkplätze hielt er, um das ganze Panorama des breiten Strandes zu bewundern, der sich meilenweit dahinzog – wilde Dünen, soweit die Augen reichten und die majestätische Brandung, die vom Atlantik hereinrollte. Wenn sich die Wellen brachen, wurden sie von der Sonne in ein glitzerndes Kaleidoskop von Türkis gefärbt.

So oft Steve dies Schauspiel auch erlebte, konnte er sich nie satt daran sehen. Er konnte sich auch nicht entscheiden, welche Wetterstimmung er am eindrucksvollsten fand – diese Aussicht im hellen Sonnenschein oder im Abendlicht – in einem geheimnisvollen Seenebel, der alles umhüllte oder in einem wütender Sturm, der Fetzen von Meeresschaum bis über die Dünen peitschte. Wenn er manchmal an seiner Entscheidung, die City zu verlassen zweifelte, brauchte er nur diese Aussicht denken.

Wie wohl diese neuen Luxus Apartments waren, die neben dem alten Hotel entstanden waren und den Strand überblickten. Er hatte gehört, dass sie ein Vermögen gekostet hatten. Roger, der Manager, ein anderer Schulfreund, wartete schon am Eingang mit den Schlüsseln auf ihn. „Gut, dass du kommen konntest, Steve. Wir haben kaum noch Zeit für Wartungen zwischen den Ferien. Gäste kommen jetzt mehr und mehr in der Vorsaison und sogar im Winter und bezahlen gern extra, wenn sie einen Kamin in ihrem Appartement haben. Komm, ich werde dir alles zeigen. Wenn deine Eltern mal auf Besuch kommen, sag mir Bescheid, sie bekommen einen guten Rabatt." „Kann ich die Hunde mitnehmen? Sie sind gut erzogen." „Klar, wir inserieren doch - Hunde willkommen." Beide Hunde sprangen aus den Wagen und folgten Steve. „Also, die beiden sind ja wirklich gut erzogen, Steve" sagte Roger voller Bewunderung „und sie sind ja total schön!" „Ja, vielen Dank, sie sind beide gute Kumpane. Der Windhund ist mir zugelaufen und ein Eigentümer hat sich bis jetzt nicht gemeldet. Um ehrlich zu sein, hoffe ich, dass er nicht auftaucht. Es würde mir sehr leidtun, sie wieder zu verlieren."

Dann wollen wir lieber anfangen. Die Appartements im Erdgeschoss haben keine Kamine, nur die oberen mit den Terrassen." Steve war sehr beeindruckt und rief begeistert: „Was für eine fantastische Aussicht über den Strand und die Borroughs! Wusstest du übrigens, Roger, dass man diese Dünenlandschaft „die Sahara Englands" nennt?" „Nein, keine Ahnung, das sollten wir in unserem Prospekt erwähnen. Hast du noch weitere interessanten Tatsachen auf Lager?" „Oh ja, es gibt hier eine ganze Menge von wilden Orchideen, allerdings auch giftige Nattern. Wenn ein Hund gebissen wird, sofort damit zum Tierarzt, ehe es zu spät ist. Ein Natternbiss ist schmerzhaft und lebensbedrohend. Es gibt auch verborgene Sümpfe, die gefährlich sein können, wenn man den Weg nicht kennt."

„Schade, ich muss in mein Büro zurück, komm bitte zu mir, wenn du mit den Kaminen fertig bist." „Wird gemacht, Roger!"

Nun wandte sich Steve seinen Arbeitsplätzen zu. Es waren wirklich außerordentlich attraktive Appartements, geschmackvoll möbliert und geräumig. Aber Steve fragte sich, ob er hier wohl Ferien verbringen möchte und kam zu der Entscheidung, dass er viel lieber der Natur nahe sein würde in einer einfachen Unterkunft. Vielleicht würde er im Alter seine Meinung ändern und etwas Luxus ihm willkommen sein. Wer weiß? Einer der Kamine war benutzt worden und noch nicht gesäubert. Er kniete mit einer Bürste davor und begann ihn zu säubern. Plötzlich hörte er einen Klick und etwas Funkelndes fiel durch den Kaminrost. Er hob den Rost auf und konnte kaum seinen Augen trauen, als er einen strahlenden geschliffenen Diamanten aus der Asche holte. Sofort rief er Roger auf seinem Handy an. „Roger, du wirst es nicht für möglich halten, aber ich habe gerade einen Diamanten im Kamin gefunden, der aus seiner Fassung gefallen sein muss. Aber wie kam er in den Kamin?" „Steve, kannst du den Stein hören, der mir eben vom Herzen gefallen ist. Was für ein Glück, dass du es bist, der den Diamanten gefunden hat, er wurde vor zwei Tagen vermisst gemeldet. Eine Filmgesellschaft hat hier gewohnt, die einen Film über die Gegend drehen und eine Mrs. Browning ist die Photographin. Sie war ganz hysterisch, als sie den Stein aus ihrem Ring verloren hatte. Ihre Großmutter hatte ihn ihr geschenkt. Sie wird glücklich sein, dass er gefunden wurde. Wie weit bist du mit der Arbeit?"

„Beinah fertig und ehe ich zu dir komme, werde ich mit den Hunden noch am Strand entlanglaufen, bis dann."

Bald darauf freute sich Steve, wie Tiny und Breeze die Freiheit am Strand genossen. Tiny konnte das Tempo von dem Windhund nicht einhalten und wurde schnell zurückgelassen. Breeze rannte mit unglaublicher Geschwindigkeit. Es war ein wunderbares Bild, wie sie förmlich über den nassen Sand dahinflog und sich darin spiegelte. Andere Spaziergänger blieben stehen und sahen dem schönen Hund bewundernd nach. Außer Steves Hunden waren nur noch zwei Dalmatiner am Wasser, die beide versuchten Breeze einzuholen, aber es gelang ihnen nur, bis zu Tiny zu kommen, bevor sie aufgaben und sich alle hechelnd in den Sand warfen. Nachdem die Rituale von Schwanzwedeln und Beschnuppern erledigt waren, begannen sie zu spielen. Breeze war kaum noch zu sehen und Steve begann sich zu sorgen, ob sie auf seine Hundeflöte hören würde, schließlich kannte er sie ja kaum, wenn sie auch bis jetzt sehr gehorsam gewesen war. Aber ihre Freude über diese große Freiheit, die gerade Windhunde über alles lieben, machte es zweifelhaft. Besorgt blies er zweimal scharf auf der Hundeflöte. Sehr erleichtert sah er in der Ferne, wie Breeze an Geschwindigkeit nachließ, anhielt, sich umdrehte und dann zuerst etwas zögernd, dann immer schneller zurückkam. Sie stoppte genau bei ihm, ihre Pfoten rutschten sogar noch im Sand. Steve strahlte „was für ein guter Hund, du hast wirklich eine Belohnung verdient!“ Optimistisch grub er in einer seiner Hosentaschen und brachte tatsächlich ein paar Stücke uralter Hundekekse ans Licht, die er nun an die Hunde verteilte, die ihn umringten und alle mit hoffnungsvollen Augen ansahen.

„Das war wirklich sehenswert“ bemerkte der Besitzer der Dalmatiner „Windhunde sind nicht gerade für ihr Gehorsam bekannt. Sie ist ein ungewöhnlich schönes Tier, wo lassen Sie sie laufen?“

„Sie gehört mir überhaupt nicht, sie ist mir vor ein paar Tagen zugelaufen und ich erwarte, dass sich der Besitzer mit mir in Verbindung setzt. Wir müssen jetzt machen, dass wir weiterkommen. Nett, Sie und Ihre Punktbrigade kennenzulernen.“

Roger erwartete ihn schon in seinem Büro, als er klopfte. „Kommt rein, kommt rein! Du kannst dir nicht vorstellen, wie sich Mrs. Browning gefreut hat, dass du den Stein gefunden hast. In ein paar Tagen kommt sie mit ihrem Filmteam zurück. Sie besteht darauf, dir persönlich zu danken.“ „Bloß nicht, Roger, kannst du sie nicht abwimmeln? Ein großes Dankeschön ist das Letzte, was ich mir wünsche!“ Roger schüttelte den Kopf „stell dich doch nicht so an. Man kann doch verstehen, dass sie sich bedanken will, sie wird dich schließlich nicht beißen. Das kann ich dir versprechen." „Naja, wenn es dir so wichtig ist; aber ich habe kaum Zeit, bis ich in die Türkei verschwinde." „Und wohin" fragte Roger sehr interessiert „Terra Travel, die Gesellschaft für die ich arbeite, suchen meistens sehr exklusive Destinationen aus. Dalyan ist weit von den bekannten Zielen entfernt. Sie haben Riesenwasserschildkröten, Felsengräber, antike Städte und wer was." „Das klingt ja wirklich hochinteressant, sieh bloß zu, dass du überall Fotos machst." Steve lachte „das wird wohl noch ein Jahr warten müssen, alles was ich habe, ist eine antike Kodak. Aber irgendwann werde ich mir wohl eine richtig moderne Kamera leisten. Hier ist meine Rechnung. Auf bald, Roger!" Dann rief er die Hunde und machte sich auf den Weg.

Als sie beim Cottage angekommen waren, war sein erster Weg zu den Hühnern, um zu sehen, ob sie gelegt hatten. Tatsächlich – da waren sie – vier dicke braune Eier. Steve war überaus erfreut – eigentlich albern, wenn er die Kosten zusammenzählte: Material zum Stall Bau, Hühnerfutter und so weiter. Das waren mit Sicherheit vier sehr teure Eier, trotzdem konnte sich Steve kaum satt daran sehen! Seine ersten eigenen Eier!

Vorsichtig legte er sie in einen Korb und setzte ihn auf den Küchentisch. „Jawohl, ihr bekommt jeder ein Ei, wir teilen uns ja die meisten Sachen." Er hielt sein Wort, als er sie fütterte, schlug er je ein Ei in ihren Futternapf. „Was meint ihr, wie blank euer Fell nun wird! Ich werde meine zum Frühstück essen, und nun wollen wir uns schick machen, ehe wir ins Rock gehen und die anderen treffen." Dann erinnerte er sich, dass er seinen Freund Nigel anrufen wollte, der schon öfter nach seinem Cottage gesehen hatte, wenn Steve auf seinen Bustouren unterwegs war. Als er ihm von den neuen Tieren erzählte, schien er nicht allzu begeistert. „Was ist los, Nigel, du musst mir sagen, wenn du meinst, du meinst, es würde dir zu viel. Sicher finde ich jemand anders aus unserem alten Freundeskreis." „Halt, das hast du in die falsche Kehle bekommen. Die Tatsache ist, ich würde liebend gern kommen. Das Problem ist, kann ich eine Freundin mitbringen?“ „Natürlich ist das in Ordnung. Vielleicht hinterlässt du dann nicht so viel schmutziges Geschirr, wenn ein weibliches Wesen für Ordnung sorgt.“

Ein Glück, das war erledigt. Mit sauberen Jeans und einem frischen Hemd fand Steve sich mit den beiden Hunden auf dem Weg zum Rock, wo Hunde immer willkommen waren. Ob sie Jenny wohl wiedererkennen würden, überlegte er, als er die Tür öffnete. Er sah Brian sofort mit einem sehr attraktiven weiblichen Wesen an seiner Seite – das musste Betty, seine Frau sein. Sofort konnte er sich vorstellen, wie gut sie für den Dorfladen sein würden. Gerade wollte er um Wasser für die Hunde bitten, als Jenny eintrat. Er war überrascht, wie hübsch sie in einem leichten Sommerkleid aussah. Vollkommen anders als das unglückliche, traurige Geschöpf, das sie zuvor gewesen war! Er sprang auf, um sie zu begrüßen und sie seinen Freunden vorzustellen, aber Tiny und Breeze waren vor ihm da und begrüßten sie mit großer Begeisterung. Tiny wedelte ihren kräftigen Schwanz so sehr, dass sie einen kleinen Jungen umwarf.

Steve war erleichtert, dass die Eltern laut über den Vorfall lachten, vor allem als sie sahen, dass ihr Sohn sich ohne weiteres, einfach an dem Schwanz wieder hochzog - unter lautem Applaus von den Gästen. Tiny war sehr überrascht, drehte sich um und leckte dem Kleinen herzhaft über sein strahlendes Gesicht. „Wie schön, mal ein Kind zu sehen, dass keine Angst vor Tieren hat!“ war das Kommentar von einigen der Besucher.

Der kleine Vorfall hatte die Stimmung gleich gehoben, Drinks standen vor ihnen und die Freunde unterhielten sich lebhaft. Es gab so viel zu erzählen, Pläne for den Laden, das Tierheim, der außerordentliche Fund im Hotel. Die Zeit verging im Fluge und sie entschieden, zum Abendessen zu bleiben. Alle wählten „Fish & Chips“, wofür das Pub mit Recht berühmt war.

Betty seufzte vor Wonne, als sie Malzessig auf ihre Portion träufelte und den Duft einatmete. „Ihr werdet kaum glauben, wie sehr ich „Fish & Chips“ im Ausland vermisst habe!“ Brian fügte ein „immer habe ich gedacht, dass der Fisch, den wir als Teenager in Zeitungspapier kauften und auf der Hafenmauer aßen, am besten war, aber nachdem ich diesen probiert habe, bin ich mir nicht mehr so sicher!“ „Wie entwickeln sich deine Pläne mit dem Dorfladen“ wollte Steve wissen. „Ehe du irgendetwas unterschreibst, lass die Schornsteine gründlich untersuchen, das wird sicher den Preis verringern.“ „Vielen Dank, das ist schon geschehen und es ist billiger geworden. Der Verkäufer wollte einen schnellen Abschluss. Übrigens wurde seine Frau hier entlassen. Sie hatte ihre rotlackierten Finger tief in der Kasse und großes Glück, dass die Polizei nicht gerufen wurde.“ „Nun, ich glaube, ich kann für das ganze Dorf sprechen – willkommen Brian und Betty!“ „Vielen Dank, wir werden unser Bestes tun! Schließlich haben wir ja in der Armee große Erfahrungen gesammelt. Betty freut sich auch, wieder etwas anderes zu sehen als nur die Zwillinge!“

„Zwillinge, Brian, hast du noch mehr Überraschungen auf Lager?“ Beide Brian und Betty lächelten „ja, wir sind überaus glücklich, dass wir nach Jahren doch noch Nachwuchs bekommen haben und dann gleich zwei! Sie sind jetzt vier Jahre. Weil wir zur Zeit ihrer Geburt in Deutschland waren, wollten wir ihnen eigentlich deutsche Namen geben, aber einigten uns schließlich auf Anja und Oliver. Jetzt suchen wir einen Kindergarten im Dorf.“ „Neben dem Haus von Williamson ist ein Kindergarten. Als ich neulich den Kamin fegte, bemerkte ich, wie vergnügt die ganze Gruppe schien.

Übrigens Jenny, eben habe ich Henry Williamson, den berühmten Autor erwähnt. Da genau dir gegenüber hängt sein Portrait, gemalt von einer amerikanischen Künstlerin. Dieses Pub war seine Stammkneipe und die älteren Dorfbewohner erinnern sich, wie er hier jeden Abend mit seinem Hund kam. Der arme alte Henry, die meiste Zeit verbrachte er in seinem uralten Wohnwagen in Ox's Cross. In dem großen Haus, das er dort baute, hat er nie gelebt." Jenny strahlte „ich liebe seine Tierromane, denkt doch nur an Tarka, the Otter! Ich habe mich in meiner Zeit in der Bücherei immer gewundert, dass es nicht beliebter war. Ich möchte zu gern die Orte besuchen, die er so wunderbar beschreibt." „Die will ich dir gern alle zeigen. Weißt du noch Brian, als wir einen Klassenausflug dorthin machten? Unser Lehrer war ein großer Bewunderer und gehörte der Williamson Gesellschaft an, die sich jährlich in seinem alten Wohnwagen trifft."

Betty war sehr beeindruckt „man soll es kaum für möglich halten, wieviel interessante Tatsachen man in einem kleinen Dorf entdeckt. Wie schön, dass unsere Kinder hier aufwachsen können!"

„Was meinst du, wird als nächstes mit dieser reichen Film Dame und dem Diamanten passieren, Steve?" „Keine Ahnung, außer, dass ich bei der Polizei sicher eine Aussage machen muss. Dann sollten sie sich beeilen, ehe ich in der Türkei verschwunden bin."

„In die Türkei" rief Jenny „und wie lange wirst du fort sein?" Fragte sie, ohne weiter nachzudenken. „Nur ungefähr drei Wochen" war die Antwort. „Ich finde es immer äußerst interessant, den Bus für Terra Travel zu fahren, seit meiner Studentenzeit bin ich schon dabei. Die Reisegesellschaft spezialisiert sich auf besondere Orte, und die Teilnehmer sind mir inzwischen fast alle bekannt, das trägt sehr zu einer angenehmen Atmosphäre bei."

„Habt ihr einen Dolmetscher dabei" fragte Brian „auf jeden Fall, es ist fast immer jemand aus der Gegend, der uns am Flughafen begrüßt und manchmal auch unseren Bus schon in Empfang genommen hat. Wir versuchen, es so angenehm wie möglich für die Gäste zu machen. Sie bekommen alle spezielle Aufdrucke für ihr Gepäck, sodass der Dolmetscher es erkennen und es in den Bus verladen kann. Das kleine Hotel, in dem wir wohnen werden, wird als Oase von Tranquillität angepriesen. Es gibt also kein Vergnügungsprogramm und Lärm wie in den meisten anderen Hotels. Die Verpflegung soll sehr türkisch sein, sehr viel Salat, Gemüse und Obst habe ich mir erzählen lassen. Die Erdbeeren müssten jetzt dort am besten sein."

Die anderen hörten gespannt zu und wurden beinah neidisch. „gibt es auch einen Pool" wollte Jenny wissen. „Ja, ich habe gehört, sie haben einen schönen Pool im Garten, der von ihrer eigenen Quelle gespeist wird, so dass nur ganz wenige Chemikalien für das Wasser gebraucht werden. Es ist ein Magnet für die Bienen in der Umgebung, die daraus trinken. Leider kommen im September auch viele Wespen. Ich habe im Internet Fotos von ihrer Website gesehen. Die Gärten sind etwas ganz Besonderes mit Mengen von Bougainvilleas und allen möglichen tropischen Pflanzen. Das Beste ist, sie sind so groß, dass man überall versteckte Winkel findet, wo man sich in Ruhe mit einem Buch niederlassen kann. Leider werde ich nicht dazu kommen."

„Du meine Güte" rief Betty „seht doch mal die Zeit! Wir müssen unbedingt nach Haus, Deine Eltern werden müde sein vom „Babysitting". Jenny und Steve, sowie wir umgezogen sind, müsst ihr zum Essen kommen und die Zwillinge kennenlernen."

„Das wäre super und vergesst nicht, wir helfen gern beim Umzug oder wenn ihr Hilfe mit den Kindern braucht" bot Steve an.

„Davon werden wir gern Gebrauch machen, mein Freund, vielleicht früher als du erwartest. Wir möchten so schnell wie möglich fertig sein. Einer von meinen besten Freunden in Afghanistan, ein Hundeführer, war ernstlich shellshocked, als eine Mine vor ihm explodierte und seinen Hund zerfetzte. James ist jetzt aus dem Krankenhaus entlassen; aber seine Eltern sind zu alt, um sich um ihn zu kümmern, während er sich noch erholen muss und wir haben ihn eingeladen. Es sieht so aus, als ob er den Tod seiner Hündin nicht verkraften kann. James hatte sie als Welpe bekommen, und die beiden waren unzertrennlich." „Das ist so furchtbar traurig" sagte Jenny „wie schwierig für ihn. Sicher fühlt er sich schuldig." „Ganz genauso ist es, und was wir auch versuchen, ihn davon zu überzeugen, dass es nur ein unglücklicher Zufall war, verstärkt sich sein Schuldgefühl. Und dabei hat seine Cara ihm das Leben gerettet, indem sie auf die Mine trat. Das eine Mal, an dem ich Cara gesehen habe, war ich zutiefst gerührt, wie sie ihn anbetete. Sie hätte ihm sicher gern ihr Leben geopfert."

„Ich glaube, wir müssen nun wirklich aufbrechen, ehe der Barkeeper die berühmten Worte sagt „time Gentlemen, please". Steve stand auf und half Jenny in ihre Jacke. "Das war wirklich gut, einmal wieder zusammen zu sein. Wie schön, dass wir das nun öfter können!" Jenny fügte schnell hinzu „und vielen Dank von mir für die Einladung. Vergesst nicht, dass ich gern bei dem Umzug helfe." Damit gingen Steve, Jenny und die Hunde zum Parkplatz, wo sich Jenny auch noch bei Steve bedankte. „Keine Ursache, Jenny, ich danke dir, dass du gekommen bist. Nun halt nur die Daumen, dass sich niemand für meine Breeze meldet!"

Ein fröhliches Winken und sie waren beide auf dem Heimweg. Nachdenklich fuhr Steve die einsame dunkle Straße entlang. Es war ein so netter Abend gewesen und er hatte gemerkt, wie er doch gleichaltrige Gesellschaft vermisst hatte und um ganz ehrlich zu sein auch eine Freundin. Ja, zum Beispiel Jenny?

Er hatte sie sofort attraktiv gefunden – selbst bei dem ersten Treffen, als sie mit Ruß verschmiert weinend auf der Erde gekauert hatte. Sie war tierlieb, gebildet und frei. Warum hatte er sie so gehen lassen, ohne sie um ein nächstes Treffen zu bitten oder ihr einen richtigen gute Nacht Kuss zu geben statt des lahmen Pecks auf ihre Wange?

Die Antwort war ganz einfach, er wollte sich einfach nicht in irgendeiner Form binden. Die Reise in die Türkei war nur eine Ausrede, das wusste er genau. Aber wenn er Brian und Betty ansah, war er ganz einfach neidisch. Als ob Tiny seine Gedanken lesen konnte, schmiegte sie sich enger an ihn, als ob sie sagen wollte – aber du hast uns doch!

„Also, ihr Beiden, gleich sind wir daheim und ihr könnt dann noch mal raus. Wartet nur, bis Blue zu eurem Team gehört, dann werdet ihr lernen müssen, wie es ist, wenn jemand anders das Kommando hat." Er erinnerte sich wehmütig daran, wie ein winziges Kätzchen in seinem Elternhaus regiert hatte.

Beide Hunde rannten um die Wette in die Dunkelheit, als er die Wagentür öffnete und bellten, um ihre Ankunft zu verkünden. Sie waren dankbar, dass sie sich bewegen konnten, nachdem sie im Rock stundenlang superartig gewesen waren.

Brian fand mehrere Telefonbotschaften von Mary, Miss May und Roger vor, die er am nächsten Tag erledigen konnte. Er holte ein paar Bonios aus der Büchse – das Signal für die Hunde durch die offene Tür zu stürmen. Wie schon oft, fragte sich Steve, ob sie einen geheimen Radar hätten, der sie alarmierte, wenn es etwas zu essen gab.

Was hatte er nur für Glück mit diesen beiden, wenn nur der Besitzer von Breeze nicht auftauchte! Wie merkwürdig, dass er sich in dieser kurzen Zeit so an den Windhund gewöhnt hatte. Wenn er in ihre ausdrucksvollen Augen sah, fühlte er – sie wollte ihm etwas vermitteln.

Aber was nur, überlegte er.

Am nächsten Morgen rief er gleich Mary an, um zu hören, was sie wohl wollte. „Ich danke dir, dass du anrufst, Steve. Wäre es wohl möglich, dass du auf eine halbe Stunde mit Tiny vorbeikommst? Ich habe das Wolfsbild beinah fertig, aber ich müsste noch mal die Textur von Tinys Fell für den Wolf im Vordergrund sehen." „Ich werde gleich losfahren, ich kann es kaum abwarten, dein Bild zu sehen. In zwanzig Minuten bin ich da."

„Los, Hunde, tretet an, wir fahren ab!" Sowie er Marys House betrat, ertönte Caspars heisere Stimme „hallo, hallo und wie geht es dir?" Die Hunde die vorangelaufen waren, stoppten beide überrascht und fingen an, zu bellen. Linhui erschien wie ein grauer Blitz und begann wütend zu fauchen. Kurz gesagt – das übliche fröhliche Chaos in Marys Haus. Sie selbst erschien mit zwei dampfenden Teebechern und Kuchen auf einem Tablett. „Ruhe bitte," kommandierte sie und alle verstummten bis auf Caspar, der noch einmal beschwörend sagte „hallo, hallo," „und du bist auch gemeint, Caspar" sagte sie streng.

„Ich muss mich einen Moment ausruhen, Steve" stöhnte Mary und sank auf einen Stuhl. „Ich hatte einen dermaßen hektischen Morgen, dass ich kaum weiß, ob ich komme oder gehe. Du hast ja einen zweiten Hund, sehe ich. Was für eine Schönheit! Aber warte mal eine Minute. Ich glaube, ich erkenne ihn. Als ich vorige Woche bei einem Springreiten mit meinen Girls war, bemerkten wir einen sehr dubiosen Mann, der versuchte, ein paar Windhunde zu verscheuern, die zu alt für die Rennen waren. Ich hätte zu gern einen von ihnen gekauft; aber es hat einfach keinen Zweck, weil Linhui zu eifersüchtig ist. Woher hast du sie?" „Sie hat sich Tiny am Strand angeschlossen." „Sie ist bezaubernd, ich muss sie unbedingt malen; aber jetzt muss ich als erstes Tinys Fell studieren, komm und sieh dir das Bild an." Sie drehte die Staffelei, die im Erker des Raumes stand um und das Licht fiel direkt auf das Gemälde.

Für einen Augenblick stand Steve wortlos davor unter dem beinah mystischen Eindruck, den die Szene, die Mary ins Leben gerufen hatte, auf ihn ausübte.

Die irgendwie märchenhaft unheimliche Stimmung des Morgennebels am Waldrand mit den schemenhaften Wölfen des Rudels war fast nur erahnbar, und allein der weiße Wolf in seiner wilden Schönheit im Licht der aufgehenden Sonne war so dramatisch, dass Steve die Worte fehlten. Er trat zu Mary und drückte sie an sich „Mary, mir fehlen ganz einfach die Worte. Du hast etwas ganz Einmaliges gemalt. Ich danke dir, dass du es mir gezeigt hast."

Obwohl sich Mary über seine Worte sehr freute, war ihr Lob immer etwas peinlich und sie versuchte, ihre Verlegenheit schnell zu überbrücken „junger Mann, diese Schmeichelei nützt dir bei mir gar nichts. Trink lieber den Tee und iss deinen Kuchen, während ich den Schatten unter Tinys Kinn etwas vertiefe. Damit kommen die Highlights in dem Fell mehr zur Geltung."

„Ehe ich es vergesse, Mary, was brauche ich alles für ein Kätzchen, ich bin auf dem Weg zu Miss May, um eins abzuholen." Sofort strahlte Mary „ein Kätzchen? Wie toll, kann ich dann kommen und Fotos machen? Sie sind zu entzückend, wenn sie so klein sind." Schuldbewusst blickte sie auf Linhui, der auf dem Schrank saß. „Ja, du bist auch entzückend, wenn du nur etwas freundlicher sein würdest!" Mit einem eleganten Satz landete der Kater auf Marys Schulter, schnurrte zufrieden und sah verächtlich auf die Hunde hinunter. Dazu krächzte Casper so laut er konnte „und wie geht es dir heute?"

Steve sah wieder auf das Bild. „Du hattest wirklich recht, Mary. Dieser kleine dunkle Schatten bringt das Wolfsfell förmlich zum Leuchten. Wie hast du es nur fertiggebracht, dass Tiny wie ein Wolf aussieht?" Mary lachte „Wolfsaugen haben einen etwas schrägeren Winkel als Hunde. Das ist, glaube ich des Rätsels Lösung."

„Und nun zurück zu dem Kätzchen. Du brauchst einen kleinen Korb mit Deckchen, Katzenfutter, Milch, ein Spielzeug und etwas zum Kratzen. Eine Katzenklappe an der Tür hast du sicher." „Vielen Dank, dann weiß ich Bescheid und wegen der Fotos – ab fünf nachmittags bin ich immer da. Jetzt wollen wir den kleinen, schwarzen Panther abholen. Kommt, Hunde – tschüss Caspar."

Begleitet von Caspars Rufen von „hallo, hallo" waren sie nun endlich auf dem Weg, um Blue zu holen. Hoffentlich war auch Breeze so sanftmütig wie Tiny, sonst sah er schwarz für den Frieden in seinem Cottage. Aber er hätte sich nicht zu sorgen brauchen. Sowie Breeze den Geruch des kleinen Katers aufgenommen hatte, war sie genauso vorsichtig wie Tiny, ließ ihn auf ihrem Rücken herumturnen und sogar an ihrer Nase kratzen. „Diese beiden großen Hunde werden ihn total verwöhnen", prophezeite Miss May. „Das mag schon sein; aber sie werden auch auf ihn aufpassen wie zwei vierbeinige Nannys, Mary, darauf kannst du dich verlassen."

„Weißt du, Steve, ich musste mich von so vielen kleinen Katzen trennen und kann immer noch über jede Tränen vergießen. Aber dein kleiner Blue ist es etwas ganz Besonderes. Sieh doch die arme Lucy versteckt sich hinter dem Stuhl, sie mag es nicht sehen."

„Dann will ich die Trennung nicht hinziehen, schnell ins Körbchen, du kleiner Racker und wir sind weg." Alles was Mary nun sehen konnte, war seine kleine rosa Nase. Blue war zu erschrocken, um den kleinsten Ton von sich zu geben. Tiny und Breeze sehen beide Steve vorwurfsvoll an, als sie ins Auto sprangen. „Ihr braucht gar nicht so beleidigt auszusehen. Er wird euch beide bald genug plagen."

Als Steve das Kätzchen schließlich im Haus freisetzte, war er äußerst amüsiert zu sehen, wie der winzige Kater mit steil aufgerichtetem Schwanz selbstbewusst durch die Küche stolzierte, um dann in der Mitte des Hundekorbes Platz zu nehmen.

Er lachte „seht ihr, Mädels, ich hatte euch gewarnt. Aber keine Panik, ich werde ihn herauslocken und dann geht er in seinen eigenen Korb." Damit holte er den neuen Futternapf hervor und füllte ihn mit Milch. Blue sprang aus dem Hundekorb und schleckte die Milch mit großem Appetit. Breeze und Tiny hatten die Gelegenheit genutzt, es sich in ihrem Korb wieder gemütlich zu machen und warteten mit Steve, wie es weitergehen würde. Blue zögerte keine Sekunde, sondern kletterte mit größtem Selbstvertrauen zwischen die beiden großen Hunde und begann leise zu schnurren. Das neue Katzenkörbchen blieb leer. Was für eine Geldverschwendung! Das Kätzchen war bald fest eingeschlafen und Steve begann, Käse, Brot und Pickles für sein Mittagessen auf den Tisch zu stellen.

Kapitel 9

Plötzlich sprangen die Hunde auf und rannten an die Tür. Blue nahm keine Notiz davon, sondern rollte sich noch fester zusammen und schlief weiter. Steve sah aus der Tür und sah einen Jeep den steilen Weg heraufkommen. Eine elegante Dame stieg aus. „Sie müssen der Steve sein, der meinen Stein wiedergefunden hat. Ich war fest entschlossen, Ihnen selbst zu danken, um Ihnen zu sagen, wieviel er mir bedeutet. Er muss aus der alten Fassung gefallen sein, als ich ein Holzscheit auf das Feuer warf." Während sie mit ihm sprach, wurde sie von den Hunden willkommen geheißen. Der kleine Blue blinzelte nur verschlafen um die Tür und die Hennen gackerten fröhlich im Chor.

„Meine Güte, was für eine große Tierfamilie Sie haben, Steve" Darf ich nähertreten?" „Aber selbstverständlich, Mrs. Harvinger, hätten Sie wohl Lust, mein einfaches Ploughman's und ein Glas Bier mit mir zu teilen?" „Aber mit dem größten Vergnügen, bitte nennen Sie mich Claire."

Steve war sehr erleichtert, dass die Frühstücksachen aufgewaschen waren und es einigermaßen aufgeräumt war.

Seine Großmutter hatte ihn mit einfachem aber gutem Geschirr und sogar einer rotweiß karierten Tischdecke und Servietten bedacht.

Claire spielte mit Blue und die Hunde saßen wie Buchenden jeder an einer Seite und beobachteten sie scharf. „So, Madame, das Essen ist serviert," scherzte Steve. „Sie müssen mir verzeihen, dass ich während der Mittagszeit und unangemeldet hier hereinplatze, aber mein Zeitplan ist so eng, dass ich es nicht anders einrichten konnte. Dies hier ist so reizend und entspannend und Ihr Zoo bezaubernd." Steve griente und gab zu „ich muss sagen, dass ich selbst von ihrem guten Benehmen beeindruckt bin. Vor allem, wenn Sie bedenken, dass der kleine Blue erst seit heute ein Mitglied des Teams geworden ist."

Claire wandte sich wieder ihrer Mahlzeit zu „hm, dieser Käse ist wirklich lecker und die Pickles köstlich!" „Ja, meine Gran versorgt mich immer sehr großzügig mit ihren Delikatessen." „Da haben Sie es wirklich gut, ich habe das Restaurantessen von Herzen satt und genieße diese Mahlzeit außerordentlich.

Weshalb ich aber wirklich mit Ihnen sprechen wollte, hat folgenden Grund. Roger erzählte mir, dass Sie demnächst in die Türkei an die Flussmündung reisen, wo vor Jahren der Film „The African Queen" gedreht wurde. Die Gegend ist bekannt für alle möglichen Sehenswürdigkeiten, und ich bin am Überlegen, ob sich ein Kulturfilm lohnen würde. Wenn Sie ein paar Fotos dort machen könnten und mir Ihre ehrliche Meinung dazu mitteilen, wäre mir das eine große Hilfe." Sie griff nach ihrer Handtasche und entnahm ihr eine kleine Kamera. „Sehen Sie diese kleine Kamera? Eine der großen Firmen hat Sie mir gesandt, mit der Bitte, sie zu testen. Aber ich benutze nur meine Leica. Meine Frage, würden Sie sie ausprobieren?" „Aber mit Begeisterung, ich habe seit einiger Zeit mit dem Gedanken gespielt, mir eine Kamera zu kaufen. Im letzten Jahr war ich auf der kroatischen Insel Mljet und wütend, dass ich keine Kamera hatte. Vielen Dank, genau, was ich sehr gut gebrauchen kann.!"

Die kleine Kamera war das Neueste und Beste, was auf dem Markt von digitalen HD Video und Foto angeboten wurde. Und obwohl sie so klein war, passte sie wunderbar in seine Hand. „Ich sehe, dass die Batterie voll ist. Ob ich ein paar Aufnahmen von den Hunden probieren sollte?"

Claire hatte nachdenklich vor sich hergesehen und fragte plötzlich „Sie haben eben eine Insel erwähnt, von der ich noch nie gehört habe. Wie Sie sich denken können, bin ich in meinem Beruf immer auf der Suche nach relativ unbekannten aber interessanten Orten. Was ist an dieser Insel so ungewöhnlich?"

Steve sah von der kleinen Kamera auf und sah sie an „um ganz ehrlich zu sein, weiß ich kaum, wo ich beginnen soll! Vielleicht, wenn ich vorausschicke, dass Odysseus sich in diese Insel verliebte und dort drei Jahre verweilte, werden Sie mir glauben, dass sie etwas ganz Besonderes ist. Unter anderem ist sie die Heimat von einem sehr seltenen Schmetterling, dem „two-tailed Pasha“, der in seinem Lebenscyklus an einen speziellen Baum gebunden ist. Außerdem gibt es auf der Insel hunderte von Nachtigallen. Es ist ein unglaubliches Erlebnis in den frühen Morgenstunden, wenn die Sonne über dem Meer aufgeht, ihren Morgenchor zu hören. Ich könnte immer weitererzählen und wenn Sie Lust haben, werde ich das gern irgendwann tun. Ich sehne mich danach, diese Insel näher zu erforschen - nicht während der Ferienzeit, sondern im Frühling. Mich interessiert vor allem ein Benediktiner Kloster, das wie eine Fata Morgana auf einer winzigen Insel Sveta Maria in einem der beiden Inlandseen liegt. Ein unglaublicher Anblick!“

„Nun haben Sie wirklich mein Interesse geweckt, Steve. Was für ein eigenartiger Zufall, dass gerade Sie den Stein gefunden haben und welche gemeinsamen Interessen wir entdeckt haben! Wie ist es mit einer Tasse Kaffee, ehe wir mit der Kamera experimentieren?“

„Gute Idee, wir können ihn draußen trinken, ich habe irgendwo noch einen alten Tennisball mit dem Tiny gern gespielt hat. Ich wette, Breeze und Blue spielen mit.

Tiny mit Breeze warteten schon draußen und Blue folgte ihnen. Er schien von der großen, weiten Welt, die er noch nicht kannte, überwältigt zu sein und sprang auf einen Stuhl, um auf der gleichen Höhe wie die Hunde zu sein. Claire, die durch die Tür sah, war sofort von dem Anblick der Köpfe, die dicht zusammen waren, bezaubert – vor allem von den drei Paar Ohren - große weiße Ohren, kleinere silberblaue und das kleinste kohlschwarze Paar als Silhouette gegen den seidenblauen Himmel. Sie wagte kaum zu atmen, bis ihr der Schnappschuss gelungen war.

Steve begann, mit dem Ball zuspielen und hatte sofort die volle Aufmerksamkeit von seinen Drei, während Claire die Gelegenheit nutzte, um die Funktionen der Kamera zu testen. Dann wendete sie sich an Steve. „Am besten, Sie probieren es selbst einmal, ich versuche alle in Bewegung zu bringen. Versuchen Sie die Videofunktion und ein paar Fotos von den Hühnern. Es wird interessant sein, die Farbwiedergabe zu prüfen. Auch die Zoomeinstellung ist wichtig, bei etlichen der kleineren Apparate ist sie nicht besonders gut. Meistens überlasse ich das Filmen meinem Team, aber manchmal macht es mir auch Freude.

Dann setzte sie sich noch einmal auf die Bank in der Frühlingssonne und genoss den Rest ihres Kaffees. „Schade, ich muss jetzt wirklich aufbrechen. Meine Leute werden sich wundern, wo ich geblieben bin. Vielen Dank, Steve, dass Sie mir so viel Zeit geschenkt haben und für den Imbiss. Ich rechne mit Ihrem Bericht aus Dalyan und bin gespannt, wie Sie mit der Kamera fertig werden."

Steve begleitete sie bis zu ihrem Wagen und versprach nochmals, sich nach seiner Rückkehr zu melden.

Erst als er zurück schlenderte, wurde ihm klar, dass ihm eben große Möglichkeiten für seine Zukunft angeboten wurden. Eigentlich wollte er seinen Lebensstil nicht völlig verändern, andererseits waren die Aussichten, die vor ihm lagen auch sehr verlockend. Er sah seinen Tieren zu, wie sie glücklich auf dem Rasen herumtollten – keine Sorgen für sie! Aber dann wiederum, was hatte die arme Breeze vielleicht durchgemacht?

Es hatte wenig Zweck zu versuchen, seine Probleme jetzt zu lösen, es wäre besser, wenn er sich ernsthaft mit seinen Büroarbeiten beschäftigte, eine unbeliebte Aufgabe an einem sonnigen Frühlingsnachmittag. Aber er war entschlossen, alles zu erledigen, ehe er abreiste. Das Finanzamt kannte keine Gnade. Mit einem tiefen Seufzer wendete er sich einem Stapel Papieren zu und begann, sie zu sortieren. Er vertiefte sich in seine Aufgabe, bis er von Tiny gestört wurde, die mit verstörter Miene durch die Tür kam. Sofort wusste Steve, dass irgendetwas nicht in Ordnung war.

Er hatte keine Ahnung, was ihn erwartete, aber der Anblick von seinem neuen Kätzchen, dass sich ganz oben in seiner Brombeerhecke verzweifelt an den alten Tennisball krallte, während die beiden großen Hunde hilflos zusahen, war wie eine Szene aus einem Disneyfilm. Sollte er schnell die neue Kamera holen? Nein, er musste dem armen kleinen Blue helfen. Wieso dieser uralte Ball so hochgesprungen war, konnte er sich nicht erklären. Schnell holte er eine Leiter, um Blue zu erreichen. Blue miaute kläglich, als er ihn aus den Dornen befreite. Als der Ball schließlich herunterfiel, konnte Tiny ihn kaum schnell genug packen, um ihn zu ihrem sicheren Versteck zu bringen.

Jetzt war es auch an der Zeit, Blue mit der Katzenklappe an der Tür vertraut zu machen. Steve zeigte ihm, wie er mit der Hand dagegen drückte und half dem Kätzchen durchzuschlüpfen. Als er ihm in die Küche folgte, sah er es sehr winzig und allein in dem großen Hundekorb liegen, aber nicht für lange. Wie er erwartet hatte, gesellten sich Tiny und Breeze sehr vorsichtig zu ihrem kleinen Freund.

Endlich konnte er an seinem Schreibtisch weiterarbeiten. Es gefiel ihm wesentlich besser, weil er nun Gesellschaft hatte, anstatt allein an der Arbeit zu sitzen. Sicher würde sein kleiner Kater mehr Abenteuer meistern müssen, wenn er nicht hier war. Nun war er aber sicher, dass die Hunde über ihn wachen würden. Es war nun wirklich nicht mehr lange hin, bis er ans Packen denken musste. Halt, wo war sein alter Koffer. Sowie er mit einem Seufzer der Erleichterung die letzte Akte wegstellte, sah er in seinem Schuppen nach und konnte keinen Koffer entdecken. Dann erinnerte er sich, dass er ihn bei seiner Gran gelassen hatte, weil sie mehr Platz in ihrem Haus hatte. Tatsächlich stöhnte sie immer, dass ihr Cottage viel zu groß für sie sei. Er konnte sich seine Großmutter nicht in einem anderen Haus vorstellen. In einer Weise hatte er ein schlechtes Gewisse, dass er nicht genug für sie tat und nahm sich vor, sie zum Essen einzuladen, um ihr zu zeigen, was er in seinem

Haus erneuert hatte und um Blue und die Hennen zu bewundern.

Die Zeit verging wie im Fluge, als er alles erledigte, was er immer vor sich hergeschoben hatte. Schon am nächsten Abend fuhr er bei seiner Grandma vorbei, um sie einzuladen und war sehr überrascht, sie nicht in ihren Jeans zu finden, sondern sehr elegant angezogen, ihre weißen Haare frisch frisiert und damit beschäftigt, Sherry Gläser, Oliven und Nüsse ins Wohnzimmer zu bringen. „Oh, wie nett, Grandma, ich sehe, du hast mich erwartet," scherzte er. „Eigentlich nicht, mein Junge. Ich erwarte Dr. Howard, unseren alten Hausarzt. Er hat mich zum Essen eingeladen und ich wollte ihm vorher einen Sherry anbieten. Hol dir auch ein Glas und leiste uns Gesellschaft."

„Nein, nein, ich werde still verschwinden, ich bin wirklich nicht richtig dafür angezogen. Morgen komme ich wieder. Viel Spaß und grüß schön." Ehe sie widersprechen konnte, war er verschwunden und sah gerade noch, wie ein Mercedes um die Ecke kam.

Soll man das für möglich halten, dachte Steve. Aber warum eigentlich nicht? Seine Gran war noch immer eine attraktive Frau und was sehr wichtig war – eine sehr interessante Gesprächspartnerin.

Am nächsten Abend sah sie sehr mit sich zufrieden aus und hatte einen neuen Glanz in ihren Augen. „Und, Grandma, hattest du einen netten Abend mit Dr. Howard?" Steve war erstaunt, wie sie strahlte. „Es war richtig schön, Steve. Wir waren im Commodore in Instow. Alex hatte einen Tisch mit Meerblick reserviert. Du glaubst nicht, wie ich es genossen habe. Es ist schon sehr lange her, dass ich so verwöhnt worden bin. Vielleicht weißt du nicht, dass Alex und ich uns schon sehr lange kennen, auch schon als seine Frau und dein Grandpa noch lebten, und wir haben uns immer gut verstanden." „Und wie man sieht, hat sich das nicht geändert." Steve konnte es nicht lassen, sie zu necken. Er sah sie plötzlich in einem völlig neuen Licht – nicht die liebe Großmutter, die immer guten Rat, tröstende Worte und eine Mahlzeit bereit hatte, sondern einen Menschen mit seinen eigenen Wünschen, ob sie nun alt war oder nicht. Steve drückte sie ans sich „ich bin so froh für dich, es ist wunderbar, dich so glücklich zu sehen. Aber ich bin eigentlich gekommen bin, um meinen alten Koffer zu holen. Ich muss unbedingt zu Marks & Spencer und ein paar Sachen für meinen Trip einkaufen."

„Komm mal mit nach oben in dein altes Zimmer, da ist eine Überraschung für dich. Steve bekam einen Schreck und hatte Visionen von selbstgestrickten Pullovern, die er mitnehmen sollte.

Als er in sein Zimmer kam, schämte er sich – auf seinem Bett war ein neuer Koffer gefüllt mit modernen Shorts, der letzten Mode an T-Shirts, Unterwäsche und sogar ein Paar Sandalen.

„Granny, ich weiß nicht, was ich sagen soll, das ist ja super; aber das solltest du wirklich nicht machen. Ich bin doch nicht mehr dein kleiner Junge!" „Nun sei nicht albern, du wirst immer mein Junge bleiben! Und es hat mir solchen Spaß gemacht, diese Sachen auszusuchen. Alex hat mir dabei geholfen und sie kommen diesmal nicht von M&S! Am besten, du probierst sie an, ob sie passen und du sie leiden magst. Ich möchte doch, dass du richtig nett zwischen all diesen anderen Reisenden aussiehst."

Steve war entzückt, von allem, was er sah. Bei der Anprobe stellte er fest, dass alles perfekt passte, sogar die Sandalen. „Und hier ist eine neue Kulturtasche – Alex bestand darauf, dies Aftershave von Gucci für dich zu kaufen" fügte sie mit einem glücklichen Lächeln bei. „Und sieh doch mal, wie flott diese Shorts aussehen. Aber du hast ja auch sehr gute Beine von deinem Vater geerbt! Du wirst dich vor den türkischen Mädchen nicht retten können, wenn sie dich sehen." „Gran, vergiss nicht, dass ich nur der Busfahrer bin!" „Unsinn, jeder kann sehen, dass du etwas Besonderes bist!" Steve schüttelte lachend den Kopf, er wusste, dass sie ihre Meinung nicht ändern würde.

„Ich bin eigentlich hier, um dich für nächsten Sonntag zum Essen einzuladen und dir meine Hennen und den kleinen Kater vorzustellen. Meinst du, Dr. Howard würde auch gern kommen? Es wird sehr einfach sein – Schinken, Käse, Pickles und du könntest zum Nachtisch einen Applepie mitbringen. Roger vom Hotel wird mir einen guten Wein empfehlen. Was meinst du?" „Vielen Dank, Steve, ich freue mich darauf und auch Alex wird sicher gern kommen. Er erinnert sich gut an dich, weil du dauernd entweder von Bäumen oder Pferden fielest. Er sagte immer, du hättest Gummiknochen, weil nie etwas gebrochen war." Nachdenklich sagte Steve „ja so ganz düster erinnere ich mich an sein Behandlungszimmer – aber vor allem an die Sahnebonbons, die er mir immer zum Trost schenkte. Es war in der High Street, nicht wahr?"

„Genau, bis vor ungefähr sechs Jahren, als er sich zur Ruhe setzte. Danach reiste er viel mit Hilda, seiner Frau, bis sie plötzlich vor einem Jahr starb. Ich war erschrocken als ich ihn vor einigen Monaten traf, er war tiefunglücklich; die beiden waren über 50 Jahre glücklich verheiratet gewesen. Hilda war eine reizende Frau. Sie hatten es gut, so viele gemeinsame Jahre zu haben und vor allem glückliche Jahre. Das ist nicht vielen Menschen vergönnt.

Steve sah seiner Gran an, dass traurige Erinnerungen sie überkamen, die sie bisher noch nie mit ihm geteilt hatte. „Es wird Zeit, dass ich auf dem Weg bin. Hoffentlich finde ich kein Chaos vor, ich musste den kleinen Blue heute allein lassen. Bis auf Sonntag dann!"

Als er schließlich die Cottage Tür aufmachte, war er erleichtert, dass Blue sich gerade wohlig streckte, laut gähnte und dann mit steifem Schwanz auf ihn zukam und sich an seinen Beinen rieb. Nichts war beschädigt, es war kein kleines Unglück geschehen.

Steve hob ihn auf und fühlte sich äußert geschmeichelt, dass der junge Kater anfing, laut zu schnurren. Dabei merkte er wie sich die kleinen scharfen Krallen auf seiner Brust öffneten und schlossen. Aber jetzt war es Zeit, seine hungrigen Tiere füttern. Auch die Hennen waren fleißig gewesen und hatten ihr Futter mehr als verdient. Steve stellte fest, dass alle vier in diesen wenigen Tage sehr zutraulich geworden waren. In einer Weise tat es ihm beinah leid, seinen Zoo zu verlassen. Ehe er nun seine eigene Mahlzeit bereitete, stand noch ein Gang mit den Hunden auf dem Programm. Zu seinem Erstaunen war der kleine Blue fest entschlossen, mitzukommen und lief hinter ihnen her. Nach einer Weile hob Steve ihn auf seine Schulter.

In dieser Frühlingszeit war es fast unmöglich durch die Dünen zu wandern, ohne auf die vielen wilden Blumen zu treten, die sich besonders im Abendlicht ausbreiteten wie farbige Teppiche.

Hoch im Himmel konnte er einen Falken beobachten, der dabei war, mit seinen scharfen Augen unter den vielen jungen Kaninchen, die auf dem Boden spielten, ein Opfer auszusuchen. Steve war froh, dass weder Breeze noch Tiny an Jagd interessiert schienen wie die meisten Hunde. Aber wo waren sie geblieben. Er pfiff einmal und hörte ein kurzes Bellen als Antwort. Merkwürdig, sonst war Tiny nach dem Pfiff sofort an seiner Seite und Breeze schien ihr zu folgen wie ein Schatten.

Steve ging dem Bellen nach und entdeckte beide Hunde bei einem wilden Ginsterbusch, vor dem ein junges Mädchen mit einem großen Rucksack kauerte, die sehr traurig aussah.

„Hallo, was machst du denn hier ganz allein? Ich sehe, dass du meinen Hunden schon Freundschaft geschlossen hast. Hast du dich verlaufen?" „Niet, niet verlaufen, aber gehen heim, bitte" war die Antwort in einer gutturalen Stimme. Steve setzte sich mit den erstaunten Hunden zu ihr. „Woher kommst du denn" fuhr er fort „von Petersburg in Russia." „Das ist ja ziemlich weit weg, aber woher kommst du in Devon und was machst du hier?" „Mama und Papa sagen, muss lernen Englisch, ich komme mit Aeroflot zu Leuten in Braunton. Sie böse, weil ich nicht kann Englisch. Dann weg, habe Pass und Geld. Bitte zum Flugzeug." Das hübsche Mädchen fing an bitterlich zu weinen und warf ihre Arme um Tiny, die ihr sofort die Tränen ableckte.

„Du armes, kleines Ding, wie heißt du denn?" „Name ist Svenja

Brewankaja, Papa in London Embassy." "Nun weine nicht mehr, Svenja, wir werden dir helfen. Lass mich diesen schweren Rucksack tragen und ich werde die Botschaft von zu Hause anrufen."

Ihre Augen leuchteten auf, als sie Blue auf Steves Schulter entdeckten „ich habe Katze in Russland, Name ist Vara." „Möchtest du Blue tragen, dann kann ich den Rucksack auf den Rücken nehmen." Er übergab den kleinen Kater und hoffte nur, dass Blue keine Einwände hatte. „Warum Name Blue, wenn Tier schwarz?" „Du brauchst nur seine Augen anzusehen!" „Ils sont beaux!" „Du sprichst ja französisch!" „En petit peu, mehr als Englisch!"

In Gedanken wanderten die beiden zum Cottage zurück und Steve ließ sie mit einer Tasse Tee und Keksen allein, dann rief er Mary in der Gärtnerei an, und wie er erhofft hatte, bot sie ihm sofort an, Svenja für die Nacht bei sich aufzunehmen. „Fühlst du dich etwas besser, Svenja" fragte er „bitte gib mir doch die Nummer von deinem Vater und dann kannst du ihm alles selbst erzählen." Svenja holte ein teures Handy aus dem Rucksack.

„Ich konnte Papa nicht ringen, Phone lahm." Steve lachte, das übliche Problem im entfernten Südwesten Englands, keine Verbindung. Svenja kopierte die Nummer von dem Handy für Steve und er rief sofort an. Es schien nicht Svenjas Vater, sondern sein Sekretär zu sein; aber er wurde sofort durchgestellt. Er übergab das Handy an Svenja, die sofort in einem leidenschaftlichen Ausbruch ihrem Vater in Russisch über ihre Abenteuer unterrichtete. Nach einer Weile, gab sie Steve das Handy zurück. „Papa möchte sprechen. "Hier spricht Sergey Browenkov" hörte er in fließendem Englisch „Sie sind außerordentlich hilfreich zu meiner kleinen Tochter gewesen. Meinen allerherzlichsten Dank! Morgen werde ich nach Devon kommen, um sie abzuholen. Bitte sagen Sie mir, wo ich sie finden kann." Sie verabredeten dann, sich bei Mary am folgenden Nachmittag zu treffen.

Steve war erleichtert, dass dies Problem gelöst war; aber wunderte sich, wie Eltern so leichtsinnig sein konnten, ein halbes Kind mit wenig Kenntnis der Landessprache in ein fremdes Land zu schicken. Oder lag vielleicht die Verantwortung in diesem Fall bei der Sprachschule, die ja die Gasteltern beauftragt hatten? Er schüttelte verständnislos den Kopf und fragte Svenja, ob sie Lust hätte, nach Eiern für ihr Abendessen zu suchen. Sie schien großen Spaß daran zu haben.

Steve zeigte ihr auch, wie man Rührei machte. Wie er sie so hin und her gehen sah, fiel ihm auf, wie anmutig sie sich bewegte, obwohl sie sich in dem schwierigen Teenager Alter befand. „Sag mal, Svenja, hast du Ballettunterricht?“

„Oh ja, ich liebe Tanz“ rief sie begeistert und führte eine perfekte Poirette aus „aber ist sehr schwierig und Füße schmerzen. Mama war Tänzerin.“ „Du wirst sicher von Mary, wo wir gleich hinfahren, begeistert sein. Sie malt, hat Pferde und einen Papagei.“ „Was ist Papagei?“ Steve begann dann Caspar und seine Eigenarten zu beschreiben und freute sich, wie reizend sie aussah, als ihr kleines Gesicht bei seinen Erzählungen aufleuchtete. Beinah tat es ihm schon leid, dass er sie fortbringen musste. Was für eine interessante Begegnung. Man konnte nie wissen, was man in den Dünen fand, selbst etwas so Unwahrscheinliches wie eine junge russische Ballerina. Seine Grandma würde ihm diese Geschichte kaum glauben. Aber nun mussten sie sich auf den Weg zu Mary machen.

Mary stand in ihrer weit geöffneten Tür, um sie willkommen zu heißen, wie Steve es erhofft hatte. „Komm herein, Svenja, ich habe mich auf dich gefreut, wie schön dich hier zu haben. Eine Tasse heiße Schokolade wartet auf dich.“ Caspars krächzende Stimme „hallo, hallo, wie geht es dir“ brachte Svenja sofort zum Lachen und als sie Linhui entdeckte, der auf einer Lampe balancierte, war es völlig um sie geschehen.

Steve konnte Mary nicht genug danken und versprach, am nächsten Tag zurück zu sein, um Svenjas Vater kennenzulernen, dann fuhr er erleichtert nach Hause. Er machte sich nun ernsthaft Sorgen, ob er alles aus seiner Liste erledigen konnte, wenn dauernd Unterbrechungen auftauchten. Schließ sank er völlig erledigt ins Bett und hatte wirre Träume, von seiner Großmutter wie sie ein Menuett mit Dr. Howard tanzte.

Am nächsten Morgen war er froh, dass er einiges erledigen konnte, ehe er sich in frischen Jeans und Hemd auf den Weg machte, um den russischen Diplomaten kennenzulernen. Er war gerade bei Mary angekommen, als ein dunkelgrüner Jaguar mit Chauffeur vorfuhr und eine elegante männliche Gestalt ausstieg. Svenja flog ihrem Vater um den Hals „Babuschka, Babuschka" war das einzige Wort, das Mary und Steve aus ihrem Wortschwall verstehen konnten.

Beide waren tief berührt von dem Wiedersehen zwischen Vater und Tochter. Nachdem Svenja ihren Vater mit Steve und Mary bekannt gemacht hatte, gingen alle zusammen ins Wohnzimmer, wo ein Tablett mit Tee und Keksen bereitstand. Steve konnte gerade einen Blick auf das Wolfsgemälde werfen, das auf der Staffelei im Schatten stand und er sah, dass das silberige Weiß ihrer Felle beinah lebendig erschien, und er war nicht der einzige, der es bemerkte. Mit der kurzen Entschuldigung „darf ich", trat Serge Brewankow näher und rief überrascht „Dieses Gemälde ist einmalig, wer ist der Künstler?" Als er erfuhr, dass Mary es gemalt hatte, war seine erste Frage „ist es zu verkaufen oder war es eine Kommission? Meine liebe Mary, Sie haben ein Meisterwerk geschaffen!" Mary war natürlich mehr als hocherfreut von diesem extravaganten Lob eines Connaisseurs und zögerte etwas bevor sie sagte „es ist für eine Kunstausstellung in Exeter nächste Woche bestimmt." „Könnten Sie dann bitte eine Reservierung für mich vornehmen? Ich muss das Bild haben. Stell es dir doch in der großen Halle in St. Petersburg vor, Svenja, es wäre superb. Mama wäre begeistert, davon bin ich überzeugt. Meine Frau liebt Tiere über alles. Zurzeit ist sie in der Krim, wo wir unsere Pferde halten. Malen Sie auch Pferde, Mary?"

Steve lachte „Pferde sind Marys liebste Modelle. Ihre Pferdeportraits sind außerordentlich beliebt." „Das nenne ich einen Glücksfall! Wären Sie bereit, in die Krim zu reisen, Mary, um unsere Pferde zu malen?"

„Also, ich weiß gar nicht, was ich dazu sagen soll. Es wird für mich im Frühling und Sommer fast unmöglich sein, wegen der Pflanzen. Ich male auch nach Fotos, aber lebende Modelle sind natürlich sehr viel besser."

„Bitte, lassen Sie sich von mir nicht bedrängen. Meine Freunde kritisieren immer, dass ich zu impulsiv bin. Ich kann mich einfach nicht bremsen, wenn ich ein so enormes Talent entdecke. Bitte verzeihen Sie mir."

Steve unterbrach ihn „unser erstes Problem ist es doch, was wir mit dieser jungen Dame hier machen", und sah dabei auf Svenja, die es sich auf dem Teppich bequem gemacht hatte. Der sonst so zurückhaltende Linhui hatte sich um ihren Hals geschlungen und schnurrte glücklich. Serge seufzte besorgt „ich kann unmöglich von der Wirtschaftskonferenz in London abkommen, meine Frau ist in der Krim, das Haus in Petersberg ist geschlossen. Ich werde eine andere Sprachschule for sie finden müssen."

Swenja richtete einen neuen russischen Wortschall an ihren Vater, wonach er sich sehr zögernd an Mary wendete. „Svenja fragt mich, ob es nicht möglich wäre, dass sie bei Ihnen bleibt, Mary. Sie scheint hier mit der Katze, Caspar und den Pferden so glücklich zu sein. Wäre das bis zum Ende nächster Woche möglich sein?" „Ich wüsste kaum, warum nicht, wenn sie sich Mühe gibt, Englisch zu sprechen und mir mit den Pferden zu helfen, Svenja." Sofort kam die Antwort „ich verspreche es und ich werde Casper ein neues Wort beibringen!" „So", erkundigte sich Steve „und das wäre?"

Errötend murmelte Svenja „nice Mary." „Wo ist denn Caspar, wir haben ja keinen Ton von ihm gehört." Mary zuckte die Schultern „ein Tuch über dem Käfig ist die einzige Lösung."

Sergey war sehr erleichtert und bot an, alle zum Lunch einzuladen, um Einzelheiten zu diskutieren, aber Steve musste ablehnen und machte sich auf den Weg. Als er am Village Shop vorbeifahren wollte, hielt ihn Brian an, schwenkte eine Zeitung und rief: „Halt an, Steve, es sieht so aus, als ob Georgeham berühmt wird." Steve las dann mit großem Erstaunen: „Sensation in der literarischen Welt! Die Stieftochter eines toten Autors enthüllt ein unveröffentlichtes Manuskript ihres Vaters, als sie den Preis für ein früheres Werk in Empfang nimmt, für das gerade die Filmrechte an Hollywood verkauft wurden." Allein das war schon mehr als interessant, aber das Foto von Susan neben dem Artikel war die größte Überraschung. Niemals hätte er in der eleganten und attraktiven Dame Susan mit dem gebeugten Rücken, den fehlenden Zähnen und dem wilden Haar erkannt. Nun, er wünschte ihr alles Gute, sie konnte es wirklich gebrauchen! Dann überlegte er, ob sie wohl jemals ihre Pflanzen abholen würde, die von seiner Grandma so treu gepflegt wurden.

Das erinnerte ihn seinen Lunch am Sonntag. Es war wirklich an der Zeit, dass seine Grandma mal an sich dachte. Solange er denken konnte, war sie immer für ihn dagewesen, immer bereit zu helfen, so gut sie konnte. Nie hatte er sie als irgendetwas anderes betrachtet als seine Gran. Wie konnte er nur so blind und egoistisch gewesen sein und wie gut, dass dieser Alex aus ihrer Vergangenheit erschienen war. Es würde tatsächlich ein interessanter Tag werden.

Aber nun zurück zu seinen Tieren und dann auf zur Bücherei, um etwas über Dalyan zu finden. Ganz sicherlich wollte er nicht wie ein kompletter Ignoramus dastehen. Ein türkisches Wörterbuch wäre sicher auch empfehlenswert.

Was für Glück er doch mit seinen Hunden und dem kleinen Blue hatte! Alles war in Ordnung, und er konnte eine Pause machen, ehe er sie wieder verließ. Wie traurig, wenn er nur das leere Cottage zu Heimkommen hätte! Sogar die Hühner schienen sich über ihn zu freuen mit ihrem leisen Gegacker. Dann dachte er, falls Svenja noch bei Mary wäre, sollte er sie auch einladen? Seine

Grandma würde sich sicher freuen. Ja, eine gute Idee! Am besten, er erledigte das sofort, rief Mary an und schlug es ihr vor. Sie stimmte ein und war begeistert von dem jungen russischen Mädchen. „Du wirst es kaum glauben, sie hat sich als ein so charmanter Gast entpuppt, eine große Hilfe mit den Pferden, eine hervorragende Reiterin. Wir haben sie sogar als Gast bei dem Point-to-Point am Sonnabend mit einem von unseren Pferden angemeldet. Ich kann die Zeit gar nicht abwarten und Mick wird es für ihren Dad filmen. Ist er nicht ein faszinierender Mann? Man sollte eigentlich nicht annehmen, dass Russen so nett sind, was meinst du?“ Steve konnte sie kaum anhalten, sie war so enthusiastisch, typisch Mary! Steve hob schließlich die Hand „ich muss jetzt Schluss machen, Mary. Dr. Howard und meine Grandma holen Svenja dann ab.“ „Dr. Howard“, begann Mary neugierig; aber ehe sie weiter fragen konnte, beendete das Gespräch. Das war ein Problem auf dem Land, wo jeder jeden gut kannte.

In der Bücherei war er angenehm überrascht, dass er nicht nur über Dalyan ein Buch fand, sondern allgemein über die Türkei, über das Reich der Ottomanen, die Sitten, das Essen, Weine und natürlich über Teppiche. Es wurde ihm für die nächste Woche auch ein Buch mit Wortwendungen versprochen. Sehr zufrieden blickte er sich voller Interesse um.

Eine ganze Anzahl von Kunden benutzten nicht nur die Bücherei, sondern liehen sich Videos und Musik CDs, schrieben auf den PCs und lasen die Lokalzeitungen, die ausgelegt waren. An den Wänden waren Poster von kommenden Veranstaltungen von Konzerten bis zu Vorträgen über Harry Potter. Es wurde ihm klar, warum Jenny so gern in einer Bücherei gearbeitet hatte, es schien ein vibranter und wichtiger Ort für eine Landgemeinde zu sein. Aber nun hatte sie ja etwas gefunden, das sie wirklich liebte. Er erinnerte sich genau, wie glücklich sie das letzte Mal sie ausgesehen hatte, als er sie im Pub getroffen hatte.

Jenny – er sollte wirklich ernstlich über sie nachdenken, obwohl die Tatsache, dass er nachzudenken hatte, sicher schon die Antwort war. Wenn sie ihm mehr bedeutete als nur eine Bekanntschaft, wäre es sicher nicht nötig nachzudenken! Sicher würde er die Dinge noch klarer sehen, wenn er aus der Türkei zurück war.

Als erstes wollte er einen möglichst guten Eindruck auf Dr. Howard machen, das war er seiner Gran schuldig. Er konnte kaum glauben, dass sie ihm so moderne Sachen gekauft hatte. Ein Friseurbesuch war auch längst überfällig, eine Einkaufsliste – sehr wichtig! Schinken, Käse, Salat, Butter, Brot, Tomaten und Gurken vom Farm Shop, dann Wein und Sherry von Sainsborough. Er entschied sich gegen Roger vom Hotel, es war besser, es so simpel, wie möglich zu machen.

Sowie er einen Plan hatte, fühlte er sich besser. Er fand, dass auch die Hunde gut aussehen sollten, holte die Bürsten und nahm sie sich vor. Beide ließen es sich gern gefallen, obwohl das blausilberne Fell von Breeze schon vorher glänzte.

Die arme Tiny wurde ganz viel Wolle los und Steve warf bündelweise Haare in die Hecke. Die Vögel würden alles so schnell wie möglich in ihre Nester bringen.

Nun ab in den Farm Shop. Wie praktisch war es, dass er dort beinah alles kaufen konnte. Phyllis, die junge Bäuerin war gerade dabei, von dem großen Schinken eine dicke Scheibe abzuschneiden. Steve lief das Wasser im Munde zusammen, als er die saftige, rosa Scheibe sah - nicht mit dem abgepackten dünnen Schinken vom Supermarkt zu vergleichen. Auch der gereifte Cheddarkäse, das duftende selbstgebackene Brot sahen mehr als verlockend aus. Als er seine Einkäufe packte fiel sein Blick auf ein Glas mit frischen Anemonen, sie würden genau in die alte Vase passe, die er mal in der Töpferklasse erzeugt hatte. Beinah genierte er sich, dass er für sich Blumen kaufte; aber als er seine Grandma dachte, die gerade diese Kleinigkeiten so liebte, legte er sie in seinen Korb.

Im Supermarkt wählte er einen argentinischen Shiraz und eine Flasche Tio Pepe aus, für Svenja Orangensaft. Nun noch Pralinen, die er mit dem Kaffee anbieten könnte. Es sollte alles ganz korrekt sein, das lag ihm sehr am Herzen. Zurück im Auto schnüffelten Tiny und Breeze hoffnungsvoll an seinen Einkäufen. „Nein, diesmal habt ihr Pech, dies ist nicht für Hunde, und ihr müsst euch gut benehmen!"

Am Sonntagmorgen, als er mit Tischdecken fertig war, freute er sich, wie einladend es aussah, vor allem die Anemonen in der schlichten braunen Vase auf seinem Fensterbrett leuchteten förmlich und erhellten den ganzen Raum mit fröhlichen Farben. Es war eine gute Idee gewesen, auf dem Tisch Käse, Schinken, Brot und Butter auf einem großen Stück Treibholz zu arrangieren. Es sah mit dem kräftigen Grün von Schnittlauch und Petersilie geradezu malerisch aus.

Er sollte öfter mal jemanden einladen entschied er, weshalb sollte er wie ein Hermit leben. Ganz ehrlich hatten ihm diese Vorbereitungen Spaß gemacht.

Um seiner Grandma noch eine Freude zu machen, hatte er ein Paar der neuen Shorts mit einem der T-Shirts angezogen. Sowie er Gläser für den Sherry zurechtgestellt hatte, hörte er schon den Wagen von Dr. Howard. Die Tür öffnete sich, ein schöner Collie sprang heraus und wurde mit viel Schwanzgewedel von Tiny und Breeze willkommen geheißen. Dr. Howard half Joan beim Aussteigen und rief Steve zu „hoffentlich macht es dir nichts, dass ich meinen Hund mitgebracht habe; aber er wird einen Abstecher zum Strand zu schätzen wissen." Steve beugte sich zu dem Collie und rief „Hunde sind bei mir immer willkommen, Sir!" Als nächste sprang Svenja aus dem Wagen und hielt stolz eine rote Rosette hoch für Steve hoch „sieh mal Steve, ich habe gestern das Rennen in Dulverton gewonnen und Mick hat den Film für Mama und Papa gedreht!"

„Svenja, ich gratuliere, das ist wunderbar!" Steve küsste dann seine Großmutter, die glücklich zu ihm aufsah „du siehst heute aber wirklich gut aus, mein Junge!" Er neckte sie, indem er antwortete „im Gegensatz zu sonst, meinst du?"

Alex bewunderte die Aussicht „was hast du für einen wunderschönen Platz hier, jetzt kann ich verstehen, weshalb du es vorziehst in der Wildnis zu leben, wie deine Grandma immer sagt."

Steve zwinkerte ihm zu „habe ich wohl recht, wenn ich annehme, dass ihr gern einen Sherry vorm Essen trinken würdet?" „Nur zu gern, ich sehe, dass du unseren Lieblingssherrry hast. Svenja trinkt sicher nichts Alkoholisches; aber hier ist Saft, sodass wir unseren jungen Champion toasten können. Well done! Svenja!" Das junge Mädchen lief vor Freude rot an, als die Gläser angestoßen wurden, dann sagte sie schüchtern „darf ich fragen, Doktor?" „Natürlich, was hast du auf dem Herzen?" „Warum tragen Ring wie Papa?" Verwundert drehte Alex den Siegelring an seinem kleinen Finger „tue ich das? Wie eigenartig, es ist ein alter Ring in meiner Familie, der von Generation auf Generation übergeht. Meine Urgroßeltern stammen aus ursprünglich aus Russland."

„Aus Russland! Sprechen auch Russisch", fragte Svenja aufgeregt. „Nein, da muss ich dich leider enttäuschen, ich kenne nur wenige Worte. Aber ich finde es außerordentlich interessant, dass dein Vater einen ähnlichen Ring trägt, wir müssen irgendwie verwandt sein." Wie merkwürdig dachte Steve, dass eine so zufällige Begegnung eine Kette von Ereignissen auslöste, die beinah nicht zu glauben waren. „Wir müssen Papa telefonieren" Svenja sah die anderen beschwörend an, indem sie schon die Nummer ihres Vaters wählte. Sie erklärte ihrem Vater den Grund des Anrufes und übergab das Handy dann Alex. „Papa möchte sprechen und wir schicken Foto von Ring. Sofort war Alex in tiefem Gespräch mit Sergey in London.

Er schüttelte den Kopf, als er auflegte. „Es ist kaum zu glauben; aber es scheint tatsächlich eine Verwandtschaft zwischen uns zu bestehen, und ich bin dein Onkel, kleine Svenja." „Onkel Alex", jubelte sie, umarmte ihn mit einem Kuss und strahlte über das ganze Gesicht.

„Alle diese Aufregung hat unseren Appetit angeregt, ich schlage vor, wir gehen jetzt hinein und essen", rief Steves Grandma den anderen zu und ging voraus. „Ich habe dir noch mehr von den eingelegten Pickles mitgebracht, ich weiß doch wie gern du sie magst." Steve drückte ihre Hand „vielen Dank, Gran, du denkst an alles", flüsterte er ihr zu. Joan sah den Tisch bewundernd an „das hat du aber wirklich schöngemacht, vor allem die Blumen und das Treibholzbrett, mal etwas ganz anderes", lobte sie.

Bald saßen sie um den Tisch mit einem Glas Wein vor sich und Steve wollte gerade einige passende Worte zum Willkommen sagen, als Blue mit einem eleganten Satz mitten auf dem Tisch landete und stolz eine kleine Maus zu den anderen Speisen legte.

Welches Glück, dass sie alle an Tiere gewohnt waren und sich nicht weiter anstellten. Nach einem Moment geschockten Schweigens hob Alex sein Glas und sagte „Einen Toast auf unseren großen Jäger" und mit fröhlichem Lachen tranken sie den ersten Schluck auf das Kätzchen. Es war ein Bild direkt aus „Aristocats" von Disney. Der kleine schwarze Kater, der gerade begonnen hatte, seine Pfoten zu lecken, sah umwerfend niedlich aus mit seinen weißen Socken und blauen Augen, wie er dasaß und offensichtlich Lob erwartete.

Steve hob den großen Jäger vorsichtig vom Tisch und deponierte ihn im Hundekorb, dann entfernte er das arme kleine Opfer und alle konnten mit dem Essen fortfahren. „Ich hatte nicht das Gefühl, dass ich schimpfen sollte", erklärte er Svenja, die etwas erstaunt schien. „Er hat uns ein Geschenk gebracht und erwartet dafür Lob. Es ist ja schließlich seine Aufgabe, Mäuse zu jagen, und dies war ein guter Anfang."

Allen schmeckte das Essen und sie stimmten überein, dass Joans Applecrumble mit der besonderen Devon Sahne das Beste gewesen war. Steve war dabei, Kaffee zu bereiten, als Sergey wieder anrief. Er hatte Ekaterina, Svenjas Mutter die Geschichte von den Ringen erzählt und sie brannte darauf, den neuen Verwandten kennen zu lernen. Sie wollten demnächst in die Krim reisen und luden Alex und Joan herzlich ein, sie zu begleiten, wenn Svenja nach Russland zurückkehrte. Alex and Joan waren sehr gerührt von der Einladung; aber hatten große Bedenken nach Russland zu reisen.

Ein fremdes Land mit Menschen, die sie kaum kannten und eine Sprache und Kultur, die ihnen fremd war. Also erbaten sie sich Bedenkzeit. Svenja versuchte ihr Möglichstes, um sie zu überreden. Sie schwärmte in ihrem beschränkten Englisch vom Schwarzen Meer, den Gärten, der Villa und den Pferden, die sie dort hatten.

Steve glaubte fast, er konnte einen Funken Interesse in den Augen seiner Großmutter entdecken; aber es wäre wirklich ein zu großes Abenteuer für ein älteres Paar, eine solche Reise anzutreten. Sie beharrten darauf, dass sie darüber nachdenken müssten.

Schließlich beschlossen Steve und Svenja mit den Hunden an den Strand zu gehen, sodass Joan und Alex sich ausruhen konnten. Während Svenja ihm von dem Rennen in Dulverton erzählte und wieviel Spaß sie mit Mary hatte, konnte er kaum glauben, wie sehr sich ihr Englisch in den wenigen Tagen bei Mary verbessert hatte. Sie fing dann an, mit den Hunden zu spielen und er konnte über seinen Trip in die Türkei nachdenken.

Er hatte das Buch aus der Leihbücherei über das Land und seine Geschichte faszinierend gefunden und war erstaunt, wie wenig er tatsächlich wusste. Er hatte zum Bespiel keine Ahnung gehabt, dass die Türkei die zweitgrößte Teeproduktion in der Welt hatte, dass der Berg Ararat der Berg war, auf dem Noah gelandet sein sollte, dass die Türkei die Wiege der Zivilisation war und so weiter. Immer hatte er angenommen, dass Griechenland und Rom sich diese Ehre teilten. Obwohl er eigentlich nicht der Typ war, der alte Ruinen besichtigte oder viel Zeit in Museen verbrachte, stellte er fest, dass er sich auf die Felsengräber und die uralte Stadt Kaunos freute.

Die türkische Sprache erschien ihm sehr schwierig zu sein, obwohl manche Wörter aus dem Französischen stammten; aber auch in Französisch war er nie besonders begabt gewesen.

Er blickte über den weiten goldenen Strand, das Meer mit Lundy am Horizont. Auch dies war ein interessanter Ort, den er noch nie besucht hatte. Freunde hatten ihm begeistert von der landschaftlichen Schönheit berichtet. Glücklicherweise war es zum Naturschutzgebiet erklärt mit den großen Kolonien von Tauchpapageien. Ob die Gerüchte von den Piratenschätzen, die immer noch auf Lundy versteckt sein sollten, der Wahrheit entsprachen? Die zerklüftete Insel mit den gefährlichen Felsen sah wirklich wie eine Seeräuberinsel aus. Hoffentlich wurden die Schätze niemals entdeckt, ebenso wie Nessie im Loch Ness. Eine Welt ohne irgendwelche Mysterien würde traurig sein.

Weit unten am Wasser planschten die Hunde mit Svenja vergnügt in den Wellen. Steve flötete kurz und alle drei Hunde kamen folgsam mit Svenja zurück.

„Meinst du Steve, dass deine Babuschka und mein neuer Onkel Alexey mit in die Krim kommen?“ „Weißt du, ich habe auch darüber nachgedacht. Es würde ein großes Abenteuer für sie sein; aber um ehrlich zu sein, wäre ich doch besorgt. Sie sprechen doch noch nicht einmal die Landessprache. Wir müssen abwarten, was sie entscheiden.

Wann gehst du denn zurück, Svenja?“ „Mary und ihre Töchter möchten, dass ich noch an einem anderen Rennen mit einem ihrer Pferde teilnehme. Und wenn ich dann aus Russland zurück bin, komme ich ins Internat nach West Buckland. Kennst du es?“

„Ja, ich habe davon gehört, sie sollen viel Wert auf Sport legen. Ich wette, du wirst da sehr glücklich sein und am Wochenende kannst du immer Mary, Alex oder mich besuchen.“

Als Svenja das hörte, strahlte sie. „Und“ fuhr Steve fort, sicher kannst du da auch reiten, vor allem in Exmoor. Sieh nur, meine Großmutter hat schon Teetassen vorbereitet. Ich freue mich auf eine Tasse Tee und du?“ „Ich mag Tee am liebsten mit Zucker und Zitrone.“ Steve lachte, „da hast du ja Glück, ich habe gerade frische Zitronen eingekauft und du kannst mir zeigen, wie du es am liebsten hast.“ Die Hunde rannten alle zur anderen Seite des Hauses, wo Steve immer eine große Schale mit frischem Wasser für Hunde und Vögel füllte. Nur der kleine Blue bekam noch Milch. Nach seiner großen Mäusejagd hatte er fest geschlafen und war jetzt wieder fit zum Spielen; aber seine großen Freunde waren nach ihrem Ausflug an den Strand zu müde und wollten ihre Ruhe haben. Beleidigt wandte er sich ab und versuchte sein Glück bei Svenja, die immer für ein Spiel zu haben war.

Steve setzte sich zu Alex und seiner Grandma „nun, habt ihr schon beschlossen unter die Globetrotter zu gehen?“ „Noch nicht, Steve, wir müssen sehr ernstlich darüber nachdenken. Immerhin ist es ja nicht so, als wenn wir nur einen Abstecher zu den Kanaren oder Madeira machten, wo jeder unsere Sprache spricht. Und wenn du bedenkst, dass wir diesen Sergey noch nicht einmal persönlich kennengelernt haben, geschweige denn seine Frau. Es mag sich alles wundervoll anhören, aber ich muss gestehen, dass ich lieber vorsichtig bin und Alex denkt genauso. Wir sollten lieber etwas abwarten.“

„Dann kann ich ja wieder aufatmen und brauche nicht zu befürchten, dass wenn ich aus der Türkei zurück bin, ihr in der Taiga mit ein paar wilden Kosaken verschollen seid!“ Nachdem sie bei dieser Vorstellung zunächst gelacht hatten, sagte Alex sehr ernst, „mach dir keine Sorgen Steve, ich werde sehr gut auf deine Grandma achten, ich verspreche es.“ „Das hatte ich auch nicht anders erwartet und schließlich hat sie ja auch ihren Arzt bei sich. Habt ihr eine Vorstellung, wie die Krim eigentlich ist, abgesehen von der Tatsache, dass früher die Romanows und jetzt Putin und Co. ihre Sommerresidenzen dort haben?“

Nachdenklich antwortete Alex, „ich bin überzeugt, dass es landschaftlich sehr schön sein muss – ähnlich wie die Cote d’Azur, vielleicht aber auch überrannt von Feriengästen wie beinah überall in der Welt. Eigentlich interessieren wir uns sehr für diesen Ort Dalyan und freuen uns darauf, mehr darüber zu erfahren. Sicher erinnerst du dich daran, wie gern ich immer geschwommen bin und dass deine Granny das Wasser auch so liebt."

„Terra Travel würde ihren Klienten niemals einen Ort empfehlen, der mit Urlaubern überfüllt ist, dafür kann ich garantieren. Ich verspreche, dass ich mit meiner neuen Kamera viele Bilder machen und einen genauen Bericht erstatten werde."

Alex zeigte auf die drei Hunde, „seht euch nur diese Tiere an, immer noch völlig erschöpft unter dem Tisch! Vielen Dank, Steve, dass du meinen Hund mitgenommen hast, er liebt einen ordentlichen Galopp am Meer. Aber jetzt müssen wir uns verabschieden und meine neue kleine Nichte bei Mary abgeben. Da hast du wirklich das große Los gewonnen, Svenja, dass du bei ihr gelandet bist. Ich kenne die Familie seit Jahren, sie sind ganz besonders nette Menschen. Vielen Dank, Steve, für alles. Ist es nicht ein ganz besonders ereignisreicher Tag gewesen!"

Mit noch mehr Dank, Küssen und Umarmungen machten sich Steves Gäste endlich auf den Weg und Steve konnte aufräumen, seinen Zoo füttern und sich schließlich auf seiner Bank im Abendsonnenschein entspannen. Wieder musste er feststellen, dass er von dem Besuch total müde war. Was war denn mit ihm los, fühlte er etwa schon, dass mittleres Alter nicht mehr fern war, wie furchtbar.

Dann begann er zu planen, was er für seine Freunde besorgen musste, wenn sie kamen, um einzuhüten. Hunde, Katzen und Hühnerfutter, dann fügte er großzügig einen Kasten Bier für seine Freunde dazu. Er wollte die Einkäufe so schnell wie möglich erledigen nahm er sich vor. Dann ließ er seine Gedanken in den tropischen Garten von Dalyan schweifen, voller Bougainvilleas, Palmen, Hibiskus, laue Nachtluft und er hörte in Gedanken förmlich ein sägendes Geräusch – Moskitos! Ein Glück, dass ihm das noch eingefallen war, denn er wusste aus bitterer Erfahrung, wenn ein Moskito ihn erspähe, würde er schmatzen – falls Mücken das konnten und ihn in ihr Visier nehmen. Zurück in seine laue Nacht im Fantasiegarten –

Jasmin Duft erfüllte die Luft und er erfand schnell einen Gecko, der die Moskitos im Schach hielt.

In seiner Hand ein Glas mit Gin und Tonic und ihm gegenüber – ein leerer Stuhl? Nein, das war immer noch nicht perfekt. Seine Fantasie lief nun auf Hochtouren und er stellte sich eine weibliche Gestalt in dem leeren Korbsessel vor. Der Sessel müsste aber an seiner Seite sein. Dann begann er der Figur ein Aussehen zu verleihen und es fing an ihm richtig Spaß zu machen. Wie sollte sie aussehen, diese Traumgestalt?

Dünn - schlank – kurvig – hochgewachsen oder mittelgroß – blond, braun, rotes oder schwarzes Haar, das war die Frage.

Das nächste Problem – sollte sie ernst, naiv, sophisticated, intelligent, fröhlich oder eher ruhig sein? Er entschied sich für blond, nicht zu dünn und nicht zu klein, blaue Augen, sportlich, intelligent aber nicht bookisch und tierlieb! Beine? Er stellte sich die Beine seines Traummädchens vor und drapierte sie über die Verandabrüstung, um sie zu betrachten. Hervorragend. Er platzierte seine eigenen Beine daneben und stellte sich gerade vor, wie er sagte, „Gin and Tonic wie üblich, Darling"? Lautes Gebell – und seine Traumwelt war geplatzt, als die Hunde den Fuchs verjagten, der sich angeschlichen hatte.

Schade, das war ein Schock, so schnell in die Wirklichkeit zurückversetzt zu werden. Schnell scheuchte Steve die armen Federtiere in ihren sicheren Stall. Ein Blutbad wollte er unter seinen Hühnern nicht haben. Draußen waren Unmengen von kleinen Karnickeln, die der Fuchs für seine Jungen fangen konnte – Fuchsbaby gegen Kaninchenjunges – der grausame Zyklus der Natur.

„Ihr seid zwei sehr gute Aufpasser" lobte er die beiden Hunde „zeigt Meister Reinecke, wer hier was zu sagen hat!" Wie ein schwarzer Blitz tauchte auch Blue auf, der nicht ausgeschlossen sein wollte und rieb sich an seinen Fußgelenken. Er hob ihn zärtlich auf, „und du, kleiner Kater, musst vorsichtig sein, du bist noch zu klein, um dich mit dem Fuchs anzulegen."

Die Zeit verging schneller denn je und sein Freund Nigel von London mit seiner Carol kamen an, um ihren „Job“ als Aufpasser für zwei Hunde, ein Kätzchen, vier Hennen, einen Garten und das Cottage anzutreten. Steves Sorgen, dass sie nicht damit fertig würden, verflogen, als er sah, wie schnell die Tiere sich an seine Freunde gewöhnten.

Tatsächlich war er beinah eifersüchtig. Carol und Nigel stammten vom Lande und waren von allem hellauf begeistert. Nigel bestand sogar darauf, seinen Freund nach Exeter zum Flughafen zu fahren. Steve hatte das Gefühl, alle Sorgen zurück zu lassen und freute sich auf sein türkisches „Abenteuer“. Leider hatte er wenig Erfolg gehabt, türkische Wörter zu lernen – nur an eins konnte er sich erinnern „merhaba“, wenn man jemanden traf. Aber wenigstens war es etwas und er hatte sein kleines Buch mit einfachen Sätzen in der Tasche.

Kapitel 10

Was war Exeter für ein freundlicher, kleiner Flughafen im Vergleich zu Heathrow und den anderen großen Airports! Sofort sah er die Gruppe von Reisenden, die am Informationsschalter mit Tim, dem Repräsentanten von Terra Travel standen. Die meisten erkannte er aus den Vorjahren. Ihre Mehrzahl war in mittleren Jahren oder sogar älter, fast alle von ihnen in akademischen Berufen. Er winkte ihnen zu und wurde freudig von allen begrüßt.

Erleichtert stellte Steve fest, dass Terra Travel alle Teilnehmer mit kleinen Namensschildern versehen hatte und machte nun seine Runde, schüttelte Hände, wurde von den Damen umarmt und von ihren Partnern herzhaft auf die Schultern geklopft.

Tim begrüßte alle in seiner entspannten Art, um sie willkommen zu heißen und informierte sie, dass Terra Travel für diesen Flug ein Upgrade gebucht hatte - also mehr Platz für Beine, besseres Menu und freie Getränke an Bord. Gleichzeitig warnte er alle, dass der Verkauf von Alkohol an Bord nicht länger möglich war und sie sich besser im Duty-free eindecken sollten; denn Erdogan hatte den Preis für Alkohol in der Türkei enorm erhöht. Er wusste, dass die meisten seiner Gäste ihre „happy hour" liebten und konnte ihnen versichern, dass in der Bar des Hotels Tonic und Soda zu haben war. Zitronen gab es reichlich an den Bäumen im Garten und sie waren mit gekauften Früchten nicht zu vergleichen! Ihr Aroma war unbeschreiblich! Ganz davon abgesehen von dem Gefühl, sie selbst zu pflücken!

Steve war fest entschlossen, diese Reise im Film festzuhalten, nicht nur für Claire, sondern auch für seine Grandma und Alex. Es erschien ihm immer mehr, ein Ort zu sein, der beiden gefallen würde. Es hatte ihm Spaß gemacht, schon im Flughafen Exeter einige Schnappschüsse von seiner Gruppe zu machen und begann, mit allen seine Bekanntschaft zu erneuern und Erinnerungen an die letzte Reise nach Kroatien auszutauschen.

In diesem Jahr hatten sie Glück, dass sie gerade rechtzeitig zum Dinner in Dalyan ankommen würden, auch dass sie die Alpen im Tageslicht überflogen. Bei dem schönen Wetter sicher ein besonderes Erlebnis. Schließlich waren sie angeschnallt in ihren Sitzen und waren froh, dass Terra Travel ihnen bessere Plätze gebucht hatte.

Steve saß neben einem sehr netten Ehepaar, an die er sich gut vom letzten Jahr erinnerte, beide außerordentlich an Vögeln interessiert. Sie hofften besonders, die vielen Störche zu sehen, über die sie gehört hatten. Beide waren pensionierte Lehrer eines Internates in Devon, die jetzt ihre Freiheit in vollen Zügen genossen. Steve war dankbar, dass er ihre Namen auf den Schildchen lesen konnte. Ihre Namen waren Tony und Jessica. Sie fragten ihn gleich nach einem holländischen Vogelexperten, der eine Anzahl wissenschaftlicher Bücher über die Vögel von vielen Ländern geschrieben und illustriert hatte. Sie hatten gehört, dass er auch in ihrem Hotel wohnen sollte.

„Haben Sie von ihm gehört, Steve? Sein Name ist Ber van Perlo. Es wäre ein Höhepunkt dieser Reise, wenn wir ihn kennenlernen würden. Seine Bücher sind wunderbar, besonders die Illustrationen sind exquisit." Steve lachte, Sie werden es kaum glauben; aber eine Bekannte aus Devon hat mir von ihm erzählt, sie kommt schon seit zwanzig Jahren hierher. Ist es nicht erstaunlich, dass man immer jemanden aus Devon trifft, wo man auch ist. Wir müssen wirklich die am weitesten gereisten Leute sein, die man sich denken kann. Es wäre wirklich ein Privileg, ihn kennen zu lernen."

Jessica fuhr fort „wie wohl der Pool ist? Meistens ziehen wir ein Hotel direkt am Meer vor; aber die meistens Hotels sind zu groß und laut für unseren Geschmack, obwohl wir beide zu gern schwimmen." Steve konnte sie beruhigen „der Pool hat eine ganz gute Größe, und vor allem wird er von ihrer eigenen Quelle gespeist, sodass er fast frei von Chemikalien ist. Allerdings lieben auch Wespen, Bienen und Frösche das Wasser. Meine Kundin, Christa hat mir versichert, dass sie jeden Morgen ein Rendezvous mit einem Frosch hat, der wartet, bis sie kommt, ehe er ins Wasser springt. In den letzten zehn Jahren ist sie mit ihrem Partner, einem alten Tierarzt aus Devon jedes Jahr hier gewesen. Er ist ein anderer meiner treuen Kunden und ein ganz besonderer Mensch! Ein zweiter James Herriot, um ehrlich zu sein, Dudleys Geschichten sind viel besser als die von Herriot! Ich bin gespannt auf ihre Gesichter, wenn sie mich hier sehen!"

„Es sieht ganz so aus, als ob wir interessante Leute kennen lernen. Hier kommt die Stewardess. Was kann ich Ihnen bestellen, Gin und Tonic, wie ich mich erinnere? Ich weiß, die Zeit ist noch nicht ganz korrekt, aber wir sind im Urlaub!" „Ganz richtig," antwortete Steve „außerdem müssen wir ja die Zeit zwei Stunden vorstellen, dann sind wir genau richtig!"

In bester Ferienlaune tranken sie dann einen Toast auf einen interessanten Urlaub. Nach und nach nickten die meisten Passagiere ein und verpassten den wunderbaren Blick auf die Alpen und den ersten Eindruck des glitzernden blauen Meeres.

Die Sonne ging gerade in einem dramatischen roten Abendhimmel unter, als ihr Flugzeug in Dalaman landete.

Alles verlief programmgemäß, ihr türkischer Betreuer erwartete sie, arrangierte ihre Visen und empfing ihr Gepäck, sodass sie nur durch die Arrivalshalle hinaus in die laue Abendluft zu schlendern brauchten. Steve hatte die Gruppe vorher verlassen, um in dem modernen Reisebus die Reifen, Bremsen, Benzinstand zu prüfen. Die lokale Karte hatte er im Kopf und wusste den besten Weg zum Fluss, wo das Hotelboot auf sie warten würde. Yannis, der Dolmetscher half ihm beim Laden des Gepäcks und sie waren auf dem Weg. Alle waren sie von dem Flughafengelände, das wie ein schöner Park mit attraktiven Oleanderalleen angelegt war, sehr beeindruckt. Als dazu noch der Ruf zum Gebet von einem Minarett erschallte war dieser erste Eindruck perfekt.

Der Fluss war bald erreicht und das Hotelboot mit einem jungen Bootsmann lag am Ufer. Nun konnte ihr türkischer Urlaub wirklich beginnen. Das ruhige, grüne Wasser des Flusses, die dunklen hohen Felsen am anderen Ufer, Fischerboote, die vorbeifuhren erschienen in der Dunkelheit mysteriös. Alle bedauerten, dass die Bootsfahrt nur zu schnell vorüber war; aber Yannis versicherten ihnen, dass sie während ihres Aufenthaltes viel Zeit auf dem Fluss verbringen würden. Er informierte sie auch darüber, dass Sultans Palas der Frau eines früheren britischen Marineoffiziers gehörte, der es ihr geschenkt hatte. Eine mehr als romantische Geschichte, die sie sicher noch erfahren würden. Beide waren im Hotel und würden sie persönlich willkommen heißen.

Er fuhr mit seinen Informationen fort. „Zurzeit werden nur wenig andere Gäste im Hotel sein, da unsere Gruppe ja die meisten Zimmer in Anspruch nimmt.

Ein Zimmer“ und er lachte „Nummer 107 ist immer for Christa und Dudley reserviert. Sie gelten beinah als Familie. Außerdem wird nächste Woche der bekannte Vogelwissenschaftler, Ber van Perlo mit seiner Frau erwartet und morgen kommt noch ein niederländischer Gast an, Mareike van Doorp, eine Ornithologin.“

Der kurze Bus Trip war vorüber, sie waren durch Felder mit Orangen und Zitronenbäumen gefahren, deren Zweige schwer mit reifen Früchten beladen waren. Weiter fort konnte man noch Pflanzungen mit Granatäpfeln erkennen. Wie eigenartig, dass man sich die Türkei niemals als ein Land voller Apfelsinen und Zitronen vorstellte, sondern es in Gedanken meistens mit nur Teppichen verband.

Auch die Empfangshalle war völlig anders, als man es von Hotels gewöhnt war. Sie hatte einen exquisiten Marmorboden und eine ungewöhnliche Decke mit einem riesigen schmiedeeisernen Kronleuchter. Vor dem großen Kamin sahen sie einen hochgewachsenen Mann mit silbernen Haaren, buschigen Augenbrauen über stahlblauen Augen - Arm in Arm mit einer eleganten blonden Dame. Er war das typische Bild eines britischen Marineoffiziers in seinem Blazer und Navy Krawatte. Ohne Zweifel waren dies Commander Frank Mann und seine Frau.

Er trat auf die Gruppe zu „Willkommen in Sultans Palas, wir hoffen, dass Sie Ihren Aufenthalt bei uns genießen werden, und bitte lassen Sie uns Ihre Wünsche wissen." Seine Frau flüsterte ihm dringend etwas zu, „oh ja, ehe ich es vergesse. Wir haben hier eine Eule, die ihr Nest in einem dieser Fenster im Turm gebaut hat und drei Junge aufzieht.

Erschrecken Sie also nicht, wenn zwei Eulen hier einfliegen, um ihre Jungen zu füttern." Die Reisegruppe, von denen die meisten begeisterte Vogelfreunde waren, konnten ihr Glück kaum glauben. Was für Fotomöglichkeiten! Und wirklich einmal ein ganz besonderes Hotel!

Als nächstes trat eine junge Dame auf sie zu und stellte sich als Nilgün, Tochter der Eigentümerin und Direktorin des Hotels vor. Auch sie hieß alle herzlich willkommen und bat, ihr zum Essraum zu folgen, der sich inmitten des Gartens befand.

Zu ihrer Freude sahen sie, dass er offen und auf allen Seiten von blühenden Pflanzen umgeben war. Es waren eine Anzahl kleiner Tische für je vier Personen gedeckt und am Ende war eine lange Tafel mit einer Unzahl von Salaten und appetitlichen Vorspeisen. Genau daneben dampfte ein großer schwarzer Kessel mit Suppe. Neben dem Essraum glitzerte das blaue Wasser des beleuchteten Pools hinter den Hibiskus Blüten.

Steve ließ dieses Bild auf sich einwirken und wusste, wie sehr seine Grandma und Alex es hier genießen würden. Dann rief Yannis alle Gäste zusammen, um ihnen einen jungen Kellner als Timmy vorzustellen. „Timmy hier ist Leib und Seele vom Hotel. Falls irgendetwas nicht in Ordnung ist, Timmy wird es fixen. Was Sie auch möchten, wenden Sie sich an Timmy. Nun zu unserem Abendessen – es gibt immer eine gute Suppe als erstes, dann bedienen Sie sich mit Mezes, den türkischen Vorspeisen. Der Hauptgang wird serviert. Man bestellt ihn morgens beim Frühstück. Heute ist eine Ausnahme, wir bekommen alle die gleiche Mahlzeit. Wenn es erwünscht ist, können die Tische auch zusammengeschoben werden.“

Nach kurzer Debatte wurden die Tische versetzt und Yannis fuhr fort: „Ich schlage vor, wir gehen jetzt erst einmal in unsere Zimmer, machen uns frisch und treffen uns dann hier an der Bar auf einen Raki. Im Zimmer schließen Sie bitte die „Mozzie machines“ an, die dort liegen. Dann auf gleich und Vorsicht mit den Eulen!“

Steve fand sein Zimmer neben 107, das für Christa und Dudley reserviert war. Seine kleine Terrasse war von Bougainvilleas und Plumbago umrankt, er sah zwei Stühle, einen Tisch und – ganz wichtig einen Gecko, der an der Decke schon Dienst machte. Davor ein Baum mit den größten Zitronen, die er je gesehen hatte. Der Pool lockte nur wenige Schritte entfernt und er konnte es kaum glauben – genau wie er es sich erträumt hatte - der nächtliche Duft von Jasmin erfüllte den Garten.

Sein Zimmer, völlig anders wie normale Hotelzimmer, hatte eine gemütliche Sitzecke mit Korbmöbeln und einer Stehlampe. Ein Körbchen mit Portionen von Nescafé und Tee, Zucker und Trockenmilch neben einem Wassererhitzer stand bereit.

Befriedigt blickte Steve um sich, dies entsprach so sehr seinem Geschmack – nichts war zu elegant; aber alles sehr attraktiv bis zu den schmiedeeisernen Gardinenstangen. Ob es hier wohl auch Internetanschluss gab. Schließlich lag das Hotel sehr einsam in den Bergen; aber zu seiner Überraschung antwortete seine Grandma gleich nach dem ersten Klingelzeichen. „Ah, da bist du ja Steve! Ist alles in Ordnung?“ „Grandma, es ist ganz wunderbar! Ich werde jede Menge Fotos für euch machen. Aber wenn irgendwie möglich, bucht einen Flug und kommt.“ Kaum hatte er das Handy abgeschaltet, dachte er, warum er das bloß gesagt hatte. Wollte er wirklich unter den scharfen Augen seiner Großmutter sein?

Nun, es war zu spät, um sich darum zu sorgen, er glaubte auch kaum, dass sie sofort zum Reisebüro fahren würde.

Jetzt sollte er sich beeilen, er sah, dass schon eine Reihe der Gäste an der Bar standen. Es war an der Zeit, dass er den Plan für morgen erfuhr und seine Karten studierte.Er schlenderte am Rand des Pools entlang und prüfte die Wassertemperatur. Sie war genau richtig. Morgen würde er der erste im Wasser sein, schwor er sich.

Als er die Gruppe an der Bar beobachtete, die alle in angeregter Unterhaltung waren, fiel ihm ein Paar auf, das er nicht erkannte. Sie unterschieden sich in ihrer Aufmachung sehr von den anderen, die alle noch in Reisekleidung waren. Er konnte gerade den Namen Gloria auf dem kleinen Namenschild entziffern. Sie war in einer sehr extravaganten lila Seidenhose mit einem glitzernden Oberteil erschienen, während ihr Mann namens Hubert einen Blazer mit vielen Goldknöpfen, Wappen und eine Kapitänsmütze trug.

Da Steve sie noch nicht kennengelernt hatte, trat er zu ihnen, um sich vorzustellen.„Hi, ich bin Steve, der unseren Bus fährt. Sie sind mir bei unseren anderen Reisen noch nie begegnet, nicht wahr?" Beide waren offensichtlich sehr erleichtert, dass jemand zu ihnen sprach, da sie ganz isoliert erschienen. „Wie schön, Sie kennen zu lernen, Steve. Wir sind Gloria und Hubert. Sie haben Recht, dies ist unsere erste Reise mit Terra Travel. Bis jetzt haben wir immer Kreuzfahrten gemacht; aber wir wollten einmal etwas ganz anderes in diesem Jahr."

Sie lachte „ganz ehrlich kommen wir uns am falschen Platz vor – wenigstens in unserer Kleidung – wie Sie sehen." Hubert fügte hinzu „wir sind hier tatsächlich etwas verloren.

Die anderen scheinen alles studierte Leute zu sein – Lehrer, Doktoren, Rechtsanwälte und so weiter. Und wir, am besten sagen wir es gleich, wir haben ein Fish & Chips Restaurant – aber das beste in Devon! Letztes Jahr hatten wir sogar eine Auszeichnung, auf die ich sehr stolz bin!" „Und dazu hast du auch allen Grund, Bertie mein Schatz! Schließlich arbeiten wir ja auch hart genug!"

Es sah ganz so aus, als ob die beiden heillos erleichtert waren, dass jemand mit ihnen gesprochen hatte und Steve konnte jetzt auch ihre Kleidung verstehen – genau richtig für die „Captains Cocktailparty“. Die beiden taten ihm aufrichtig leid und er war fest entschlossen, dass sie diesen Urlaub genießen würden.

„Sollen wir uns einen Platz suchen? Die anderen sind alle noch in ihre Gespräche vertieft.“ „Aber gern“ antwortete Bertie sofort „erzählen Sie mir doch, was für einen Bus Sie für uns fahren werden. Ich fand auf dem kurzen Weg hierher, dass der Motor sich sehr gut anhörte.“ Steve lachte kurz „das sollte er auch. Es ist das neueste Mercedes Modell mit allen Finessen. Nur das Beste für Terra Travels.“ „Das hören wir gern, Glory und ich fahren nie eine andere Automarke, nicht wahr, altes Mädchen?“

Gloria kicherte, ehe sie antwortete „die alten Bangers von früher hast du wohl vergessen? Ich kriege jetzt noch Angst, wenn ich daran denke.“ „Ich glaube, wir setzen uns jetzt lieber, da kommt der Kommodore mit seiner Missis. Meine Güte, was für ein schönes Paar,“ sprudelte Gloria heraus. Steve musste lächeln, was für natürliche und erfrischende Menschen die beiden doch waren. Er sah mit Vergnügen, dass Jessica und Tony ihnen gegenübersaßen und voller Lob für das Hotel waren. „Dies ist ein absolut bezaubernder Ort.

Haben Sie die wunderbare Balkenkonstruktion im Tower bemerkt, Steve? Und dann noch Babyeulen! Es ist einfach einmalig!“ Jessica war von allem begeistert. Als beide Gloria und Hubert vorgestellt wurden, rief sie: „Ich wusste doch, dass wir uns schon einmal begegnet waren! Erinnern Sie sich an die Kreuzfahrt durch die Fjords und nach St. Petersburg vor einigen Jahren?“ Ehe die anderen antworten konnten, erhob sich Frank und mit altmodischem Charme sprach er zu seinen Gästen: „Noch einmal herzlich willkommen! Keine Angst, ich will keine Rede halten, sondern Ihnen allen nur eine schöne Zeit bei uns wünschen. Und übrigens – die erste Flasche Wein geht auf Rechnung des Hauses.!“ Er verbeugte sich leicht, setzte sich, ergriff die Hand seiner Frau und küsste sie zärtlich.

Beide, Gloria und Jessica seufzten „oh, wie romantisch“ und Jessica fügte wehmütig dazu „das sieht man heutzutage kaum noch!“ Hubert und Tony sahen sich indessen mit hochgezogenen Augenbrauen an als ob sie sich fragten „und was nun?“

Nachdem sie alle die leckere Tomatensuppe mit frischen Kräutern genossen hatten, erhob sich Yannis, um ein paar Worte zu sagen: „Wie schön, dass Ihnen allen unser ganz besonderes Reiseziel zu gefallen scheint. Morgen ist ein Ausflug zum Markt in Dalyan geplant. Das Hotelboot wird uns um 11 Uhr dort hinbringen. Ich kann Ihnen versichern, dass Sie vom Bootsausflug und dem Markt begeistert sein werden. Für den Nachmittag schlage ich vor, dass wir am Pool und im Garten der Ruhe pflegen.“ Er wurde plötzlich von ohrenbetäubendem Lärm unterbrochen. Alle sahen sich entsetzt und ratlos um, bis Timmy lachend auftauchte „keine Sorgen, sind nur Frösche, die girlfriend rufen.“

Steve fand, es hörte sich an, als ob sie im Dschungel wären und konnte sich vorstellen, dass Tarzan bald um die Ecke blicken würde. Kaum hatte das Froschkonzert nachgelassen, begann eine Eule zu rufen und bekam sofort eine Antwort.

Wiederum erklärte Timmy „ist Baykus, the Eule. Bay türkisches Wort für Mann und Kus Wort für Vogel. Eule hat Gesicht wie Mann – daher Mannvogel.“

Alle in der Gruppe waren sehr an Tieren interessiert und lebende Unterhaltung bei Tisch zu haben, war ein extra Bonus. Mit Erleichterung sah Steve, dass Gloria und Hubert schnell Anschluss gefunden hatten. Der ausgezeichnete türkische Wein trug zweifellos zu der Entspannung bei und es sah so aus, als ob alle Gäste zufrieden waren.

Obwohl er ja eigentlich nur den Bus zu fahren hatte, bemühte er sich gern um die Gäste und versuchte alle einzubeziehen. Als er den Tisch entlang blickte, bemerkte er, dass Prof. Eric Denver ausgesprochen grimmig aussah und auch seine Frau neben ihm nicht gerade glücklich wirkte. Keiner von beiden schien an der allgemeinen Unterhaltung teilzunehmen. Dann erinnerte sich Steve voller Schrecken, wie sie im letzten Jahr dauernd Beschwerden gehabt hatten. Was für ein Pech, dass beide wieder dabei waren. Aber, dass sie mit ihrer schlechten Laune gleich in den ersten Stunden anfingen, war wirklich etwas zu viel! Es sah nicht so aus, als ob Yannis etwas bemerkt hatte, also müsste er sich wohl darum kümmern. Mit einem traurigen Blick auf sein ungegessenes Zitronensoufflee ging er zu ihnen hinüber.

„Hallo, Delia und Eric, wie schön, dass Sie wieder mitgekommen sind. Ich hoffe, Sie sind mit allem zufrieden." Der Professor war aufgesprungen. „Ich wollte gerade nach Ihnen fragen, Steve. Wir gehen besser zur Seite, in diesem Geschnatter hört man sein eigenes Wort nicht, wir müssen unbedingt reden." Das klang Steve nicht besonders freundlich und er steuerte Eric zu einem Tisch außer Hörweite am Pool.

„So, Eric, was ist denn das Problem, ich bin überzeugt, wir können alles zu Ihrer Zufriedenheit lösen." „Erstens hat unser Zimmer keine Nachmittagssonne, wie wir es bestellt haben. Dann ist eine Birne im Bad kaputt, wir haben nur ein Badelaken, kein Glas für Zahnbürsten und es sind Ameisen im Zimmer!" Hier musste Eric erstmal Luft holen, holte einen Zettel aus der Tasche und fuhr fort. „Oh ja, und dann flog diese verdammte Eule dicht an mir vorbei. Wir sind doch hier nicht in diesem albernen Dschungelcamp!"

„Sehen Sie mal Eric, um gleich Ihre letzte Beschwerde zu beantworten – wir alle hier sind sehr an Vögeln interessiert und dass wir die Gelegenheit haben, ihre Jungen aus nächster Nähe zu beobachten, ist doch eine einmalige Chance!" Die einzige Antwort war „nicht, wenn einem die Eltern beinah ins Gesicht fliegen!" Steve versuchte weiter, ihn zu beschwichtigen, „nun lassen Sie es gut sein, Eric. Heute Abend sind wir alle müde. Ich wette morgen werden Sie es sein, der die besten Fotos von den Kleinen macht! Und was Ihr Zimmer betrifft, werden Sie dankbar sein, Schatten zu haben. Die Nachmittage können extrem heiß sein. Dieser Garten hat so viele einladende Ecken und Winkel, wo Sie die Sonne in Frieden genießen können. Timmy werde ich Ihre anderen Beschwerden mitteilen, und wenn Sie in Ihr Zimmer zurückkehren, wird alles erledigt sein. Und jetzt kommen Sie an die Bar mit mir und versuchen Sie einen türkischen Brandy, der wirklich ganz ausgezeichnet ist."

Zögernd folgte Eric ihm an die Bar, wo Timmy eine Liste der Beschwerden machte und ihnen ihren Brandy zum Pool brachte. Steve entschuldigte sich auf einen Moment und sah, dass Delia fröhlich mit ihren Tischnachbarn plauderte.

Es war also, wie er vermutet hatte, Eric war der Griesgram und er bedauerte die arme Frau, die ihn zu ertragen hatte. Aber auch Steve hatte wenig Lust, noch mehr Zeit mit ihm zu verschwenden. Als er zu ihm zurückkam, hatte er sich offensichtlich beruhigt, genoss mit ausgestreckten Beinen den Brandy und die Aussicht auf den Pool.

„Würden Sie mich jetzt wohl entschuldigen, Eric. Ich bin doch ziemlich müde. Wir sehen uns dann morgen." Er nahm sein Brandyglas, rief den anderen Gästen einen Gute Nacht Gruß zu und war dankbar, als er sich auf seiner Terrasse entspannen konnte.

Alles war so, wie er es sich in Devon vorgestellt hatte – sogar der leere Sessel ihm gegenüber. Auch der Gecko hatte jetzt mehrere Genossen, die Jagd auf Insekten machten. Faszinierende Kreaturen! Er beobachtete sie eine Weile und bewunderte ihre Taktik, wie sie ihre Opfer geduldig studierten und dann mit plötzlicher Geschwindigkeit zuschnappten.

Seine Gedanken wanderten nach Devon – würden Grandma und Alex wohl kommen? Wie erging es seinen Tieren? Er wollte nicht sentimental sein, aber er vermisste sie jetzt schon. Was war er doch für ein merkwürdiger Mensch?

Ein Mann im besten Alter und hatte Sehnsucht nach zwei Hunden und einem Kätzchen! Es war lächerlich! Der Gedanke an

Breeze erinnerte ihn an Jenny. So ein wirklich nettes Mädchen; aber doch war nicht die Frau, die er sich für den leeren Sessel ihm gegenüber wünschte.

KAPITEL 11

Zur gleichen Zeit dachte auch Jenny an ihn. Sie war an diesem Abend auf einen Drink mit Brian, seiner Frau und deren Freund James, der aus Afghanistan mit Shell Shock zurückgekehrt war, im Rock Inn.

Jenny wollte es sich nicht eingestehen; aber sie war doch ziemlich enttäuscht, dass Steve nicht mehr Interesse an ihr gezeigt hatte oder sollte er vielleicht schüchtern sein? Ob es ihm wohl etwas ausmachte, dass sie mit seinen Freunden und James ausging?

Sie blickte auf James, der gegenüber von ihr am Tisch wortlos vor sich hinstarrte. Was für ein gutaussehender Mann, dachte sie. Betty hatte ihr erzählt, dass sein Hund vor seinen Augen von einer Mine zerrissen wurde und damit ihm und seinen Kameraden das Leben rettete. Kein Wunder, dass er deprimiert war.

Seitdem sie im Tierheim mit den vielen Hunden arbeitete, die alle ein Zuhause brauchten, wurde ihr mehr und mehr bewusst, was für wunderbare Tiere sie waren. Sie konnte James und seine Depression gut verstehen.

„Haben Sie schon etwas von Devon erkundet, James?“ „Nein, bis jetzt bin ich noch nicht weit gekommen,“ war die kurze Antwort. „Und wandern Sie gern“ war ihre nächste Frage „ja, früher bin ich jeden Tag meilenweit gewandert.“ Betty gab Jenny einen kleinen Schubs unter dem Tisch und flüsterte „mach weiter so, wenigstens hat er etwas gesagt.“

Jenny nahm einen Schluck von ihrem Rotwein und sah James an „im Tierheim machen wir uns gerade große Sorgen. Die Hunde brauchen unbedingt Bewegung, Daphne und ich können es unmöglich allein schaffen. Wir haben so ein paar alte treue Seelen, die kommen und Hunde ausführen. Es ist zu schön zu sehen, wie sehr sich die Tiere freuen, wenn sie mitdürfen. Andererseits bricht es mir beinah das Herz, die hoffnungsvollen Blicke zu sehen, wenn Besucher kommen, die nur einen niedlichen Welpen suchen. Die sehen nicht, wie viele traurige Augen hinter ihnen hersehen. Wir versuchen, für alle etwas Zeit zu haben, sie zu streicheln oder mit ihnen zu spielen; es ist nicht genug. Meistens wissen wir ja auch nicht, was sie erlebt haben, oder warum ihre Eigentümer sie zu uns gebracht haben. Wir brauchen einfach mehr Hilfe im Heim. Aber ich will euch nicht mit meinen Problemen belasten. Wie läuft denn der Laden, Brian. Er sieht in der letzten Zeit viel besser aus."

„Wir sind mehr als zufrieden, es könnte kaum besser sein. Alle sind so verständnisvoll, sie wissen ja, dass wir neu sind. Es ist natürlich ganz anders, wenn man selbstständig ist. Wir merken aber, dass die Kunden es anerkennen, wenn wir versuchen, ihren Geschmack zu treffen," er lächelte Betty an „und meine kleine Betty geht so gut mit den Kunden um, als ob sie nie etwas anderes getan hätte."

Während Brian noch redete, sprang James abrupt mit einer kurzen Entschuldigung auf und ging in den kleinen Biergarten hinter dem Pub. Jenny wartete einen Augenblick und folgte ihm dann. Sie hatte das Gefühl, es war ihre Schuld, weil sie über Hunde gesprochen hatte. Sie sah, wie James am Zaun stand. Seine Hände umklammerten die Latten so hart, dass seine Knöchel weiß waren. Zu ihrem Schrecken bemerkte sie, dass eine Träne über sein ausgemergeltes Gesicht lief.

Erst zögerte sie, aber dann folgte sie ihrem Gefühl und legte sanft eine Hand auf seine Schulter ...

„James, ich kann Ihnen gar nicht sagen, wie leid es mir tut, dass ich Ihnen mit meinen Reden über Hunde weh getan habe. Ich hatte mir vorgestellt, dass es Ihnen guttun würde, mit Hunden zusammen zu sein. Sie brauchen so viel Liebe und Sie mehr als alle anderen könnten ihnen in Erinnerung an Ihren tapferen Hund, der sein Leben für Sie geopfert hat, Liebe geben."

Jenny schluckte, sie hatte ausgesprochen, was alle anderen nicht gewagt hatten. Sie wartete etwas, dann kehrte sie zu den anderen zurück. „Seid mir nicht böse, ich habe es gut gemeint; aber wohl alles falschgemacht. Ihr wisst ja, dass ich nur helfen wollte. Es ist zu traurig!“

Als sie sich abwandte, um zum Parkplatz zu gehen hörte sie eine leise Stimme hinter sich. „Warte auf mich, Jenny, ich komme mit zum Parkplatz. Du hast vollkommen recht in allem, was du gesagt hast. Ich muss den Fakten ins Auge sehen und mich zusammenreißen; aber alles was ich sehe, sind die vertrauensvollen Augen meiner Tess, wie sie mir durch dick und dünn folgte. Meine Tess, für die ich verantwortlich war und die ich in den Tod führte.“ Er knirschte seine Zähne „ich kann es mir einfach nicht verzeihen.“ „James, nichts, das ich sagen kann, wird dich trösten. Außer natürlich, dass du mit ihr zusammen deine Pflicht erfülltest.“ „Danke, Jenny, ist es in Ordnung, wenn ich einfach mal beim Tierheim hereinschaue?“ Sie wandte sich ihm zu „das wäre genau das, was ich mir wünsche, James. Ich freue mich auf deinen Besuch.“

Zu ihrem Erstaunen drückte er ihr einen Kuss auf die Wange und ging. Sie erinnerte sich nur zu gut, dass auch Steve sie vor nicht allzu langer Zeit zu diesem Parkplatz begleitet hatte, und sie doch etwas enttäuscht gewesen war, dass er sie nicht um ein Wiedersehen gebeten hatte. Aber heute hatte sie etwas für James empfunden, dass etwas ganz Neues in ihr berührt hatte, etwas, das sie bisher noch nie gefühlt hatte. Auf der Fahrt zurück zum Tierheim überlegte sie, wobei James am besten bei den Hunden helfen konnte, falls er wirklich kommen würde. Am besten, er würde die größeren Hunde auf dem Spielfeld beschäftigen. Wenn das gut klappte, könnte sie ihn bitten, mit einer anderen Gruppe an den Strand zu fahren.

Die meisten der Tiere liebten einen guten Auslauf. Dann kam ihr der Gedanke, ihn mit zu Steves Cottage zu nehmen, um zu sehen, wie seine Freunde mit allem fertig wurden. Es täte ihm vielleicht gut, Leute mit einem völlig anderen Hintergrund kennen zu lernen.

Kaum war sie im Tierheim angekommen warteten schon hundertundein Job auf sie, sodass sie keine Zeit mehr zum Grübeln hatte. Auch am nächsten Morgen hatte sie kaum Zeit, zu duschen und sich anzuziehen, als sie für einen neuen Zugang gebraucht wurde. Es war eine wunderschöne Spaniel Hündin mit seelenvollen Augen, die hoffnungsvoll zu ihr aufsah. Jenny nahm sich viel Zeit, um ihr vollkommen vermattetetes Fell vorsichtig auszubürsten und schließlich mit einem Metallkamm die letzten Knoten zu entfernen. Schließlich stand sie auf, um die Hündin anzusehen. Sie sah nun völlig anders aus und nach dieser Tortur verdiente sie eine Belohnung. Jenny griff einen Ball auf und lief mit ihr zu dem Feld hinter den Gebäuden.

Sie warf den Ball und rief „Fetch!“ Der Hund brachte ihn sofort zu ihr zurück, wedelte erwartungsvoll mit dem Schwanz, setzte sich auf, wartete zitternd vor Spannung auf den nächsten Ball. Jenny lobte sie und überlegte sich, was wohl ihr Name wäre. Bess oder Tess, Maggie, Honey, Goldie? Alle dies Namen würden zu ihr passen. Sie warf den Ball wieder soweit sie konnte. Nein, wir werden sie Holly nennen, entschied sie. Nach weiteren Spielen fand sie heraus, welche Worte Holly bekannt waren und brachte sie dann zum Zwinger zurück. Daphne rief schon von weitem „du hast einen Besucher, Jenny!“ Voller Schrecken dachte Jenny, es könnte Rob sein. Sie wollte nie wieder etwas mit ihrem früheren Leben zu tun haben. Aber zu ihrer großen Erleichterung war es James, der im Büro auf sie wartete.

„Hallo, James, wie nett, dich zu sehen. Möchtest du auch eine Tasse Tee. Ich habe eben mit unserem neuesten Zugang trainiert. Sie ist ein wirklich gut erzogenes Tier. Sit, Holly! Sieh doch nur, wie gehorsam sie ist!“

James antwortete nicht und sie sah sich erstaunt nach ihm um. Sein Gesicht war totenbleich und er hatte eine Hand über seine Augen gelegt. „James, was ist mir dir? Bist du ok? Bitte sag mir, was los ist!“ Sie legte ihm ihre Hand auf den Arm. „Ich kann es kaum fassen, dieser Hund ist das Ebenbild von dem Hund, den ich verloren haben, es ist beinah spukig," sagte er mit erloschener Stimme.

„Komm mit in mein kleines Cottage, wir nehmen unseren Tee mit, da kannst du dich von diesem Schock erholen. Soll ich sie in ihren Zwinger bringen?" „Nein, bitte nicht, kann sie nicht mit uns kommen?" „Aber natürlich, nimm du ihre Leine und ich trage die Teebecher."

Sie ging ihm voran zu ihrem Cottage und öffnete die Tür zu einem kleinen aber hübschen Zimmer mit einem Strauß wilder Blumen auf dem Fensterbrett.

„Sieh mal James, du kannst in meinem neuen Schaukelstuhl sitzen, ich habe ihn erst vor ein paar Tagen gekauft." James rang sich ein Lächeln ab, als er sich setzte und zu Holly sagte: "Sit Holly!" Der Hund sah ihn an, setzte sich und legte vertrauensvoll ihren Kopf auf sein Knie. James beugte sich zu ihr nieder und verbarg sein Gesicht in ihrem Fell.

Jenny dachte mit einem leichten Lächeln, wie gut es war, dass sie so gründlich gebürstet worden war und trank einen Schluck Tee. Nach einer ganzen Weile sah James mit feuchten Augen auf.

„Du kannst dir nicht vorstellen, wie ich den Geruch von Hundefell vermisst habe. Ich fühle mich wie ein neuer Mensch, Jenny. Ist es möglich, diesen Hund zu bekommen oder hat sie schon einen Besitzer?"

„Ich muss ihre Papiere prüfen; aber soweit ich mich erinnere, wurde sie von einem Nachbarn abgegeben, der erklärte, ihr Eigentümer sei verstorben und er könnte sie nicht behalten. Wenn du alle Voraussetzungen erfüllst, kann ich keinen Grund sehen, warum du sie nicht haben kannst. Nun trink deinen Tee, du siehst völlig blass um die Nase aus. Aber ich kann schon verstehen, dass es ein Schock für dich war. Es tut mir leid, dass ich es bin, die dir diese Schocks bereitet, wenn ich nur das Beste will."

„Arme Jenny, nein, ich muss dir danken, irgendwie hast du das Eis gebrochen, das mich bis jetzt wirklich gelähmt hat.

Nun freue ich mich darauf, mit dir und den Hunden zu arbeiten!" „Das ist wunderbar, wir haben zwei Schäferhunde hier, die dringend Bewegung brauchen. Ich zeige dir das Feld, wo wir sie trainieren und wo wir die Bälle und die anderen Sachen aufbewahren. Willkommen zu unserem Team. Diese junge Dame muss leider noch mal in den Zwinger, um auf dich zu warten. Und du brauchst gar nicht so eine Trauermiene zu machen, Holly. Du weißt gar nicht, wie gut du es hast, dass du so schnell ein neues Zuhause gefunden hast." Damit sperrte sie Holly in ihren Zwinger.

Es war völlig unnötig, James irgendetwas über Hunde zu zeigen, schließlich war er ein Hundeführer in der Armee gewesen. Was für ein Glück für das Tierheim!

Beide führten zwei der großen Schäferhunde zum Spielfeld. Die Tiere waren überglücklich, einmal aus dem Zwinger befreit zu sein. James begann sofort Gehorsamsübungen mit der Kompetenz eines professionellen Hundetrainers, sodass Jenny erleichtert in ihr Büro gehen konnte, um Formulare auszufüllen. Das Telefon klingelte, als sie eintrat; zu ihrer Überraschung war Joan Hamilton, Steves Großmutter am Apparat. „Hallo, wie schön, von Ihnen zu hören, " „Jenny, wie bin ich froh, Sie zu erreichen, könnten Sie mir wohl einen großen Gefallen tun?" „Aber natürlich, nur zu gern, was gibt es denn?"

Joan holte tief Luft und begann. „Sie wissen doch, dass Steve in der Türkei ist. Einer seiner Freunde aus der Studentenzeit versprach im Cottage mit seiner Freundin die Tiere und das Haus während seiner Abwesenheit zu hüten. Steve hatte mich gebeten, von Zeit zu Zeit bei ihnen anzurufen, um zu hören, ob alles in Ordnung war. Und eben gerade habe ich das getan.

Es schien ein furchtbarer Streit zwischen den beiden zu sein. Steves Freund beantwortete kaum meine Fragen. Ich hörte nur Fluchen, Krachen und Bellen bis das Telefon tot schien. Meinen Sie, Sie könnten herausfinden, was dort vor sich geht. Aber fahren Sie nicht allein und sagen Sie mir Bescheid. Ich habe ernstlich Angst um die Tiere."

„Machen Sie sich keine Sorgen, Joan, James und ich fahren sofort los und Steve wird nichts davon erfahren, und ich werde mich melden, sowie ich kann.“

Damit lief Jenny hinauf zum Feld und rief James. „Es ist es etwas Dringendes, James, würdest du mir wohl helfen?“ Schnell erzählte sie ihm alle Einzelheiten, sperrte die Hunde wieder ein und informierte Daphne.

Als sie dann unterwegs waren, sah sie so besorgt aus, dass James ihre Hand nahm.„Mach dir nicht solchen Stress, Jenny, wir werden das schon in Ordnung bringen, du kannst dich auf mich verlassen.“

Beide sahen sofort, dass etwas nicht in Ordnung war. Die Hühner waren nicht zu sehen, der Garten sah vertrocknet aus, und wo waren die Hunde? Einer begann zu bellen und wurde sofort mit einem wütenden Ausruf gestoppt.

„Lass mich das machen“ bestimmte James energisch und ging zur Tür, um anzuklopfen. „Wer zum Teufel ist das“ ertönte eine versoffene Stimme. „Machen Sie auf, ich bin ein Freund von Steve, der mich gebeten hat, vorbeizukommen.“ „Kommen Sie später wieder!“ „Nein, ich bin jetzt hier und will mich überzeugen, dass die Hunde ok sind.“

Die wütende Antwort war: „Also noch einer von diesen blöden Tierliebhabern, kommen Sie also rein, nehmen Sie sie mit, verschwinden Sie und lassen Sie mich in Ruhe! Die Tür ist nicht verschlossen!“

Vorsichtig öffnete James die Tür und sah nur Chaos. Zwei Hunde rannten heraus, begrüßten ihn und Jenny voller Begeisterung. Dann flitzte ein schwarzer Kater vorbei und entpuppte sich als Blue, der sich dann auch an Jenny klammerte. Der Fußboden war mit Scherben von Tellern und Gläsern bedeckt, dazwischen Essensreste, der Tisch umgeworfen und die Luft dick von Alkohol und Tabak. Eine wahre Schreckensscene! James ging weiter ins Schlafzimmer und sah, wie ein Mann in einem elenden Zustand sich gerade aus dem Bett quälte.

„Na, das sieht ja aus, als ob Sie eine raue Nacht hinter sich haben,

Kamerad“ sagte James. „Das ist noch milde ausgedrückt, mein Freund.“

Das war die lakonische Antwort. „Na, dann kann ich Ihnen nur empfehlen, Ihren Kopf unter die Pumpe mit kaltem Wasser zu halten, danach einen Becher heißen Tee und dann können Sie uns wohl erklären, was hier passiert ist.“

James wandte sich ab, um draußen die Hunde zu füttern und sah, dass Jenny schon die Hühner befreit hatte und ihnen frisches Wasser und Futter gab. Der arme, kleine Blue miaute zwischen seinen Füßen, bis auch er versorgt war. Jenny hatte schon Wasser aufgesetzt und war dabei, das Schlimmste weg zu fegen. Es dauerte eine Weile, bis ein sehr mitgenommen aussehender Mann herauskam. „Ich bin Nigel, Steves Freund.

Mein Mädchen, Carol, hat mich, wie ihr sehen könnt, unter einer Wolke sitzen lassen.“ „Na, so wie es aussieht, war die Wolke wohl von Blitz und Donner begleitet. Nun beichte mal, was passiert ist.“

Die Hunde waren inzwischen wiedererschienen und drängten sich mit Blue an Jenny, die einzige Person, die sie erkannten. Sie zog sie nacheinander an sich und versicherte ihnen, dass nun alles in Ordnung war. Die Hühner hatten sich auch erholt, fingen an zu gackern und alles schien wieder normal zu sein.

James sah Nigel an „so, nun schieß man los, und erzähl, was hier los war.“ „Also, es war so“ fing Nigel betreten an „alles war toll, als wir angekommen waren. Wir beide liebten das Cottage und die Tiere, gingen auf lange Spaziergänge am Strand und so weiter. Aber dann fand Carol alles langweilig und nölte, dass wir keine Dusche, Fernsehen usw. hatten. Sie konnte ihre Haare nicht waschen und ließ ihre schlechte Laune an den Tieren aus. Es wurde immer schlimmer und ich muss leider zugeben, dass ich zu viel trank und dann richtig wütend mit ihr wurde. Wie ihr sehen könnt, führte eins zum anderen und das Resultat ist, was ihr hier seht. Es ist meine Schuld, ich hätte nicht ausflippen dürfen; denn ich hatte schließlich die Verantwortung für alles übernommen und ich weiß ja nur zu gut, dass Steve seine Tiere nicht mehr lieben könnte, wenn es seine Kinder wären. Und ich hatte ihm mein Versprechen gegeben."

Es war ganz offensichtlich, dass er die Situation tief bereute. Jenny und James sahen sich an und fragten beinah gleichzeitig: „Die Frage ist nur, wie soll es jetzt weitergehen?"

„Ich kann euch nur sagen, dass Carol mit meinem Wagen und meinen Papieren einfach abgehauen ist. Ich muss hinterher und kann nicht hierbleiben."

James zuckte die Achseln und sagte resigniert zu Nigel: „Dann mach man, dass du deine Sachen zusammenpackst." Dann zog er Jenny zur Seite „die beste Lösung ist, wenn du mit meinem Wagen Nigel an der Bushaltestelle in Braunton absetzt. Ich bleibe hier und schaffe weiter Ordnung. Du könntest dann meine Rasiersachen und das Nötigste von Brian abholen, ich werde ihm am Telefon alles erklären. Heute Abend holst du mich mit dem Zoo hier ab und ich lade dich zum Essen ins Rock Inn ein. Brian bringt dich nach Hause und sieht, dass ich meinen Wagen zurückerhalte."

„Meine Güte, das hast du ja alles gut überlegt und so schnell, James!" „Ja, in der Armee nennt man sowas „Schlachten Taktik". Schnelle Entscheidungen sind überaus wichtig."

Zum ersten Mal erkannte Jenny, wie anziehend er mit einem Lächeln aussehen konnte. „Aber James, was dann? Steve wird noch drei Wochen fort sein!" „Keine Angst, Jen, nicht wenn James das Kommando hat. Ich werde hierbleiben und für Ordnung sorgen. Tagsüber komme ich ins Tierheim und helfe dir, wie verabredet. Warte nur, es wird schon klappen. Und ehrlich gesagt, wird es auch Brian und Betty entlasten, wenn ich was zu tun habe. Ich selber habe dieses Herumhängen von Herzen satt, als ob ich noch ein Invalide wäre. Zuerst müssen wir aber Steves Grandma fragen, ob sie einverstanden ist. Die Hunde scheinen mich ja zu akzeptieren und little Blue auch. Die Hühner werden nicht gefragt. Also, was sagst du dazu?“

„Alles was ich sagen kann, James, ist, dass du ein meisterlicher Organisator bist und General sein solltest!“ „Das finde ich auch; und wir beide sind bestimmt ein gutes Team!“

Kapitel 12

Steve, der in strahlendem Sonnenschein sein erstes türkisches Frühstück genoss, ahnte nicht, was in seinem Cottage zugegangen war. Wie er sich vorgenommen hatte, war er der erste im Swimmingpool gewesen und hatte tatsächlich „Christas Frosch" kennengelernt, der in der Tat genau vor ihm ins Wasser gesprungen war. Und ebenso, wie er gehört hatte, wartete er auf der anderen Seite mit großen goldenen Augen, dass Steve zu ihm kam. Ganz offensichtlich genosss er Gesellschaft im Wasser. Steve musste lachen. Was für ein außergewöhnliches Hotel mit kleinen Eulen im Turm und Fröschen im Pool. Was würde die nächste Überraschung sein, überlegte er. Lange brauchte er nicht darauf zu warten.

Als er zu seinem Zimmer zurückkam, bemerkte er zwei Schwalben, die in sein Zimmer hinein und hinausflogen, nachdem sie sich mit einem Zwitschern angemeldet hatten.

Mehr als merkwürdig fand Steve, als er sah, dass eine von ihnen es sich auf seiner Nachtischlampe bequem gemacht hatte. Aber in diesem einmaligen Hotel überraschte ihn nichts mehr. Er wollte die Vögel nicht beunruhigen und ließ seine Zimmertür offen, als er seinen Rucksack und Sonnenhut holte, um sich dann zu den anderen zu gesellen, die auf den Hotel Bus warteten. Doch er ging er den kurzen Weg zum Fluss durch die Orangenhaine lieber zu Fuß.

Das Boot, die „Özden" wiegte sich in der sanften Strömung des Flusses, der durch das Laub der umstehenden Bäume in einem einmaligen milchigen Grünton schimmerte. Steve sprang an Bord, um den Gästen beim Einstieg behilflich zu sein; denn der Bus war angekommen, und es sah so aus, als ob nicht nur alle Hotelgäste, sondern das gesamte Personal vom Küchenchef bis zum Zimmermädchen an der Fahrt zum Markt teilnahm, selbst Frank und Özden waren mit von der Partie. Langsam fuhren sie an Gartenrestaurants auf dem einen Ufer und steilen Felsen am anderen vorüber. An einigen Stellen wuchsen blühende Oleander bis zum Wasser hinunter und spiegelten sich in der ruhigen Oberfläche. Es machte den einfachen Trip zum Markt zu einem spektakulären Ausflug vorbei an den berühmten Schlammbädern, zu denen Touristen aus aller Welt kamen. Steve sah mit großem Interesse, wie hiesige Bauern in einfachen Booten mit ihren Produkten auf dem Weg nach Dalyan waren. Wie schön, dass man hier einen Einblick in das wirkliche Leben der lokalen Bevölkerung erlebte.

Das wurde noch offensichtlicher, als sie gelandet waren und feststellten, dass tatsächlich die Mehrheit der Besucher örtliche Farmer waren. Die Frauen waren in dunkler Kleidung mit Schals über ihren Köpfen und meistens mit schweren Säcken beladen.

Am Eingang zum Markt angekommen, blieb Steve stehen, um den Anblick und vor allem die Gerüche bewusst zu genießen.

Die Vielfalt der Früchte und Gemüse in allen Farben war überwältigend. Der stärkste Duft schien der von reifen Erdbeeren zu sein, und tatsächlich warteten Berge von den verlockendsten reifen Erdbeeren, die er je gesehen hatte. Daneben Massen von wunderbaren Tomaten in allen Variationen, Radieschen, Gurken, Zwiebeln und Paprikas in rot, gelb und grün, neben Bohnen, Erbsen, Kartoffeln und unbekannten Früchten. Begeistert nahm Steve die kleine Kamera und freute sich, dass er diese Farbsymphonie festhalten konnte.

Langsam schlenderte er dann an den Ständen vorbei, wo ihm alles zum Probieren angeboten wurde. Den Erdbeeren konnte er nicht widerstehen und wollte ein halbes Pfund kaufen. Der Verkäufer lachte nur und wog ungefähr ein Kilo in eine Tüte. Dazu erhielt er noch ein Glas mit Apfeltee. Am nächsten Stand sah er Gewürze, Pfeffersorten und Mischungen aller Art, die seine Grandma lieben würde und er beschloss, ein Sortiment für sie auf dem Rückweg zu kaufen. Zwischen den Obst- und Gemüseständen waren eine Unzahl anderer, die Handtaschen, T-Shirts und

Pashminas anboten, die sich in der leichten Brise in den schönsten Farben drehten, und wieder musste er an seine Grandma, seine Schwester und Jenny denken. Wenn er auch sonst nicht dazu neigte, Andenken zu kaufen, dieser Markt war einfach zu verlockend.

Bald wurde es ihm in den engen Gängen zu heiß, er verließ den Markt und genoss den frischen Wind am Fluss. Dann setzte er sich auf eine der Bänke und biss voller Genuss in eine der verlockenden reifen Erdbeeren.

Einfach umwerfend köstlich! Ausgenommen der Saft, der auf eins seiner neuen T-Shirts getropft war! Zu ärgerlich! Ein Glück, dass Grandma ihm ein ganzes Sortiment mitgegeben hatte! Er stand auf und wanderte gemächlich auf der Promenade am Fluss entlang, die mit blühenden Bäumen gesäumt war. Unter ihnen entdeckte er sogar einen Jacarandabaum mit hunderten von Knospen, der in kurzer Zeit spektakulär aussehen würde.

Eine ganze Anzahl von Gartenrestaurants waren direkt am Ufer des Flusses. Die gedeckten Tische sahen sehr einladend aus und er hoffte, dass ein Dinner hier auf ihrem Programm war. Auf der anderen Seite des Ufers sah er nun auch die berühmten Felsengräber. Zu gern wäre er noch weiter gegangen; aber er bemerkte, dass es an der Zeit war, zum Boot zurückzukehren. Noch einmal sah er auf den Monitor seiner Kamera mit der starken Vergrößerung und war außerordentlich beeindruckt. Sicher würde eine der Exkursionen dorthin führen und er freute sich jetzt schon darauf.

Auf dem Weg zum Boot entschied er sich in Dalyan zu bleiben und den freien Nachmittag zu nutzen, um den Reisebus, den er fahren sollte, näher zu inspizieren, denn die kurze Fahrt vom Flughafen zum Fluss zählte kaum. Er wollte feststellen, wo das Ersatzrad und Werkzeuge waren, Luftdruck der Reifen, der Benzintank, Klimaanlage, wie Tee bereitet wurde – Kühlschrank mit Vorrat an kalten Getränken und so weiter. Am Boot angekommen traf er Timmy und den Bootsmann, wie sie dabei waren, große Säcke an Gemüse und Obst auf das Boot zu laden. Er informierte sie, dass er erst am Nachmittag zurück sein werde. Dann setzte er sich in die Sonne am Ufer und bestellte frischen Orangensaft und etwas zu essen, ehe er seine Inspektion begann.

Er fand den Orangensaft so köstlich, dass er sofort ein zweites Glas bestellte. Die knusperigen Calamares, die ihm mit dicken saftigen Zitronenscheiben serviert wurden, waren ohne Zweifel die leckersten, die er je gegessen hatte. Als Nachspeise gönnte er sich noch eine Handvoll seiner Erdbeeren und fand, dass es eine lukullische Mahlzeit gewesen war, hier am Fluss, mit den Booten, die langsam vorbeifuhren, dem angenehmen Wind und den roten türkischen Fahnen, die im blauen Himmel über den Felsen gegenüber flatterten.

Der Weg entlang des Wassers zur Jetty, wo er den Bus geparkt hatte; war nicht weit und Steve konnte ihn bald sehen. Er war nur mittelgroß, sehr schnittig in einem angenehmen silbergrauen Lack. Steve stieg ein, fand das Instruktionsbuch und begann alles systematisch zu finden und zu testen. Die Sitze fand er, konnten bis zu Schlafpositionen ausgezogen werden, auch eine moderne Toilette war vorhanden. Er probierte die verschiedenen Stufen der Klimaanlage und war dankbar, dass er sich die Zeit genommen hatte, sich mit allem vertraut zu machen. Gerade war er im Begriff, das Lautsprechersystem auszuprobieren, als eine Stimme ihn unterbrach „entschuldigen Sie, wie komme ich wohl zum Sultans Palas?“

Steve blickte auf und sah, es war kaum zu glauben, - ein Mädchen, wie er es sich in Devon erträumt hatte, als er auf der Bank vor seinem Cottage saß. Da war sie – groß, schlank, lange Beine, blonde Haare, blaue Augen. Die Stimme – nicht ganz englisch fragte noch einmal „Sultans Palas?“

Er musste sich beinah schütteln, um zur Gegenwart zurückzukehren. „Ja, hallo, ich habe Sie gehört. Ich bin auf dem Weg dorthin.“ Noch während er sprach, hätte er sich einen Tritt geben können, dass er nicht irgendetwas Witziges geantwortet hatte. „Das passt sich ja gut. Ich bin Mareike van Doorp aus Amsterdam."

Steve sprang aus dem Bus und sah sich Mareike aus Holland näher an. Ein sportliches Mädchen in einem schlichten Safari Anzug mit einem Fernglas und Kamera, die über ihrer Schulter hingen.

Sie schüttelte ihm die Hand, worauf er sich auch näher vorstellte. „Ich bin Steve Hamilton aus Devon und fahre den Bus für Terra Travel im Sommer. Das Hotel wird Ihnen bestimmt gut gefallen. Es ist völlig anders als die meisten Hotels." Ihre Augen leuchteten auf, als er ihr von den Eulen erzählte. „Das ist ja super! Ich bin Ornithologin und hier, um die Vögel der Türkei zu studieren." „Ehe Sie mit den Vögeln anfangen, schenken sie den türkischen Erdbeeren Ihr Interesse, bitte bedienen Sie sich" scherzte er und bot ihr die Erdbeeren an.

„Mm, die sind einfach himmlisch" begeisterte sich Mareike und griff zu. „Auf welche Vögel haben Sie es denn abgesehen? Seevögel, Marschvögel, Singvögel?" „Alle möglichen eigentlich. Es ist so schön, dass man in diesem Gebiet der Türkei eine ungeheure Vielfalt von Vögeln finden kann." „Wissen sie, dass man Ihren berühmten Landsmann, Ber van Perlo bald im Hotel erwartet" erkundigte sich Steve. „Wirklich, Ber van Perlo? Das ist unglaublich! Ich habe alle seine Bücher gelesen und bewundere seine wunderschönen Illustrationen außerordentlich. Wie fantastisch!" Mareikes Augen funkelten geradezu. „Sind schon viele andere Gäste im Hotel?" „Das ist kaum möglich, denn unsere Gruppe hat die meisten Zimmer besetzt und es ist ziemlich klein. Ich bin sicher, Sie werden sich dort sehr wohlfühlen. Übrigens bin ich mit meiner Inspektion fertig und wir können jetzt auf die andere Seite übersetzen, wenn es Ihnen recht ist. Ich rufe nur eben das Hotel an."

Bevor Mareike in ihrem Zimmer nach ihrer Ankunft im Hotel verschwand, sagte Steve schnell „wie würde Ihnen ein Gin und Tonic vor dem Essen auf meiner Terrasse gefallen?" „Sehr gut, wenn es ein Vodka und Tonic mit einer Orangenscheibe wäre!"

Steve antwortete erfreut „wie Sie wünschen, Madame!"

Sehr erfreut über seine Bekanntschaft betrat Steve sein Zimmer und entdeckte, dass die Schwalben begonnen hatten, ein Nest auf der Klimaanlage zu bauen. Er entschied, es wäre eine gute Idee, Mareike um Rat zu bitten; sie war ja schließlich eine Ornithologin und würde Rat wissen. Sein beflecktes T-Shirt hatte er völlig vergessen und suchte schnell ein anderes aus – sehr schick, dunkelblau mit einem schlichten grünen Rand. Dann ging er in den Garten um eine Zitrone und eine Orange zu holen. Nur einige Meter von seiner Terrasse entfernt fand er, was er suchte und pflückte die Früchte vorsichtig. Wie unglaublich, Zitronen und Apfelsinen pflücken zu können! Dann setzte er Gläser und Flaschen auf den Tisch und trottete zur Bar, um Tonic, Eis und Nüsse zu holen. Wieder dachte er an seine Fantasie in Devon und hier war sie beinah Realität geworden! Nur er konnte kaum schon sagen „Gin and Tonic, Darling?" Wie perfekt, freute er sich. Der Mond kam hinter den blauen Bergen hervor, der Jasmin Duft zog vom Garten herüber und da kam sein „Traumgirl" auf ihn zu in weißen Hosen, einem dunkelblauen Hemd und einem scharlachroten Schultertuch!

„Willkommen in Sultans Palas, Mareike, hoffentlich gefällt es Ihnen hier ebenso sehr wie mir!" „Davon bin ich jetzt schon überzeugt, es ist genau die Art von Hotel, die ich mag. Ich hasse diese riesigen Touristenburgen mit ihrer lauten Musik!" „Ehe Sie sich setzen, darf ich Ihnen ein Problem auf meiner Klimaanlage zeigen? Schwalben haben angefangen, dort ein Nest zu bauen. Was soll ich nur tun?" „Haben Sie ein Papiertaschentuch" war Mareikes Frage. Als Steve es ihr gegeben hatte, turnte sie gelenkig auf einem Hocker nach oben und entfernte vorsichtig den Beginn eines

Nestes und brachte es sicher auf den Zweigen eines Hibiskus Baumes unter. „So," sagte sie zufrieden „nun können sie dort weiterbauen, obwohl ich es bezweifele. Aus irgendeinem Grund wollten sie in einem Raum sein, warum wohl? Auf jeden Fall muss die Tür verschlossen bleiben. Und nun habe ich mir meinen Vodka verdient, oder?" Fröhlich lachte sie und Steve war von ihr bezaubert. Er zog einen von den Korbsesseln für sie herüber und als sie ihre Füße auf die Terrassenmauer stellte, war sie genau wie sein Fantasiebild. „Cheers auf eine super Zeit“ und sie nahm einen Schluck aus ihrem Glas. „Sie haben es genau gemixt, wie ich es mag, Steve, perfekt! Können Sie den Jasmin riechen?“

„Ehrlich gesagt, Mareike – es gibt so wenige Momente im Leben, die so schön sind, dass man sie festhalten möchte. Ich finde dieser Abend ist einer – der Duft vom Jasmin, das Mondlicht auf dem Pool, die laue Luft und“ er lächelte sie an „die reizende Mareike aus Holland – Serefe, wie man hier sagt.“

Steve erfuhr, während sie ihren Drink genossen, dass obwohl sie aus Amsterdam kam, ihre Familie auf einer der friesischen Inseln lebte. Ihre blauen Augen wurden ganz träumerisch, als sie davon erzählte. “Am Wochenende fahre ich immer nach Hause, wenn ich kann. Von meinem Schlafzimmerfenster kann ich sehen, wie die Flut kommt und geht und höre die Brandung. Es ist so friedlich, kaum Menschen, dafür Mengen an Vögeln. Haben Sie irgendwelche Tiere, Steve?“

„Habe ich Tiere? Ich habe einen Zoo! Zwei große Hunde, ein winziges Kätzchen und vier Hühner, was sagen Sie dazu?“ „Ja, ich habe nur zwei Weimaraner, namens William und George und Danny, das Pferd, die alle bei meinen Eltern leben.

Mein Dad ist ein Landtierarzt und wir haben viel Platz. Aber ich vermisse meine drei „Jungen“ furchtbar, wenn ich fort bin. Sehen Sie, hier ist ein Foto“ sie zeigte ihm ein Bild von zwei besonders schönen silbergrauen Hunden mit den berühmten blauen Augen der Weimaraner. „Sie sind ganz wunderschön. Sind sie wirklich so schwierig zu erziehen, wie man hört?“ Mareike schüttelte den Kopf „meine beiden sind sehr gut erzogen, aber sie haben ja auch ein schönes, freies Leben. Meine Eltern lieben sie über alles und ich werde ganz eifersüchtig, wenn ich daheim bin.“

„Die blauen Augen erinnern mich an mein neues Kätzchen, das auch so blaue Augen hat, deshalb heißt es auch Blue. Meine Hennen haben noch keine Namen, aber ohne Zweifel werden sie die noch erhalten."

Beide schwiegen eine Weile in Gedanken versunken. „Wir sollten wohl zum Dinner hinüber gehen, möchtest du mit - oh Entschuldigung oder wollen wir beim „Du" bleiben?" Er sah sie fragend an und sie nickte nur. „Also, möchtest du bei uns mit an dem langen Tisch sitzen, Mareike? Ich muss natürlich mit bei der Gruppe sitzen, um die Pläne für morgen zu besprechen." „Natürlich, das würde ich sehr gern, wenn es den anderen recht ist. Ich würde mich freuen, sie kennen zu lernen. Aber nach dem Essen möchte ich zu gern einen Blick auf die jungen Eulen werfen." Langsam gingen sie am Pool entlang und Mareike bückte sich, genau wie Steve es getan hatten, um die Temperatur zu prüfen und fragte „sieben Uhr morgen früh?" „Mit dem Frosch?"

„Frosch" fragte sie erstaunt. „Oh ja, du wirst Christas Frosch morgen früh begegne, ich verspreche es. Und heute Abend beim Dinner wirst du einem Dschungel- oder Froschkonzert lauschen können, wenn wir Glück haben."

Kaum hatte er es gesagt, als er sie den anderen Gästen vorstellte, begannen die Frösche ihr Abendkonzert.

Während ihrer Mahlzeit wurden die Pläne für den nächsten Tag diskutiert. Yannis schlug vor, in die Berge zu fahren, wo ein besonderes Restaurant direkt über einem Bergfluss gebaut war, das frische Forellen anbot, die in einem Tontopf zubereitet wurden. Sie würden auch die Möglichkeit haben, echten Waldhonig zu kaufen. Die Rückfahrt würde am See entlangführen. Sie wollten nicht zu früh aufbrechen und hatten sich bald geeinigt. Steve breitete seine Karten aus und machte sich mit der Route vertraut. Mareike hatte der Gruppe angeboten, einen Vortrag über die Vögel in der Türkei zu halten, um ihnen zu danken, dass sie sich der Gruppe anschließen durfte. Nach dem Essen breitete sie eine Anzahl von Vogelfotos auf dem Tisch aus, erklärte ihre Lebensbedingungen und welche von ihnen man hier wohl finden könnte. Da die meisten Gäste hochinteressierte Vogelbeobachter waren, diskutierten sie alle Möglichkeiten lebhaft. Schließlich erhob sich Mareike und bat Steve, ihr die jungen Eulen zu zeigen. Sie gingen nach oben und bewunderten den ungewöhnlichen Handlauf der Treppe, der in Form einer Schlange geschnitzt war. Sehr vorsichtig traten sie dem Nest näher und wurden neugierig von drei Paar goldenen Augen angestarrt. Mareike zog Steve am Arm „siehst du die Überreste der armen Schwalbe im Nest? Das war der Grund, warum sie in der Sicherheit deines Zimmers bauen wollten, die armen Vögel. Ich war mir sicher, dass sie einen Grund hatten."

Vor Mareikes Zimmer nahm Steve ihre Hände und sah sie an „wie wunderbar, dass ich dir begegnet bin, Mareike aus Holland. Ich danke dir für diesen Abend und bis morgen früh um 7:00 am Pool. Schlaf gut". Er drückte einen leichten Kuss auf ihre Hände, winkte und lief nach unten.

Als er in sein Zimmer trat, hätte er am liebsten einen Freudensprung gemacht. Sollte er sich tatsächlich endlich verliebt haben? Eigentlich war er zu nüchtern und nicht mehr jung genug, um an Liebe auf den ersten Blick zu glauben. Oder vielleicht doch nicht? Ziemlich verwirrt schlief er schließlich ein und freute sich auf den Morgen.

Wie er versprochen hatte, wartete der Frosch am Pool, und als er neben Mareike in der strahlenden Morgensonne unter einem Himmel in dem ganz besonderen türkischen Blau neben Mareike schwamm, wollte er nichts, als einfach glücklich sein und jeden Moment genießen. Er war kein bisschen überrascht, dass dieses erstaunliche Mädchen auch eine ausgezeichnete Schwimmerin war. Es wäre zu schön, wenn er seine Liebe zum Atlantik mit ihr teilen könnte! Als sie nach einem eleganten Kopfsprung neben ihm auftauchte, fragte er, ob sie jemals gesurft hätte und freute sich, als sie es verneinte. Es würde ihm Spaß machen, sie zu unterrichten.

Bald waren sie alle im Bus unterwegs durch die bewaldeten Berge, die sich weithin herzogen. Steve fand, dass die Straßen viel besser waren, als er erwartet hatte, entspannte sich mehr und mehr und genoss die wunderbare Landschaft. Es wurde langsam heiß und alle genossen die Ankunft an dem kühlen Gebirgswasser!

Und es wurde noch besser, als ihnen ihre Tische auf einem Holzsteg direkt über dem wild sprudelnden Fluss gezeigt wurden, und sie dieses ungewöhnliche Restaurant bewundern konnten. Mareike war sofort in ihrem Element. Sie entdeckte Vögel und fotografierte, wo niemand anders nur ein paar Flügel gesehen hatte und steckte die anderen Gäste mit ihrer Begeisterung an. Sie waren alle in einer idealen Position über dem Wasser, um die Vögel zu beobachten, die dicht über dem Wasser flogen, um zu trinken. Mehrere Eisvögel schossen vorbei, zu schnell, um kaum mehr als nur einen flüchtigen Blitz ihrer Juwelenfarben zu zeigen.

Vor der Mahlzeit wurden auf den Tischen Teller mit saftigen Oliven angeboten. Steve stellte fest, dass er mehr und mehr eine Vorliebe für Oliven entwickelte, die er in England nie besonders gemocht hatte. Sie waren, wie so vieles anderes hier so viel schmackhafter. Auch der lokale Wein war exzellent. Wieso man türkische Gerichte, Weine und Obst nicht mehr lobte, war ihm rätselhaft. Er jedenfalls zog es italienischer Kost vor.

Während er die anderen Gäste beobachtete, wie sie unter Mareikes Anweisungen mehr und mehr Vögel entdeckten, bemerkte er voller Erleichterung, dass auch Gloria und Hubert völlig von den anderen Gästen integriert worden waren und mit Freude fotografierten. Sogar Eric, den er heimlich „old misery“ getauft hatte, unterhielt sich angeregt mit seinen Nachbarn. Zu seiner Zufriedenheit schien alles in Ordnung zu sein. Er genoss einen Augenblick der Entspannung und ließ seine Gedanken nach Devon, zu seinen Tieren schweifen. Sicher würde Tiny ihn sehr vermissen, Breeze und Blue kannten ihn eigentlich noch nicht lange genug.

Kapitel 13

Hätte er seine Tiere sehen können, wäre er mehr als erstaunt gewesen.

Seine drei und ein anderer Hund standen in Reih und Glied vor einem Mann, den Steve noch nie zu Gesicht bekommen hatte, sein „Zoo" jedoch anzubeten schien, als sie in militärischer Ordnung darauf warteten, gefüttert zu werden. Die Tatsache war, dass James sie fast zur Parade trainiert hatte. Er war mehr als dankbar, dass es ihm möglich war, nach seiner Tragödie, wieder Hunde zu lieben. Zärtlich liebkoste er die seidigen Ohren von Holly, der Spaniel Hündin, die er vom Tierheim hatte, und die mit ihren schmelzenden braunen Augen zu ihm aufblickte.

Wie anders war doch sein Leben geworden. Von morgens bis abends war er mit den Dingen beschäftigt, die er liebte und in denen er ein Experte war und zwar mit Hunden zu arbeiten. Und – das war ein wichtiger Faktor, die Rolle, die Jenny dabei gespielt hatte. Bisher war er jeder ernsten Liebesbeziehung aus dem Weg gegangen. Er wusste nur zu gut, dass die Gefahren, die aktiver Fronteinsatz nun mal sich bringt, für eine Beziehung nicht fair sind. Schließlich hatte er ja auch immer seinen Hund gehabt.

Nun aber hatte sich alles geändert. Ganz sicher würde er nicht mehr an der afghanischen Front eingesetzt werden und er war sich bewusst, wie sehr er sich jeden Morgen darauf freute, im Tierheim Jenny zu sehen, wie sie in ihrem frischen Overall energisch die verschiedenen Aufgaben anging.

Wie anders sah alles aus, nachdem er seine schwere Depression hinter sich gelassen hatte.

Um ehrlich zu sein, war Jenny dabei der Hauptfaktor gewesen. James sah sich um und hoffte, der ihm unbekannte Steve würde sich über alles freuen. Der kleine Garten blühte über und über, die Hühner gackerten glücklich in ihrem sauberen Auslauf, die Felle der drei Hunde glänzten um die Wette und der kleine Blue war voller Streiche, ganz wie es ein Kätzchen sein sollte! Er regierte die großen Hunde mühelos mit seinen winzigen Pfoten und nahm den besten Platz in ihrem Korb ein.

Es war aber wirklich an der Zeit, dass er bei Brian und Betty vorbeischaute, schließlich hatte er auch ihnen für den Wechsel in seinem Leben zu danken. Er lud die drei Hunde in den Wagen und siehe da – little Blue hopste hinterher. Wenn es so weiterging, würde er mit der Überzeugung aufwachsen, ein Hund zu sein. Nun, entschied James, er könnte es nicht ändern. Hauptsache, er war glücklich. So waren sie auf dem Weg ins Dorf, das Fenster weit offen, während James eine Begleitung zur Radiomusik pfiff. Dann waren die Lokalnachrichten an der Reihe und James hörte, dass eine lokale Künstlerin den begehrten Preis für das beste Naturgemälde auf der Ausstellung in Bristol gewonnen hatte. Ein Gemälde von Wölfen im Morgenlicht mit einem weißen Wolf im Vordergrund. Einer dieser steinreichen Russen hatte es bereits erworben.

Am Dorfladen war viel Betrieb, ein neuer Eisstand wurde von einem eifrigen Teenager bedient, während etliche Feriengäste geduldig in der Schlange warteten. Am Zeitungsstand sah er die Schlagzeilen „Lokale Künstlerin gewinnt Preis für das beste Gemälde“ über einem großen Foto von dem Bild. James erkannte sofort Tiny als den großen Wolf im Vordergrund.

Er musste die Zeitungsseite unbedingt an Steve in der Türkei scannen. Sicher hatte Jenny seine E-Mail-Adresse. Er kaufte schnell die Zeitung und eine Packung Pralinen. Eine Unterhaltung mit Brian war unmöglich, es war viel zu viel zu tun.

Nun, Brian hatte wirklich nach seiner Armeezeit seine Zukunft gefunden und James war sicher, dass auch seine eigene Zukunft hell aussah. Natürlich müsste er ein Haus finden; aber das dürfte kein Problem sein; denn er hatte genug gespart, um ein Haus zu kaufen. Für ihn war es ein ganz neues und positives Gefühl, Pläne für die Zukunft zu machen. Er ertappte sich sogar dabei nach „For Sale“ Schildern Ausschau zu halten. Was Jenny wohl zu seinen Plänen sagen würde, sie spielte jedenfalls eine Hauptrolle darin.

Am Tierheim ließ er die Tiere im Wagen und fand Daphne in der Rezeption. Er überreichte ihr die Pralinen und bat sie, den Zeitungartikel nach Dalyan zu scannen. „Womit soll ich anfangen, Daphne. Soll ich erst die Zwinger reinigen oder Jenny im Feld ablösen?“ Als sie nicht antwortete und er sie näher ansah, bemerkte er ihre verweinten Augen. „Daphne, was ist denn, kann ich dir helfen?“ Sie brach nun in Tränen aus und schluchzte „oh James, mein Vater hatte einen Herzinfarkt und meine Mutter braucht mich. Jenny kann unmöglich hier alles allein schaffen. Sie hat keine Ahnung vom PC und der Büroarbeit.“ „Mach dir keine Sorgen, Daphne. Ich kann das mit Jenny zusammen schaffen. Immerhin habe ich viel größere Zwinger während meiner Armeezeit geführt. Mit dem PC gibt es keine Probleme. Sag mir nur, wo ihr Futter etc. einkauft, sicher online. Das ist doch alles nicht schwierig. Sag mir nur, wann du fertig bist und ich bringe dich zum Bahnhof oder Flughafen.

Und bitte keine Widerrede!“ Mit seinem militärischen Training hatte er bald alles im Griff und er konnte Daphne nach Exeter fahren. Er nützte die Zeit, um noch etwas mehr über Jenny zu erfahren; aber Daphne merkte seinen Plan sofort. „James, du kannst gar nicht verstecken, was du für Jenny empfindest. Sie ist ein so durch und durch guter und netter Mensch, ich könnte mir keine bessere Partnerin in meiner Arbeit wünschen. Außerdem hat sie eine sehr hohe Meinung von dir. Versprich mir, dass du sie nicht enttäuschen wirst.“

James lächelte sie erleichtert an „danke, Daphne, dass du so ehrlich mit mir bist, du kannst dich auf mich verlassen.“

Auf seinem Rückweg nach Ilfracombe fiel ihm anderes „For Sale“ Schild auf und er hielt einen Augenblick an. Das Haus war ein gutes Stück von der Straße entfernt. Es schien ein kleineres Farmhaus zu sein mit ein paar Scheunen und einer Gruppe alter Bäume. „Wie wunderbar friedlich“ dachte James, notierte den Namen des Agenten und fuhr weiter zum Tierheim. Jenny war vor der Tür mit einer Tasse Tee in der Hand. Sie hatte dunkle Ringe um ihre Augen und sah übermüdet aus. „Du siehst aus, als ob dir alles über den Kopf wächst, Jenny. Warum legst du dich nicht etwas hin. Ich werde versuchen und die Büroarbeit erledigen. Wenn du dich ausgeruht hast, wird es dir bessergehen." „Danke, James, mir geht es wirklich nicht so gut. Alle Hunde sind gefüttert, nur ein paar Zwinger müssen sauber gemacht werden." „Also gut und tauche hier nicht vor fünf Uhr wieder auf."

Als James so weit fertig war, dass er sich an den PC setzte, begann er sich ehrlich Sorgen zu machen.

Je mehr er sich darein vertiefte, konnte er kaum glauben, was er bald vermutete. Aber bald erwies sich sein Verdacht zu seiner Erleichterung als falsch, und es stellte sich heraus, dass die arme Daphne mit einem PC Programm arbeiten sollte, das sie völlig überforderte.

Sie hatte Daten eingetragen ohne jede Struktur, die keinerlei Sinn machten. James hörte auf, fassungslos auf die Tasten zu starren und zwang sich, den PC herunterzufahren und mit seinen eigenen Hunden an die frische Luft zu gehen, um einen Plan zu machen.

Die arme Daphne, sie musste sich furchtbare Sorgen gemacht haben, und offensichtlich hatte sie auch niemanden, der ihr helfen konnte. Nun, er würde es schon irgendwie entwirren können und ihr einfache Instruktionen geben, wie sie es in Zukunft handhaben sollte. Aber er war auch sehr erleichtert, dass es nur Unwissenheit war und nicht Betrug, wie er befürchtet hatte! Alles war schon schwierig genug. Es gefiel ihm gar nicht, dass Jenny in diesem einsamen Tierheim über Nacht allein war; aber er konnte auch schlecht Steves Cottage nachts verlassen.

Tiny, Breeze und Holly waren begeistert, dass sie auf einem langen Spaziergang waren und Blue hatte sich auf James Schulter angeklammert. James erinnerte sich an die Zeitung, die Daphne scannen sollte. Jetzt wusste er, dass sie das nicht geschafft hatte, und er wollte es erledigen. Auf jeden Fall wollte er Steves Großmutter; Mrs. Hamilton anrufen und um Rat bitten. Sicher kannte sie jemanden, der bei Jenny übernachten konnte. Sein Anruf wurde prompt beantwortet und Joan schien gleich sehr besorgt zu sein, beruhigte sich aber, als er versicherte, es gäbe nur ein kleines Problem. Sofort erbot sie sich, bei Jenny zu übernachten und versprach, für permanente Hilfe zu sorgen. Erleichtert scannte James dann das Foto in die Türkei.

Kapitel 14

Niemals hätte James vermutet, dass es im Büro des Hotels höchste Beunruhigung verursachen würde. Nicht einer im Büro konnte die Überschrift übersetzen und so glaubten Nilgun und ihre Sekretärin, dass es weiße Wölfe in Devon gäbe.

Steve war entzückt, als Timmy ihm das Foto brachte und er ihm und den anderen Gästen erklärte, dass es sich um das Gemälde einer Bekannten handelte und sein Hund das Modell für den weißen Wolf gewesen war. Damit begann eine lebhafte Diskussion über die Pros und Cons der Wiedereinbürgerung von Wölfen und Lynxen in Westeuropa. Er war davon so fasziniert, dass ihm gar nicht auffiel, wie wenig sich Mareike an den Debatten beteiligte.

Mareike war bewusst geworden, wie sehr sie sich zu Steve hingezogen fühlte und sie wunderte sich, dass ein so offensichtlich gebildeter junger Mann den Bus für eine Reisegesellschaft fuhr. Seit Jahren war sie daran gewöhnt, dass Männer, sie attraktiv fanden und hatte sie bisher erfolgreich abweisen können.

Niemals hatte sie ihre erste, große Liebe vergessen können. Ihren Lars, mit dem sie praktisch aufgewachsen war und der ihr alles bedeutet hatte. Selbst jetzt noch nach vielen Jahren füllten sich ihre Augen mit Tränen, als sie daran dachte, wie er so kurz vor der Hochzeit bei einem tragischen Skiunfall ums Leben gekommen war.

Es war eine große Freude für sie, als sich herausstellte, dass sie ein Kind erwartete.

Ihre Eltern waren unendlich verständnisvoll und behandelten den kleinen Peer wie einen eigenen Sohn. Für Mareike war es beinah, als ob sie einen jungen Bruder hätte, der auf der Insel aufwuchs, während sie auf dem Festland studierte.

Von Tieren umgeben hatte er die schönste Kindheit, die man sich wünschen konnte. Natürlich vermisste er seine Mutter; aber an den Wochenenden hatten die beiden mehr Freude und Liebe zusammen, als sich die meisten Kinder erträumten. Nach seinem zehnten Geburtstag musste er in ein Internat auf dem Festland, da er der Dorfschule auf der Insel entwachsen war.

Mareike und ihre Eltern waren unendlich erleichtert, als er problemlos das Leben im Internat akzeptierte und jedes Wochenende fröhlich auf der Insel verbrachte.

Mareike begann zu lächeln, als sie an ihn dachte und öffnete das Silberamulett, das sie immer um ihren Hals trug. Da war ihr Junge, er strahlte sie mit leuchtend blauen Augen unter schwarzen Haaren an, eine junge Version von seinem Vater auf der anderen Seite des Amuletts. Ihre beiden liebsten Menschen!

„A penny for your thoughts“ Steves warme Stimme brachte sie in die Gegenwart zurück. „Es tut mir leid, Steve, ich war in Gedanken in Holland. Sieh einmal, dies ist mein Sohn, Peer. Und ehe du fragst“ sie hatte den schnellen Blick gesehen, den Steve auf ihre Hand geworfen hatte. „Nein, ich bin nicht verheiratet. Peers Vater hatte einen tödlichen Skiunfall gerade eine Woche vor unserer Hochzeit.“

Steve griff nach ihrer Hand und drückte sie. „Wie entsetzlich für dich, es tut mir so leid! Aber was für ein super Junge, er sieht trotz seiner Jugend wie ein guter Sportler aus.“

„Da hast du wohl Recht. Er macht einfach alles - Laufen, Hoch- und Weitsprung, Schwimmen, Schlittschuh, Segeln, Rugby. Du glaubst nicht, wie oft ich mir Sorgen mache. Er ist genauso wagemutig wie sein Vater.“

„Du musst mir mehr vom ihm erzählen. Ich habe mir immer einen Bruder gewünscht, aber habe nur eine strikte ältere Schwester“ dann lachte er „jetzt nicht mehr ganz so streng – wir verstehen uns sehr gut. Unsere Eltern waren oft nicht da und sie sorgte für mich. Meine Eltern haben sich in der Gironde niedergelassen in der Gegend von Les Landes in einem alten Farmhaus, das sie seit Jahren restaurieren. Es ist sehr, sehr schön dort, das muss ich zugeben.

Meine Mutter hat einen ausgezeichneten Geschmack und mein Dad macht alles, was sie anordnet. Leider sehen wir beide viel zu selten. Aber es ist auch schwierig dorthin zu kommen, es liegt so einsam.“ Er freute sich, als er Mareikes Interesse fühlte. „Ja, die Gironde und die wilden Strände von Les Landes sind berühmt für alle möglichen Vögel und nochmals ja, meine Eltern sind auch leidenschaftliche Vogelbeobachter.“

Steve war mehr berührt von dem, was Mareike ihm erzählt hatte, als er sich anmerken ließ. Wieder überflutete ihn das schwere Schuldgefühl, das ihn seit langem verfolgte. Wenn das Kind, nein nicht das Kind – sein Kind hätte leben dürfen, wäre es fast in dem gleichen Alter, wie dieser Sohn von Mareike, dessen Bild er gerade gesehen hatte.

Mit diesen düsteren Gedanken stand ihm nicht der Sinn nach Gesellschaft und er verabschiedete sich nur kurz von Yannis, um zu hören, dass für den nächsten Tag eine Besichtigung der antiken Stadt Caunos geplant war. Dann ging er zu seinem Zimmer, schenkte sich einen starken Scotch ein und saß dann im Dunkeln auf der Terrasse. Wieder durchlebte er in Gedanken seine alte Geschichte – die ausgelassene Nacht voll Tanz und Alkohol, danach gedankenlose betrunkene sexuale Begegnung und als Ende Tragödie.

Eine sanfte Stimme unterbrach seine finsteren Gedanken. „Steve, darf ich mich zu dir setzen. Irgendwie habe ich das Gefühl, dass ich dich verletzt habe. Willst du mir nicht anvertrauen, was dich bedrückt?“

Gleichzeitig zog sie einen Stuhl herüber, um neben ihm zu sitzen, nahm eine seiner Hände und versuchte, ihm in die Augen zu sehen.

Das durchbrach den Damm seiner Reserve völlig, und er vertraute ihr jedes traurige Detail seiner Schuldgefühle an. Ohne Zweifel hatte auch der Scotch dazu beigetragen, seine Zunge zu lösen und er ließ nichts aus.

Schweigend ließ Mareike diese Flut von Schuldgefühl über sich ergehen. „du armer Junge“ sagte sie schließlich „wie sehr hast du unter einer Entscheidung gelitten, die ja nicht deine war. Du musst versuchen, das zu verstehen. Falls dies arme Mädchen beschlossen hätte, ihr Kind zu bekommen, bin ich sicher, du hättest ihr geholfen.“ „Aber natürlich, ich glaube kaum, dass ich sie geheiratet hätte, aber soweit ich konnte, hätte ich die Verantwortung für das Kind übernommen.“ „Da siehst du also, du musst versuchen, dir selbst zu verzeihen, wenn du es in diesem Licht siehst. Ihr wart beide so jung, genau wie ich, als Lars verunglückte. Aber wir liebten uns so sehr, es war vollkommen anders. Ich glaube, ich hätte auch gern einen Drink, Steve.“

„Aber natürlich, Mareike, es ist etwas so Besonderes, hier mit dir zu sitzen. Der Jasmin Duft weht herüber und ich trinke darauf, dass ich mein „Traummädchen“ getroffen habe!“

„Also wirklich, Steve, sei nicht albern, dann komme ich mir vor, wie eine gute Fee, und das bin ich wirklich nicht! Andererseits bedeutet es auch mir viel, dass wir uns kennengelernt haben.“ Steve sah sie bewundernd an „ich weiß so viel über dich und deine brillante Karriere, während ich nicht viel habe, worauf ich stolz sein könnte. Auch ich hatte gute Chancen auf eine Karriere in London nachdem ich Betriebswirtschaft studiert hatte.

Aber dann drehte ich allem den Rücken – ich konnte ganz einfach dieses „Ratrace“ nicht ertragen. Sicher trug meine unbeschwerte Kindheit in der Natur viel dazu bei, dass mir eine Riesenstadt wie London wie ein Gefängnis vorkam. Ich hielt es aus, solange ich konnte, aber schließlich kam ich zurück nach Devon. Ich hatte großes Glück, mein Großvater hatte mir einen alten Schuppen in den Dünen vermacht und den habe ich zu meinem Heim gemacht. Die Einsamkeit, das Meer und die Dünen taten das Ihre, um mich zu heilen.

Noch mehr Glück hatte ich, old Tom, den Schornsteinfeger kennenzulernen, der mir seinen Job anbot. Sehr gut war es, dass es mir nie viel bedeutete, was andere von mir denken. Es war ja auch so, dass die meisten Leute mich kannten und die anderen waren mir egal. Ich finde es mehr als interessant, mit so vielen Menschen der unterschiedlichsten Hintergründe zu tun zu haben.

Vom Herrenhaus bis zum einfachsten Cottage besuche ich die ganze Skala. Ich habe meine Hunde und das Meer und das schien mir bisher genug. Jetzt bin ich mir nicht mehr so sicher. Wie kann eine Frau wie du Interesse an einem Schornsteinfeger haben?"

Mareike sah ihn an, schüttelte ihren Kopf und lachte „du armer Schornsteinfeger, weißt du gar nicht, dass es Glück bringt, einen zu treffen? Glaubst du wirklich, ich hätte nicht mehr Verstand, als nur auf das Äußere Wert zu legen." Dann zwinkerte sie ihm zu „übrigens ist dein Äußeres gar nicht so schlecht. Lass uns noch einen Scotch trinken und diesen Abend genießen. Es ist eine so unglaubliche Oase der Ruhe und Schönheit hier. Wirst du morgen auch die alte Stadt Caunos besuchen?"

„Nein, ich muss bei dem Bus bleiben und um ehrlich zu sein, habe ich mir noch nie viel aus Ruinen gemacht. Obwohl, was ich von Caunos gehört und gelesen habe, wirklich faszinierend ist. Es war vor 3000 Jahren eine blühende Hafenstadt, direkt am Fluss Delta. Im Laufe der Jahrzehnte versandete der Hafen und die Schiffe blieben aus. Malaria soll danach den meisten Menschen zum Verderben geworden sein. Tragisch, wie Gesellschaften sich entwickeln, in Blüte standen und dann wieder untergingen, unerbittlich wie Ebbe und Flut.

Aber einen anderen Ausflug in einigen Tagen dürfen wir nicht versäumen! Es ist ein Bootsausflug, der erst zum See führt, wo die größten Schlammbäder sind. Ich habe mir erzählen lassen, dass der See im Morgenlicht unbeschreiblich stimmungsvoll ist und man eine Vielfalt von Vögeln beobachten kann. Es ist auch möglich, ein Schlammbad zu nehmen und danach im See zu schwimmen, das bleibt jedem überlassen. Worauf ich mich am meisten freue, ist die Fahrt durch die hohen Reet Beete bis auf das Meer zu der winzigen Insel Preziosa, wo das Wasser eine wunderbare türkise Färbung hat. Während der Bootsmann dann unser Essen grillt, können wir schwimmen. Auf dem Trip zurück holen wir „Blue Crabs“ vom Fisher in der Lagune, die eine Köstlichkeit sein sollen und wenn wir Glück haben, bekommen wir eine oder zwei von den „Carrettas“, den Riesenschildkröten zu Gesicht. Wer Lust hat, kann auch in der Lagune schwimmen. Ein guter Freund von Frank und Özden schickt sein schönstes Boot, die „Kingfisher“. Und ich muss mich darauf konzentrieren, den Film weiter zu drehen, den ich Claire versprochen habe. Sie ist berühmt für ihre Kulturfilme und plant hierher zu kommen, falls mein Filmmaterial vielversprechend ist.“

„Wenn ich das so höre, dürfen wir das Schwimmen im Meer auf keinen Fall verpassen - vom Boot aus ohne Schwärme von anderen Touristen muss es besonders schön sein!“

„Du würdest unsere Strände in Norddevon und Cornwall lieben, Mareike! Die Brandung kann überwältigend sein“ er lachte „und das im wahrsten Sinne des Wortes! Ich nehme an, du hast von der Vogelinsel Lundy gehört, die genau vor unserem Strand Woolacombe liegt. Es ist die Heimat von Tauchpagageien, den Puffins. Es soll sogar eine antike Puffinmünze geben, obwohl ich noch nie eine gefunden habe.“

Nachdenklich erwiderte Mareike „Ja, ich habe davon gehört, wenn auch nicht viel. Es würde mich interessieren, weil ich nach einem Projekt für meine nächste Studie suche.“ Steve überlegte einen Augenblick und versuchte dann, die Insel zu beschreiben, die er jeden Tag vor sich hatte, wenn er in Devon war. „Es ist eine sehr kleine Felseninsel mit hohen Steilküsten an allen Seiten bis auf eine flache Stelle mit einem kleinen Strand, der in alten Zeiten von Seeräubern benutzt wurde. Es gibt nicht viele Häuser auf Lundy und Ausflügler dürfen nicht die Nacht dort verbringen. Die Puffins leben auf dem Hochland und haben ideale Konditionen zum Tauchen, sonst erinnere ich mich nur an Frieden, Schafe und summende Bienen.“

Kapitel 15

Diese Insel, die Steve so liebevoll beschrieb, war in dichten Nebel gehüllt, als Joan, seine Großmutter auf der schmalen Küstenstrasse heimfuhr. Sie hatte die Nacht bei Jenny verbracht und hoffte, dass ihr eine Lösung für die nächsten vierzehn Tage, ehe Steve zurückkam, einfallen würde. Ja, natürlich, die Lösung lag ganz nah. Ihr war eingefallen, dass Deidre, Steves Schwester auf den Beginn ihres neuen Lehrauftrages wartete. Weshalb hatte sie nicht gleich an Deidre gedacht? Sie liebte Tiere und Landleben und bedauerte immer wieder, dass sie durch ihren Beruf selbst keine Tiere haben konnte.

Sowie sie wieder zu Hause war, rief sie ihre Enkeltochter an und erklärte die Situation. Deidre war begeistert, dass sie die „Hütte", wie sie Steves Cottage nannte, auf zwei Wochen bewohnen und seinen Zoo versorgen konnte. Sie würde morgens in Wales abfahren und mittags bei ihrer Großmutter sein.

Joan war erleichtert, dass sie das Problem so schnell gelöst hatte und begann mit den Vorbereitungen für ein leckeres Abendessen mit Alex, der später kommen würde. Sie genoss seine Gesellschaft sehr, es war etwas ganz Neues für sie, ihre Sorgen und Probleme mit jemanden ihrer Altersgruppe zu teilen. Beim Aussortieren von alten Papieren und Dokumenten war sie auf ein Dokument gestoßen, das sich auf Steves Eigentum in den Dünen bezog und es war ihr nicht möglich gewesen, alles zu verstehen, und sie war froh, dass sie Alex um Rat bitten konnte.

Sie schmunzelte vor sich hin, als sie ihn beobachtete, wie er aus dem Auto stieg mit seinem alten Einkaufskorb mit einer Flasche Wein und einem Körbchen früher Erdbeeren. Sie ertappte sich dabei, dass sie ihn wirklich sehr anziehend fand. „Silly old fool" schalt sie sich selbst. Beim Tischdecken waren ihre Gedanken bei Steve wie so oft, – ob vielleicht eine Freundin am Horizont auftauchte? Sie hatte sich schon Hoffnungen mit Jenny gemacht, aber der gutaussehende Sergeant hatte sie wohl erobert. Ob ein türkisches Mädchen wohl nach Devon passen würde? Sie schüttelte den Kopf, ihre Fantasie ging wieder einmal mit ihr durch, wie immer. „Und was gibt es zu lachen, liebe Joan“ fragte Alex, als er den Korb in der Küche abgesetzt hatte und sie mit einem Kuss begrüßte. „Ich habe mir Steve mit einer türkischen Braut vorgestellt.“ „Das wäre natürlich eine kleine Sensation für unser Dorf! Ich glaube, sie sollen sehr gute Frauen und Mütter sein und außerdem meistens sehr schön!“ „Eins steht jedenfalls fest“ sagte Joan festentschlossen. „Egal, wen er auch als seine Freu wählt, wir werden sie herzlich will kommen heißen, Alex.Übrigens kommt meine Tochter, Deidre, morgen an, um für Steves Cottage mit seinen Einwohnern zu sorgen. Im Tierheim hat es noch mehr Probleme gegeben. Erinnerst du dich überhaupt noch an Deidre?“

„Aber selbstverständlich, die Klügste in der Familie, nicht wahr?“ „Ja, und ich mache mir Sorgen, dass sie nur an ihre Karriere denkt. Es wird ihr guttun, mal von frischer Seeluft durchgeblasen zu werden. Würdest du dir mal dieses alte Dokument ansehen, während ich uns einen Sherry hole?“ Joan holte Gläser und schenkte Sherry ein, während er seine Brille aufsetzte und mit wachsender Aufmerksamkeit das Dokument studierte. „Dies sind hervorragende Neuigkeiten“ rief er „eine alte Bestimmung, die besagt, dass das Gebäude, welches Steve von seinem Großvater ererbt hat, keinerlei Restriktionen betr. Erneuerungen unterliegt. Das heißt, dass er das jetzige Gebäude modernisieren und vergrößern kann, wie er möchte. Darauf müssen wir anstoßen, wir wissen ja, wie er es in den Dünen liebt; aber für eine Familie wäre es viel zu klein und primitiv. Stell dir mal vor, was man daraus machen kann!“

„Das ist aber ein Glücksfall! Meinst du, wir sollten eine Woche oder so nach Dalyan fliegen, und es ihm selbst erzählen? Mit Deidre hier, wäre ich beruhigt, dass alles in guten Händen ist.“

Alex dachte einen Moment nach „weißt du, wie wäre es, wenn wir erstmal Dudley Pettett und seine Partnerin, dieses German girl auf einen Drink bitten, sie fliegen ja zweimal jedes Jahr dorthin und könnten uns alles erzählen." „Das ist eine gute Idee, obwohl ich eine Dame von beinah achtzig kaum als „girl" bezeichnen würde!"

„Nun sei nicht zu pingelig, Joan, für Dudley und mich seid und bleibt ihr alle „the girls". Nach dem Essen werde ich den alten Dudley gleich anrufen." Aber als er am nächsten Tag versuchte ihn zu erreichen, hörte er nur von seiner Tochter, dass Dudley gerade abgereist war und sie kaum glaubte, dass noch Zimmer frei waren.

Joan erwartete ihre Tochter im Cottage. Sie war sehr beeindruckt in welch gutem Zustand James alles hinterlassen hatte. Sogar der Hühnerzaun war frisch gestrichen. Die Hunde und das Kätzchen hatte er vorläufig mit ins Tierheim genommen. Als Joan die Nacht mit Jenny verbracht hatte, war es ihr gelungen, vorsichtig die Geschichte der wachsenden Zuneigung zwischen Jenny und James zu erfahren. Sie war tiefer davon berührt, als sie es für möglich gehalten hatte. Dass dieser tapfere Mann, der so viel Tragik erlebt hatte, nun sein Glück mit Jenny zu finden schien, war beinah wie ein Märchen.

Es war geplant, dass James die Tiere zurückbringen sollten, wenn Deidre angekommen war und Joan hoffte, dass alles problemlos laufen würde. Sie machte sich eine Tasse Tee und saß damit draußen auf der Bank in der Sonne. Die Erinnerung an den Sonntag, den sie hier mit Alex und Svenja verbracht hatte, war noch sehr lebendig in ihr.

In der Zwischenzeit hatte sie mehrere Anrufe von Svenjas Dad erhalten, der die Einladung für sie und Alex in die Datscha in der Krim wiederholte. Alex schien sich langsam für die Idee zu erwärmen. Er fand die Familienbande, die er mit Sergey hatte so interessant, dass er sie gern weiterhin erforscht hätte. Vielleicht sollten sie diese Reise wirklich wagen, solange sie beide noch fit genug waren. Es wäre sicher ein großes Abenteuer. Und warum eigentlich nicht, sie beschloss es abends zur Sprache zu bringen und auch Deidre zu fragen, die mit Sicherheit mehr über die Krim wusste als sie.

Sie machte ein Päckchen Kekse auf und lachte, als ein Rotkehlchen prompt neben ihr landete und sie mit glänzenden schwarzen Augen ansah, als es auf Krumen wartete „du bist ja ziemlich frech, Kleiner" sagte sie und zerkrümelte den Keks.

Lange brauchte sie nicht zu warten, bis Deidres Wagen den holperigen Weg heraufkam und sie aus dem Auto sprang, um ihre Großmutter zu umarmen. „Wie wunderbar, dich zu sehen, Granny! Und wie gut du aussiehst! Nun kann ich alle diese Geschichten glauben, die ich über dich und unseren alten Doc höre!"

„Du hütest lieber deine Zunge, mein Liebes. Es ist alles völlig in Ordnung zwischen uns, schließlich haben wir uns sehr befreundet, ehe ich Grandpa kennen lernte." „Also gut, dann werde ich dich in Ruhe lassen. Wo sind denn übrigens alle diese Tiere, auf die ich aufpassen soll?"

„Bis jetzt kannst du nur die Hühner kennenlernen. James bringt die Hunde und das Kätzchen später. Als erstes sieh doch mal nach, ob sie Eier für unser Mittagessen gelegt haben?" Deidre hatte bisher noch nie etwas mit Hühnern zu tun gehabt, es machte ihr Spaß, nach Eiern zu suchen und siehe da – jedes Federtier hatte ein schönes braunes Ei produziert. „Sieh doch, Gran, vier super Eier! Der Steve hat ja wohl Glück, diese Hennen zu haben. Und wie wünscht Madame sie zubereitet? Rühr- oder Spiegelei?"

Beide genossen ihr einfaches Essen und vor allem, dass sie einmal Zeit für sich hatten. Wenn sie sich sonst einmal sahen, war die ganze Familie versammelt und keine Gelegenheit zu einem Gespräch unter vier Augen. „Hast du kürzlich von Mum und Dad gehört, mein Liebes?" Deidre war froh, dass sie daran gedacht hatte, ihre Eltern anzurufen, sie wusste, wie ihre Großmutter darunter litt, dass die beiden in Frankreich lebten. „Oh ja, ich habe erst vorgestern mit ihnen gesprochen. Es geht ihnen sehr gut und sie reden nonstop über alle ihre Tiere und den Garten voller Tomaten, Paprika und Gurken. Also wirklich, man sollte annehmen, sie lieben sie mehr als Steve und mich!“

Joan seufzte „ich weiß genau, was du empfindest, mir geht es genauso.

Ich fühle mich auch oft allein gelassen, und das ist ein wichtiger Grund, weshalb ich es so genieße, dass Alex wieder einen Platz in meinem Leben hat. Er würde, glaube ich, gern der Einladung seiner russischen Verwandten in die Krim folgen. Was meinst du denn dazu?“ „Wow, wie abenteuerlich, Grandma und was für eine wunderbare Gelegenheit, das Land kennen zu lernen! Habe ich gehört, dass sie eine Datscha dort haben?“

„Ja, und sie halten ihre Pferde da, also kann es kaum eine Hütte sein. Es hört sich alles so an, wie in einem von diesen Kitschromanen, findest du nicht?“

„Das kann man wirklich sagen, Gran! An deiner Stelle würde ich es wahrnehmen. Schließlich hast du ja den alten Doc an der Seite, du bist also nicht allein!“ Sie unterhielten sich noch immer angeregt, als James vorfuhr und Tiny, Breeze und Blue aus dem Wagen sprangen. Sie hielten einen Moment, als sie Deidre wahrnahmen, aber untersuchten dann diesen neuen Menschen in ihrem Leben gründlich.

Blue wollte wie immer der erste sein und wand sich schnurrend um Deidres Beine. Tiny und Breeze begrüßten sie zurückhaltend und warteten auf eine Ermutigung. Nicht lange, denn Deidre liebte Tiere genauso abgöttisch wie ihr Bruder und begrüßte sie liebevoll. James kam als letzter und stellte sich vor. „Diese drei werde ich sehr vermissen, es sind so gute Gefährten. Ich habe eine Springer Spaniel Hündin vom Tierheim adoptiert, sie ist ein absolutes Ebenbild von dem Hund, den ich im Einsatz verloren haben, ein wahres Wunder. Dass ich nach Norddevon gekommen bin, war der beste Entschluss in meinem Leben. Ich habe mich hier sogar schon nach einem Haus umgesehen.“

„Wie schön, auch einmal etwas Positives zu hören" freute sich Joan „meistens hört man doch nur Beschwerden über die Gesundheitsversorgung, den furchtbaren Zustand der Straßen, die hohen Parkgebühren und den Preis für Benzin."

Deidre fügte hinzu. „Wenn mich jemand fragte, ich würde viel, viel lieber hier leben, als irgendwo anders. Und ich konnte Steve durchaus verstehen, als er sein Leben in London aufgab." „Du hast ja recht, Deidre, aber er kann ja kaum sein ganzes Leben ein Schornsteinfeger bleiben, immerhin hat er sehr hart für sein Degree gearbeitet." Nun machte sich Joan wieder Sorgen, sodass Deidre versuchte, sie zu trösten. „Wir müssen geduldig sein, bis er selbst den besten Weg findet, Granny. Ich bin überzeugt davon, dass er es schafft."

Joan wandte sich an James, „Sie haben alles so tadellos hinterlassen, James, wir können Ihnen nicht genug danken." „Bitte, vergessen Sie es, Mrs. Hamilton, es hat mir Freude gemacht, und jetzt ist es Zeit, dass ich zum Tierheim zurückkehre." „Ich muss auch zurück, Deidre, und vergiss nicht, ich bin nicht weit fort - nur einen Anruf weit. Versuche, dich etwas zu entspannen und genieße den Zoo deines Bruders."

Endlich war Deidre allein und begann als erstes, sich intensiv mit den Tieren zu beschäftigen. Den alten Tennisball hatte sie schnell entdeckt und fing mit allen ein aufregendes Ballspiel an. Der arme kleine Blue fand bald, dass er keine Chance bei den beiden großen Hunden hatte und zog sich beleidigt mit hocherhobenem Schwanz zurück. Deidre nahm sich vor, ihm seine Streicheleinheiten später zu geben.

Schließlich waren die beiden Hunde ermattet und Deidre ließ sich dankbar auf der Bank vor dem Cottage nieder.

Wie immer, wenn sie ihren Bruder hier besucht hatte, bewunderte sie den einmaligen Blick über die Dünen und dem Atlantik. Sie konnte sogar das Donnern der Brandung hören und dachte daran, wie ihr Grandpa sie und ihren kleinen Bruder Steve mit zum Strand genommen hatte, um ihnen das Surfen mit Bodyboards beizubringen. Damit waren ihre Gedanken bei Steve in der Türkei gelandet und sie hoffte sehr, dass er nicht für sich allein herumtrauerte.

Kapitel 16

Diese Sorge hätte sie sich ersparen können. Steve konnte sich nicht erinnern, jemals so glücklich gewesen zu sein. Er hatte alle nach Kaunos gefahren und nachdem er den Bus dem Parkwächter anvertraut hatte, war er mit Mareike losgewandert, um Vögel zu beobachten. Alles, was sie brauchten war in ihren Backpacks. Der Nadelwald um sie herum sah unberührt aus, als ob niemand je diese Ruhe störte. Aber wo immer sie auch hinsahen, entdeckten sie verstecktes Leben. Große Salamander liefen ihnen über den Weg, Landschildkröten und sogar drachenähnliche Kreaturen, die keinerlei Notiz von ihnen nahmen. Mareike fand viele Anzeichen, dass Vögel hier ihre Nester bauten.

Schließlich kamen sie zum Ende des Waldweges, der in eine sonnenüberflutete Lichtung mündete. Der Boden war völlig mit wilden Blumen bedeckt. Beide standen einen Augenblick völlig überrascht von diesem Anblick, der fast unwirklich erschien, mehr wie die Kulisse zu einem Märchen. „Ich kann fast Hänsel und Gretel aus dem Wald kommen sehen, Steve“ flüsterte Mareike und nahm Steves Hand. Ganz leise begann sie zu summen - zunächst nur die bekannte Melodie und dann die Worte aus Humperdincks Oper. „Brüderlein, komm tanz mit mir, beide Hände reich ich dir.“ Steve blickte sie an, war völlig von ihr bezaubert und folgte willig in ihre Fantasiewelt. Er ergriff ihre andere Hand und folgte ihren Tanzschritten. Ehe er sie wieder losließ, drückte er sie fest an sich „du bist eine entzückende Gretel“ und wagte einen zärtlichen Kuss.

„Das war richtig schön, Hänsel“ scherzte sie dann, um ihre Verlegenheit zu überbrücken, „wir wollen jetzt lieber unser Picknick genießen, ehe die böse Hexe uns stört!“

„Und da wir schon mal in einer Märchenwelt sind, hat dieser Zauberer eine Flasche Wein!“ Damit produzierte er eine Flasche von dem Rose´ aus seinem Back Pack, der ihnen beim Dinner so gut geschmeckt hatte!“ „Bravo, Zauberer, das hast du gut gemacht!“ Dann legte sie den Finger auf den Mund, um ihn um Stille zu bitten und zeigte auf den Waldrand, wo ein Silberkranich gerade gelandet war. Beide genossen schweigend den Anblick dieses magischen Vogels, der genau zu ihrem Märchen passte. Der leise Klick von Mareikes Kamera scheuchte ihn jedoch hoch. Beide beugten sich über den Viewer. „Da haben wir aber Glück gehabt, sieh doch nur – unser mystischer Vogel mit diesem Hintergrund!“ Mareike war begeistert. „Damit haben wir ein Glas Wein verdient und lass mal sehen, was Magnolia uns eingepackt hat. Verhungern werden wir sicher nicht! Tomaten, gekochte Eier. Käse und Brot!“

Beide hatten nach ihrer Wanderung Hunger und genossen ihr Picknick sehr. Die Zeit verging und Steve sah traurig auf seine Uhr. „Ich muss pünktlich zurück beim Bus sein und falls wir noch etwas Zeit haben, können wir uns ja in Caunos noch etwas umsehen, was meinst du?“ „Ich mache gern alles mit, Steve. Gib mir nur die Instruktion.“ „Ich kann es kaum glauben, gibt es noch Frauen, die so etwas sagen oder bin ich noch immer im Märchenland?“ Beide begaben sich lachend auf den Rückweg nach Caunos. „Weißt du, Steve, ich wundere mich über mich selbst. Ich bin eigentlich ein sehr nüchterner Mensch, als Wissenschaftlerin muss ich das ja auch sein, aber dieser Ort hat mich völlig gefangen genommen. Ich kenne mich kaum wieder.“

„Ich gebe zu, es geht es mir nicht anders. Vielleicht knüpfen sie hier nicht nur den „magischen Teppich“, sondern einen magischen Schleier, der einen umhüllt, wenn man die Lichtung betritt. Sollten wir den nörgeligen Eric mal mitbringen?“ Mareike winkte schnell ab „nein, auf keinen Fall, wir wollen das lieber für uns behalten.“ Mit dieser Entscheidung kamen sie in die Wirklichkeit und den Parkplatz zurück. Bald versammelten sich auch die anderen Teilnehmer, die alle begeistert von der Ruinenstadt waren. Einige von ihnen hatten schon bekanntere Ausgrabungen besucht, aber die meisten stimmten überein, dass Caunos schwer zu überbieten war.

Zurück im Hotel beobachteten sie wie Timmy liebevoll einen Tisch mit Blumen dekorierte. „Hat irgendjemand Geburtstag" erkundigte sich Steve beim Vorübergehen. „Nein, aber Dudley und Christa kommen heute an" strahlte Timmy. „Wir freuen uns alle, sie sind wie Familie." Er fuhr fort, den Tisch mit kunstvoll gefalteten Servietten und einer Schale mit schwimmenden Kerzen zu schmücken.

„Ich freue mich schon, dich mit den beiden bekannt zu machen. Dudley ist immer die Seele des Hotels. Und jetzt komm und lass uns schwimmen, kleine Gretel!"

Dudley und Christa genossen den Flug von Exeter nach Dalyan. Es war der einfachste Teil ihrer Reise. Packen und Organisieren fiel beiden mit zunehmendem Alter immer schwerer; aber wenn sie erst im Flugzeug saßen, konnten sie sich entspannen und sich auf ihre Zeit in Dalyan freuen. Es war mehr als angenehm zu wissen, was sie in Sultans Palas erwartete und mit den Besitzern befreundet zu sein.

Wundervoll, dass sie Jahr für Jahr ihr Zimmer 107 erhielten! Christa musste lachen, wenn sie an den Tisch auf der kleinen Terrasse dachte, der im Laufe der Jahre so manchen Farbkleks abbekommen hatte.

Viele Bilder waren an diesem kleinen Tisch entstanden, während Dudley seine Daily Telegraph studierte. Von Zeit zu Zeit blickte er dann über den Zeitungsrand mit heruntergerutschter Brille „and how are you getting on, my dear" und hörte entweder. „Danke, sehr gut." Oder auch „ich kriege einfach die Hinterbeine von dem Pferd nicht richtig hin." Worauf Dudley dann geduldig die Anatomie der Vierbeiner erklärte, bis das Problem behoben war. Im Geheimen war Dudley stolz auf die Bilder, die „his little girl" malte und zu Christas Missvergnügen zeigte er allen nur zu gern „our gallery".

Das fiel ihr wieder ein und sie sprach dringend auf ihn ein „versprich mir, dass du dieses Mal niemanden in unser Zimmer schleppst und die Bilder zeigst, es ist mir so peinlich!" „Aber sie bitten mich darum und die Bilder sind viel besser, als du denkst."

Wie oft hatten sie diesen Wortwechsel schon gehabt; aber sie versuchte es immer wieder. Jedes Mal, wenn sie in Dalaman landeten, waren sie davon beeindruckt, wie sauber der Airport war und wie schnell die Rollstühle mit den fröhlichen Assistenten bereitstanden. Jetzt waren sie auf bekanntem Boden und bald unterwegs zum Fluss, wo die „Özden" schon auf sie wartete. Schließlich hatten sie auch den schwierigen Einstieg ins Boot geschafft. Dudley nahm Christas Hand „well, we have done it again, wie oft werden wir es noch schaffen, meinst du?" „Ach was, jetzt keine traurigen Gedanken! Wir sind heile angekommen und sieh doch nur, wie der Mond gerade aufgeht und sich im Fluss spiegelt, schade, dass wir so schnell am anderen Ufer sind."

Nach kurzer Fahrt durch die Orangenhaine sahen sie die offene Tür vom Sultans Palas mit Özden, Frank, Nil, Murat, Magnolia und Timmy, die auf sie warteten.

Was für ein wunderbares, warmes Willkommen! Dudley und Christa sahen sich an – dies war alle ihre Anstrengungen wert, die das Reisen ihnen in ihrem Alter bereitete. Sie hörten, dass außer den Teilnehmern von Terra Travel noch keine anderen Gäste im Hotel waren. Ber and seine Frau Riet wurden in zwei Tagen erwartet. Müde aber zufrieden gingen sie in ihr Zimmer und fanden, dass alles, was immer sie im Hotel ließen,- Rollator, Badezeug und die große Tasche mit Malsachen, schon in ihrem Zimmer auf sie wartete. Wie aus einem Munde sagten beide „lass uns ein Weilchen draußen sitzen." Christa fügte hinzu „der Plumbago vor der Terrasse ist so groß geworden und hat hunderte von Knospen und unser Orangenbaum ist noch voller Früchte." Dudley fragte „und der junge Zitronenbaum - trägt er schon Früchte?" „Nur eine einzige Riesenzitrone, sie biegt richtig den Ast. Gerade schön reif für unseren Gin und Tonic, Dudley." „Ich habe den Wink mit dem Zaunpfahl verstanden, Madame – one Gin and Tonic coming up."

Ehe er sich zu ihr setzte, warf Dudley einen Blick auf die Terrasse nebenan. „Also wirklich, das ist ja eine Überraschung! Das ist ja young Steve aus Norddevon. Was bringt dich denn hierher, mein Junge?“ „Guten Abend, Sir! Alle haben Sie schon erwartet. Es scheint, Sie sind ein großer Favorit im Hotel“ erwiderte Steve. „Das hoffe ich auch, hier respektieren die Leute noch das Alter, anders als zu Hause“ scherzte der alte Tierarzt. „Mrs. E. wird sich freuen, dich hier zu sehen. Wollten nicht deine Grandma und Alex, der alte Doc auch kommen?“ „Ja, aber jetzt sieht es so aus, als ob sie in die Krim reisen würden zu den neu entdeckten Verwandten von Alex. Es ist an der Zeit, dass meine Gran mal anfängt, etwas Spaß zu haben.“

Sie waren noch angeregt im Gespräch, als Mareike um die Ecke schaute. „Darf ich Ihnen Mareike van Doorp, eine Ornithologin aus Holland vorstellen? Mareike, dies ist Dudley Pettett, unser Tierarzt aus Devon.“ „Da freue ich mich aber, mein Vater ist auch Tierarzt auf der Insel Ameland.“ Dudley fragte erstaunt „ist er etwa ein Rotarier?“ „Oh ja, solange ich denken kann“ „das ist ja ein Zufall, ich habe ihn vor vielen Jahren in Amsterdam bei einem Rotarier Treffen kennengelernt. Pieter van Doorp und „sijn klein soete meisje“, das müssen Sie gewesen sein! Wie gut, dass mein Gedächtnis noch gut zu funktionieren scheint, wenn auch alles andere nachlässt. Bitte bestellen Sie ihm doch beste Grüße. Sicher freuen Sie sich auf unsere Berühmtheit, Ber van Perlo? Eins kann ich Ihnen versichern, Sie finden immer interessante Persönlichkeiten hier.“

„Dudley,“ war Christas Stimme nun zu hören „du solltest dich zum Essen umziehen“ und als sie nähertrat „Steve, ich kann es kaum glauben, Sie hier zu treffen, das ist aber nett! Wir wollen uns an unserem ersten Abend nicht verspäten. Aufregende Neuigkeiten von Ihrer Grandma, Steve. Sie scheint meinem und Dudleys Beispiel dann zu folgen. Werden Sie mir morgen früh im Pool Konkurrenz machen, wer zuerst nass ist?“ „Nein, keine Sorge,

Christa; aber Ihr Frosch wird sich freuen! Ich habe ihn heute Morgen kennengelernt.“ Zusammen gingen sie durch den Garten am Pool entlang. „Sieh nur Dudley, Timmy hat sich selbst übertroffen mit seiner Tischdekoration.

Sagen Sie, Mareike, haben Sie das je erlebt, dass so alte Menschen wie Dudley und ich – er neunzig und ich achtzig- so herzlich begrüßt werden? Diesen Tisch zum Beispiel haben wir seit Jahren gehabt. Was bin ich froh, dass ich nun ein paar Wochen nicht zu kochen brauche!“

Steve und Mareike entschuldigten sich und nahmen ihre Plätze am langen Tisch ein. Steve flüsterte ihr ins Ohr „ich fand „klein meisje“ ganz reizend, dann zwinkerte ihr zu „aber „groot meisje“ hat auch viel für sich und soete sind sie beide.“

Als sie alle versammelt waren, informierte Yannis sie, dass für den nächsten Tag der Bootsausflug geplant war und zwar mit dem schönsten Boot auf dem Fluss.

Als die Terragruppe am nächsten Morgen, das Boot „The Kingfisher“ sah, waren alle beeidruckt. Ein junger Bootsmann, Huseyin und sein Begleiter Apo begrüßten alle herzlich und bald konnten sie den wunderschönen See Koycegiz bewundern. Es war ein klarer sonniger Tag, ringsherum spiegelten sich die blauen Berge in dem ruhigen Wasser und die Stille wurde so früh am Morgen nicht durch Ausflugsboote gestört. Die meisten Passagiere hatten ihre Kameras bereit, als Hüseyin bei den beginnenden Reet Beeten den Motor abschaltete. Beinah sofort konnten sie Kormorane, Störche und Kraniche beobachten. Direkt neben ihnen sprangen silbrige Fische hoch aus dem Wasser. Die Frage war, – sprangen sie aus Lebensfreude oder Todesangst? Selbst Mareike konnte diese Frage nicht beantworten. Sie war jedoch entzückt über die Vielfalt der Vögel, die sie filmen und fotographieren konnte. Nach einer Weile startete Hüseyin das Boot wieder und sie konnten die antiken Schlamm- und Schwefelbäder von Sultanye sehen.

Auch jetzt waren noch keine Touristenboote angekommen und

nur die lokalen Besucher der Quellen waren im Hintergrund zu sehen, die meistens mehrere Wochen zur Behandlung am Ort blieben. Apo pries den Erfolg der Bäder, der natürlich nicht durch einmal sechzig Minuten erreicht wurde, aber seit Jahrhunderten berühmt war.

Als er das Boot zur Rückfahrt wendete, lachte Hüseyin und sagte „an dieser Stelle sagt Dudley immer – „es ist Raki Zeit! Ist das auch ok mit Ihnen?“ Alle lachten mit ihm und er verteilte Raki Gläser mit einer großzügigen Portion, zu der er noch Eis und Wasser fügte. „Dann auf Dudleys Wohl“ rief Steve „wir werden es ihm heute Abend erzählen.“

Alle genossen die Bootsfahrt auf dem Fluss – vorbei an den schönen Baumgruppen, den Gartenrestaurants und den wildblühenden Oleandern, die sie schon auf dem Ausflug zum Markt bewundert hatten. Dann endlich kamen die spektakulären Felsengräber hoch über dem Fluss in Sicht. Und wenn man sie noch so oft gesehen hatte, jeder war von diesem Zeugnis der Vergangenheit zutiefst beeindruckt. Hüseyin manövrierte das Boot so nahe wie möglich an die steilen Felsen und Apo hielt einen faszinierenden Vortrag über die Menschen von Caunos und die Entstehung der Felsengräber. Die Terragruppe war erstaunt über Apos Wissen, bis sie erfuhren, dass er bis zu seiner Pensionierung Professor an der Universität gewesen war.

Wie üblich wurde gefilmt und fotografiert und die Fahrt ging weiter in Richtung Reet Beete. Die meisten von ihnen hatten den berühmten Film „The African Queen“ gesehen und erkannten die Szenerie, in der er gefilmt worden war. Das Reet war so hoch, dass ohne die Wegzeichen der Fischer, die Route zum Meer nicht zu finden gewesen wäre. Nicht auszudenken, in diesen Reet Beeten im Nebel verirrt zu sein! Aber jetzt schien die Sonne, der Himmel hatte das intensive Blau so typisch für die Türkei und am Ende der Reet Beete sahen sie die Fischer, die sich auf das Fangen von „blue crab“ einer lokalen Delikatesse spezialisiert hatten. Die meisten der Gruppe bestellten einige, die auf dem Rückweg abgeholt werden konnten.

Während sie noch mit den Fischern im Gespräch waren, erschien ein großer Kopf im Wasser. Der Fischer rief aufgeregt „Carretta, carreta" Fotoapparate wurden gezückt, Hüseyin schaltete den Motor ab, damit die Tiere nicht verletzt wurden. Was für ein seltener Glücksfall, diese wunderbaren, beinahe prähistorisch erscheinenden Kreaturen so dicht zu Gesicht zu bekommen. Besonders, seitdem es verboten war, sie zu füttern. Zu viele von ihnen waren verletzt worden, wenn sie vertrauensvoll dicht an die Boote kamen und landeten in der Carretta Auffangstation.

An ihrer linken Seite erstreckte sich meilenweit der einzigartige Iztuzu Strand, wo diese großen Schildkröten ihre Eier legten. Hüseyin steuerte ihr Boot auf einen schmalen Kanal zu, der den Strand von dem Land gegenüber trennte. Danach erreichten sie das offene Meer und Steve suchte nach Mareikes Hand. „Weißt du, was ich als so besonders wunderbar empfinde? Dass wir beide das Meer so sehr lieben. Ich könnte mir nicht vorstellen, entfernt vom Meer zu leben. Das war einer der Gründe, weshalb ich in London so unglücklich war. Ich brauche den Seewind in meinen Haaren und den Geschmack von Salz auf meinen Lippen." „Niemand versteht das besser als ich. Es ist genau der Grund, weshalb es mich jedes Wochenende nach Ameland zieht, ganz von Peer und meinen Eltern abgesehen," stimmte ihm Mareike zu. „Das Meer gibt mir die Kraft für alles. Und richtig glücklich kann ich nur im Meer sein. Mein Vater neckt meine Mutter noch heute und behauptet, ich sei eigentlich Neptuns Tochter. Meinst du, es wäre dir möglich auf unserem Rückweg ein Wochenende bei uns auf Ameland zu verbringen. Ich möchte zu gern, dass du meine Eltern kennenlernst!"

„Nichts wäre mir lieber, mein Meisje, aber ich muss erst herausfinden, ob meine Freunde noch ein paar Tage länger bleiben können und meine Tiere füttern. Nun pass auf, gleich ankern wir und schwimmen."

Eine malerische Felsenbucht lag vor ihnen. Die Sonne glitzerte durch das türkisblaue Wasser bis auf den silbrigen Sand am Meeresboden, beinah zu schön, um wahr zu sein.

„So, kleine Nixe, wer ist zuerst im Wasser?" Beide hatten ihre Badeanzüge schon unter ihren Shorts, sodass sie gleichzeitig mit einem perfekten Kopfsprung im Wasser landeten und sich lachend das Wasser aus den Haaren schüttelten. „Es ist einfach zu wunderbar, dies kristallklare Wasser, ringsherum keine anderen Menschen außer ihrer Gruppe, die sich mehr am Ufer aufhielten. Beide waren in ihrem Element und schwammen nur ungern zum Boot zurück, als Hüseyin sie zum Essen rief. Als Mareike gelenkig die Stufen zum Boot hochkletterte, sagte sie „wie himmlisch es auch war, in diesem lauen Wasser zu schwimmen, ist es auch herrlich, im Atlantik oder der Nordsee zu baden. Irgendwie fühlt man sich hinterher doppelt so lebendig wie vorher!" „Da stimme ich unbedingt zu. Wie wohl das Wasser im Schwarzen Meer ist, falls meine Grandma beschlossen hat, der Einladung zu folgen. Es wird für sie und Alex ein großes Abenteuer sein. Ich wette, sie hat schon angefangen zu packen!"

Kapitel 17

Damit hatte Steve durchaus recht; denn das war genau, was Joan jetzt vorhatte. Jedenfalls hatte sie damit begonnen, Listen zu machen. Mehr oder wenig wusste sie, wie die Temperatur sein würde. Aber sie hatte keine Ahnung, ob elegante oder sportliche Kleidung von ihr erwartet würde. Sie müsste sich bei Svenja erkundigen, auch ob Aeroflot Gepäcklimits hatte. Was sollte sie der Familie von Alex als Gastgeschenk mitbringen? Probleme, Probleme – als ob sie nicht schon genug zu tun hatte, seitdem Steve nicht da war. Zu allem Überfluss noch diese hässlichen Pflanzen, die sie noch immer in ihrem Gewächshaus hatte und die ihren Tomaten die Sonne wegnahmen. Sowie Steve wieder zu Haus war, sollte er sich darum kümmern! Genug war genug - murrte sie vor sich hin. Alex war beneidenswert, nichts konnte ihn aus der Ruhe bringen. Für Männer war sowie so alles einfacher, sie brauchten sich nicht um Lockenwickler, Hautcreme, Nagellack usw. zu sorgen.

Es würde ihr sehr merkwürdig vorkommen, nach so langer Zeit wieder mit einem Mann zu reisen; aber zwecklos sich jetzt darüber zu sorgen, schließlich kannten sie sich seit Jahrzehnten gut, und es hatte etwas für sich, wenn sich ein Mann um Fahrkarten, Pässe, zollfreies Einkaufen und alle möglichen anderen Sachen kümmern würde.

Plötzlich hatte sie eine gute Idee. Mary hatte vor einiger Zeit eine einfache Kohlezeichnung von Svenja auf einem von Marys Pferden gemacht.

Das würde ein ausgezeichnetes Geschenk für Svenjas Eltern sein. Sie müsste Mary überreden, es ihr zu verkaufen und es schlicht zu rahmen.

Das war wenigstens etwas, das sie auf ihrer Liste schon streichen konnte. Vor allem aber müsste sie Deidre anrufen, um zu hören, wie sie mit Steves Tieren fertig wurde. Sie war sehr erfreut, als sie gleich nach dem zweiten Läuten Deidres fröhliche Stimme hörte.

„Hi, Granny, mach dir keine Sorgen, den Tieren und mir geht es hervorragend. Ich genieße diese Zeit in der Natur mehr, als ich es für möglich gehalten hätte. Steve hat eine Botschaft hinterlassen, dass er einige Tage länger bleibt. Er will noch mit einem holländischen Mädchen, das er in Dalyan kennen gelernt hat, ein Wochenende auf Ameland verbringen. Ich freue mich jetzt schon auf sein Gesicht, wenn er statt seines Studienkumpels, mich hier findet!"
„Das ist ja mehr als merkwürdig, wie ärgerlich, dass ich nicht hier sein werde, wenn er zurückkommt," seufzte Joan „übrigens hast du von Jenny und James aus dem Tierheim gehört?"

„Mehr als das!" triumphierte Deidre. „Vorgestern hatten sie mich zum Abendessen eingeladen! Diese Jenny ist ein Glückspilz! James sieht nicht nur hervorragend aus, er ist auch ein ausgezeichneter Koch! Selbst du würdest ihm zwei Sterne geben, Grandma!"
„Was für gute Nachrichten" freute sich Joan „die beiden passen so gut zusammen, dass ich schon beinah Hochzeitsglocken höre!

Du weißt ja, dass Alex und ich in ein paar Tagen auf unsere große Reise gehen, und ich werde tatsächlich etwas nervös. Einfach in einem Hotel Urlaub zu machen ist etwas anderes, als wer weiß wo hin zu reisen und mit praktisch Fremden in einer Datscha zu wohnen.

Halt den Daumen, dass alles glatt geht, mein Schatz und pass auf dich auf!"

Wenigstens Deidre und der Zoo konnten von der Liste gekreuzt werden, nun Mary und die Kohlezeichnung. Auch da war kein Problem. Mary war sehr erfreut und versprach es am nächsten Tag vorbeizubringen. Außerdem hatte sie Neuigkeiten über Sally. Es sah nicht so aus, als ob sie in absehbarer Zeit nach Devon zurückkehren würde. Sie hatte sogar ihr Haus zum Verkauf inseriert! Aber Joans Gedanken waren bei Steve – ein holländisches Mädchen! Sie musste lachen, das passte ja etwas besser zu Devon als eine türkische junge Dame, wie sie schon gefürchtet hatte. Sie stand noch an ihrem Sekretär tief in Gedanken, als sie die Stimme von Alex hörte, der wissen wollte, wie weit sie mit ihren Reisevorbereitungen war. In seiner Gegenwart fühlte sie sich sofort viel ruhiger, die Vorfreude auf ihr Abenteuer kehrte zurück, als sie zusammen eine Tasse Tee tranken. Nicht mehr lange und sie wären unterwegs nach Heathrow. Sie war beruhigt, dass Sergey und Svenja mit ihnen zusammen nach St. Petersburg fliegen würden, wo sie ein paar Tage vor ihrer Reise in die Krim verbringen sollten.

„Hast du eine Ahnung, ob Svenjas Mutter Englisch spricht" fragte sie Alex. „Wenn nicht Englisch, dann ganz sicher Französisch. Mach dir keine Sorgen, die meisten Russen aus dem internationalen Kreis, sprechen mehrere Sprachen."

Es war nicht nur Joan, die besorgt war. Svenjas Mutter in St. Petersburg war bei den Vorbereitungen für ihre englischen Gäste. In ihrer diplomatischen Stellung hatte sie genug Hilfe und Gästezimmer in ihrem großen Haus; aber noch nie hatte sie Sergeys englische Verwandtschaft kennengelernt.

Svenja hatte ihr zwar ausreichend versichert, wie nett sie alle seien; aber sie wusste aus Erfahrung, wie schwierig es sein konnte, auf mehrere Wochen mit Gästen gut auszukommen. Sie schüttelte ihre dichten dunklen Locken. Schluss, sie sah ihre kleine Svenja so selten, dass sie jede Stunde mit ihr genießen wollte! Wie wunderbar würde es sein, mit ihr in der herrlichen Landschaft der Krim auszureiten. Die Zeit verging nur zu schnell, und ihre Tochter wäre auf dem Weg in das Internat. Vielleicht sollte sie doch Sergeys Bitten nachgeben und mit ihm in der Botschaft in London leben. Aber sie liebte das Landleben und der Gedanke, ohne ihre Pferde und Hunde in einer großen Stadt zu sein, war ihr verhasst.

Auf jeden Fall hatte sie sich vorgenommen, den Aufenthalt von Alex und Joan so harmonisch wie möglich zu gestalten. Vor allem, da Alex angeboten hatte, sich während der Ferien um Svenja zu kümmern.

Sie sah bewundernd auf das große Gemälde, das aus England angekommen, und sofort im großen Empfangsraum aufgehängt worden war. Sergey würde davon genau so entzückt sein, wie sie. Die weißen Wölfe, die aus dem nebeligen Wald kamen, schienen so realistisch und doch war die Impression irgendwie mystisch. Die englische Malerin war eine wirklich begnadete Künstlerin. Sie konnte es kaum erwarten, diese Mary mit ihrem Mann im Herbst als Gäste in der Krim zu haben. Mary sollte dann einige der Pferde portraitieren. Ob es ihr wohl gelang, die Schönheit ihrer Lippizianerstute auf ein Bild zu bannen?

Ekaterina drehte sich im Gästezimmer um, sie prüfte, ob Anya nichts vergessen hatte.

Blumen, Pralinen, Magazine, Obst und Wasser – alles war an seinem Platz. Noch ein Blick ins Bad, auch hier war alles in Ordnung. Das Menu für die nächsten Abende war bis ins kleinste Detail geplant. Nicht umsonst war die Gastfreundschaft von Sergey und seiner schönen Frau berühmt.

Als nächstes öffnete Ekaterina die Tür zu Svenjas Zimmer und lächelte beim Anblick der schicken neuen Reithose mit passendem Jackett, das sie als Überraschung für ihre Tochter über das Bett gebreitet hatte. Darauf, wie konnte es anders sein, hatte sich Svenjas heißgeliebte Katze ausgebreitet und drehte sich jetzt hoffnungsvoll um, damit ihr Bauch gekrault werden konnte. Sie schien zu spüren, dass Svenja auf dem Heimweg war. Wie schön würde es sein, wieder mit ihrer Tochter auf diesem Bett zu sitzen, ihrem Geplauder zu lauschen und dann zu sehen, wie sie ihre Übungen an der Barre machte. Glücklich seufzte sie und ging dann nach unten. Wie immer gefolgt von ihrem Schatten, der Borzoi Hündin, die sie seit Jahren hatte. Wie glücklich Svenja mit allen ihren Tieren sein würde. Natürlich hatte sie schon alles über Tiny, Breeze und Blue und sogar die Hühner gehört und die Fotos bewundert.

Zur gleichen Zeit dachte Steve an seine Tiere, auch wenn er gerade das herrliche klare Wasser beim Schwimmen genoss. Warum, sehr einfach! Die leckeren Düfte vom Grill zogen über das Wasser, gleichzeitig mit den Rufen von Hüseyin „lunch is ready!“

Er musste lachen, seine Tiere hätten keine Einladung gebraucht, der Duft hätte sie wie ein Magnet angezogen. Hüseyin und Apo hatten sich übertroffen. Der lange Tisch lud ein mit Salaten, frischem Brot, Wein, Bier und Wasser und Apo reichte Platten mit gegrilltem Fleisch, Champignons, Zwiebeln und Tomaten herum.

Ein wahres Festessen, das alle sehr genossen, sogar Eric, der Nöler hatte nichts daran auszusetzen.

Steve bewunderte die Leichtigkeit, mit der Hüseyin und Apo es fertigbrachten, die Mahlzeit zu bereiten, die Gäste zu bedienen und die Landschaft zu erklären, ohne im Geringsten gestresst zu erscheinen. Er würde dies auf jeden Fall dem Terra Travel Management zu verstehen geben.

Es war ihm wohl bewusst, dass die Zeit schneller verstrich, als ihm lieb war und er die Rückreise organisieren musste. Mit viel Glück war es ihm gelungen, seinen Flug über Amsterdam zu ändern. Darüber hinaus hatte er noch nicht gewagt zu planen. Vielleicht hatte sich Mareike Gedanken gemacht, weil sie doch großes Interesse an Lundy gezeigt hatte. Aber nun hatten sie noch ein paar Tage, die sie zusammen genießen konnten. Eine gemeinsame Zukunft wäre mit Sicherheit sehr problematisch, aber doch durchaus nicht ausgeschlossen. Es ging natürlich auch um Peer, Mareikes Sohn. Steve war immer gut mit Kindern ausgekommen und war überzeugt davon, dass er ein guter und verständnisvoller Vater sein könnte.

Als sie nach dem Mittagsessen in der Lagune hinter dem Iztuzu Strand kreuzten, schlug er Mareike vor, dass sie in den Ferien mit ihrem Sohn zu ihm nach Devon kommen sollten. Er nahm ihre Hand und sagte zögernd „meinst du nicht, das wäre eine gute Idee? Du hättest die Gelegenheit, eine Studie der Tauchpapageien auf Lundy zu überdenken und Peer und ich könnten uns kennenlernen. Obwohl ich dich warne, mein Cottage ist alles andere als elegant.

Vielleicht wird es dir wie Camping vorkommen. Aber es wäre so schön, dich noch etwas länger zu haben."

„Ich will ganz ehrlich zu dir sein, Steve. Mir würde ein Abschied jetzt, so kurz nachdem wir uns nähergekommen sind, auch sehr schwerfallen. Eigentlich treffe ich Entscheidungen, die auch Peer betreffen, nicht so leicht. Aber ja, Peer und ich werden nach Devon kommen. Dann werden wir sehen, wie die Dinge laufen. Ist das ok?" „Das ist mehr ok, es braucht einen Raki, um es zu besiegeln."

„Erinnerst du dich übrigens, dass Ber und seine Frau heute angekommen sind?" „Du kannst dir nicht vorstellen, wie ich mich freue, ihn und seine Frau kennenzulernen! Dudley hat mir erzählt, wie charmant er ist und was für ein hervorragender Künstler!"

Kapitel 18

Während Steve und Mareike die Sonne und Lagune genossen, war seine Großmutter mit Alex in einem Taxi auf dem Weg zur russischen Botschaft im grauen und regnerischen London, wo sie von Sergey und Svenja erwartet wurden.

Bald fuhren sie durch das eindrucksvolle Portal. Am Eingang empfing sie ein junger Mann in Livree, der sich ihres Gepäcks annahm. Ein anderer führte sie in das Foyer, wo eine aufgeregte Svenja sie erwartete und freudig begrüßte. Sergey, der an der Seite seiner Tochter stand, versicherte Ihnen, dass ihre Reise von jetzt an, so glatt wie möglich verlaufen würde. Der Botschaftswagen stand bereit, um sie nach Heathrow zu bringen.

Diese Art zu reisen, war unbedingt zu empfehlen, kein Gedrängel, kein Schlange stehen vor dem Check-in Schalter. Nur Entspannung in der eleganten VIP-Lounge mit einem Glas Krimsekt. Und so ging es weiter, preboarded in Businessclass, mit einem Drink willkommen geheißen, den neuesten Magazinen zur Auswahl, etc.

Joan and Alex waren in zwischen völlig entspannt und genossen diesen unerwarteten Luxus. „Also wirklich, so war es früher in British Airways, da machte das Reisen noch Spaß“ seufzte Alex und drückte Joans Hand. „Ich wette, wir werden diesen Urlaub sehr genießen.“

Liebevoll erwiderte Joan den Händedruck „nie hätte ich gedacht, dass ich jemals wieder so glücklich sein würde.

Wenn ich ehrlich sein soll, bin ich erstaunt, dass nicht die junge Joan aus Tintagel mich ansieht, wenn ich in den Spiegel schaue. Wie bringst du das bloß fertig, dass ich mich bei dir so jung fühle?“ Alex küsste in seiner charmanten Art ihre Hand „das ist sehr einfach, meine Liebe. In meinen Augen bist du immer jung geblieben.“

Nur zu schnell ging der Flug vorüber, Svenja hatte sich zu ihnen gesellt und erzählte begeistert über die Zeit, die sie mit Mary und ihrer Familie verbracht hatte. Und natürlich, wie sie sich auf die Krim, ihre Katze und ihre Mutter freute. Beide Alex und Joan lachten über die Reihenfolge.

Nach der Landung wurden sie aufs Wärmste von Ekaterina begrüßt, ein Wagen wartete schon, der sie zu einem großen Haus außerhalb der Stadt brachte.

In der großen Empfangshalle dominierte das Gemälde mit den weißen Wölfen eine gesamte Wand. Genau, wie Sergey es sich vorgestellt hatte, war es ideal für diesen Raum. „Hatte ich nicht Recht, dieses Bild zu kaufen“ rief er „ihr glaubt nicht, wie sehr ich mich darüber freue!“ Alex und Joan konnten ihm nur zustimmen.

Und zusammen machten sie gleich ein Foto und mailten es an Mary, die damit beschäftigt war, junge Pflanzen in einem der Gewächshäuser zu bewässern. Sie hörte das leise Ping von ihrem Handy und war entzückt zu sehen, wie gut ihr Bild in der großen Halle wirkte. Nicht zum ersten Mal war sie erstaunt, wie eine Kleinigkeit, das ganze Leben verändern konnte, wie zum Beispiel die Ankunft von Svenja in ihrer Familie es getan hatte. Ob wohl auch der rote „Verkauft“ Punkt unter ihrem „Wolfsbild“ die Jury beeinflusst hatte? Sicher würde sie es nie erfahren.

Die Tatsache war, dass sie jetzt mehr Kommissionen für Hunde- und Pferde Portraits erhielt, als sie bewältigen konnte. Und beinah fing sie an, sich dabei zu langweilen. Während sie stetig mit Begießen und Entfernen von welken Blüten fortfuhr, waren ihre Gedanken weit fort in der Krim, und was sie dort wohl malen würde. Natürlich waren die Pferdeportraits ihrer Kommission vorrangig, aber dann – sie konnte ihrer Fantasie kaum Zügel anlegen. Ein großes Gemälde wilder Pferde im Galopp durch die Taiga umhüllt von einer Staubwolke. Nur die drei führenden Tiere würden im Detail sein, alle anderen nicht viel mehr als eine Impression. Das Bild in ihren Gedanken nahm klarere Formen an. Es könnte - nein es würde spektakulär sein! Auf jeden Fall müsste sie eine große Leinwand vorausschicken.

Nun, da sie einen Plan gemacht hatte, konnte sie kaum die Zeit abwarten, ihn in die Tat umzusetzen. Sie holte ihr kleines Skizzenbuch und einen Stift aus ihrer Schürzentasche, setzte sich auf einen umgedrehten Eimer und begann ihre Idee zu Papier zu bringen. Sie konnte es genau vor sich sehen - die schönen Pferde mit fliegenden Mähnen und Schweifen. Hintergrund? Der aufgewirbelte Staub, der hinter der Herde verblasste - die Hauptimpression grau-gelb. Ihre Idee wurde immer klarer bis auf die Pferde. Svenja hatte ihr erzählt, dass die Lieblingsstute ihrer Mutter ein Schimmel sei; aber für dieses Gemälde bevorzugte sie Kastanienfarbe in allen Nuancen. Sie musste einfach abwarten, um zu sehen, was für Pferde die Familie besaß. Bald würde sie sicher mehr über die Krim von Joan hören.

Zur gleichen Zeit bewunderten Joan und Alex die Gästesuite, die sie während ihres Aufenthaltes bewohnen würden.

Ekaterina hatte zu ihrer Erleichterung erwähnt, dass sie an diesem ersten Abend keine weiteren Gäste zum Dinner erwarteten. Für die nächsten zwei Abende waren wieder Gäste eingeladen, die aber Englisch sprachen. Joan nahm die Kohlezeichnung von Svenja aus ihrem Gepäck, um sie ihren Gastgebern zu übereichen und bewunderte sie wieder. Es war nur eine Skizze; aber jede Linie war so sicher und lebendig, dass sie gewiss war, Ekaterina und Sergey würden sich sehr freuen. Alex hatte eine Flasche sehr alten und seltenen Malt Scotch als Geschenk gewählt.

Als sie nach unten gegangen waren, wurden sie gleich mit der Frage begrüßt, was sie als Aperitif wünschten. Wie Joan gehofft hatte, wurde das Bild von Svenja mit außerordentlich bewundert, und das Gespräch drehte sich gleich darum, was Mary wohl in der Krim malen würde. Für den nächsten Abend wurden Freunde von der Britischen Botschaft erwartet, die großes Interesse an Kunst hatten und sie freuten sich darauf, ihnen das Wolfsgemälde zu zeigen.

Der Abend war so ungezwungen, die Unterhaltung so interessant, dass alle Zweifel, die Joan an dieser Reise gehabt hatte, verschwanden und sie sich wie zu Haus fühlte. Svenja trug zur Unterhaltung bei und führte einen russischen Tanz vor, um zu prüfen, wieviel sie vergessen hatte, seitdem sie nicht ihrer strengen Routine gefolgt war.

Das Dinner und der Krim Wein übertrafen alle ihre Erwartungen. Mit großer Vorfreude lauschten sie daher der Beschreibung der Datscha und ihrer Umgebung.

Die nächsten Tage vergingen mit Ausflügen, Besichtigungen und Begegnungen mit Freunden und Familienangehörigen, die beide herzlich in der Familie willkommen hießen, und schon waren sie auf dem Weg - zuerst mit dem Flugzeug und dann mit dem Zug, bis sie ihr endlich ihr Ziel erreichten. Gleich nach ihrer Ankunft wurden sie in den wunderschönen Gästetrakt der Datscha geführt, der zu einem tropischen Garten mit Swimmingpool führte. „Was ich lieber als alles andere möchte, nach dieser langen Reise – wäre, in diesem einladenden Pool zu schwimmen“ gestand Joan. „Und was sollte uns davon abhalten“ war seine Antwort. „Erinnerst du dich nicht, wie wir vor Jahrzehnten immer die ersten im Meer waren? Nun mach schon, zieh deinen Badeanzug an, Wettrennen wie damals lassen wir lieber“ scherzte Alex.

„Himmlisch“ seufzte Joan, als sie sich von den Stufen wegtreiben ließ. Es war viel zu lange her, dass sie geschwommen war! In Devon fand sie die Brandung oft zu hoch und das Wasser zu kalt. Außerdem war das Umkleiden am Strand in ihrem Alter zu unbequem. Aber dies war wunderbar. Der gute, alte Alex, immer bemüht, ihr jeden Wunsch zu erfüllen, ganz anders als die meisten Männer!“

Erfrischt von ihrem Bad hatten beide Sommerkleidung angezogen und waren zu ihren Gastgebern auf die Terrasse gegangen. Sie dankten beiden noch einmal für die Gelegenheit, einen so schönen Ort kennenzulernen. Sergey erklärte ihnen dann, dass sein Anwesen seit Generationen im Familienbesitz war und mit viel

Glück und noch mehr guten Beziehungen zu einflussreichen Kreisen noch immer ihr Eigentum war.

Svenja war im Stall verschwunden, um mit ihren Tieren Wiedersehen zu feiern. Ekatarina sagte resigniert. „Ich glaube nicht, dass wir viel von ihr sehen werden. Sie verbringt die meiste Zeit im Stall.

Aber sie bemüht sich so sehr, die Pferde selbst zu bürsten und für sie zu sorgen, dass wir ihr freie Hand lassen. Hoffentlich macht es euch nichts, dass wir hier ein sehr ruhiges Leben führen. Direkt an der Küste sind zu viele Touristen. Meistens unternehmen wir hier nur ein paar Segeltouren mit Freunden. Aber ich glaube kaum, dass Langeweile aufkommt. Entspannt und erholt euch! Habt ihr Lust, mit zu den Ställen zu kommen und unsere Pferde zu bewundern? Es ist zu schade, dass ihr das Reiten aufgegeben habt, Das ist eigentlich unsere Lieblingsbeschäftigung hier.“ „Macht euch bitte keine Sorgen um uns, wir werden die Zeit hier in diesem wunderschönen Garten ohne irgendwelche Sorgen um Kinder oder in unserem Fall Enkelkinder sehr genießen“ beruhigte Joan ihre Gastgeber und dachte dabei an Steve in der Türkei.

Kapitel 19

Wie schade war es, dass Joan ihren Steve nicht sehen konnte, wie glücklich er mit Mareike ihre gemeinsamen Zukunftspläne besprach. Die erste Station sollte die Insel Ameland sein, um Mareikes Eltern und ihren Sohn kennen zu lernen. Dann musste sie von ihrer Universität einen Lehrauftrag bekommen, um die Tauchpapageienkolonie auf Lundy zu studieren. Eins war gewiss, dass sie ihren Peer nicht mit auf Lundy haben dürfte; aber Steve bot sofort an, ihn bei sich zu haben. Immerhin war er schon vierzehn Jahre alt und er hatte immer gut mit Jugendlichen umgehen können. „Ich brauche nur ein paar Tage in Devon, um mich vorzubereiten, wenn ich zurück bin und garantiere dir, dass er bei mir und den Hunden viel Spaß haben wird!“ Beide freuten sich auf ihr Zusammensein in der Zukunft. Steve hatte während der letzten Tage auch fleißig an dem Film gearbeitet, den er Claire und Terra Travels versprochen hatte. Er war überrascht, wieviel Freude es ihm machte, die Szenen, die er gefilmt hatte, zunächst in chronologische Reihenfolge zu bringen, an einem Text zu arbeiten und geeignete Hintergrundmusik zu finden, um das Ganze lebendig zu gestalten. Er plante, am letzten Abend, den Teilnehmern diesen Film vorzuführen und war gespannt auf das Echo. Wenn er gut aufgenommen wurde, wäre es kein Problem, für alle Kopien zu machen. Ein sicher sehr willkommenes Extra auch für zukünftige Reisen, überlegte er.

Nicht nur Joans Gedanken waren in der Türkei, Mareikes Eltern waren sehr erstaunt und mehr als erfreut, als sie die Mail ihrer Tochter empfingen. „Ich bringe einen ganz besonderen Freund mit zum Wochenende, den ihr kennenlernen sollt.“

Beide sahen sich hoffnungsvoll an, als sie Nachricht noch einmal studierten. „Ein ganz besonderer Freund“ klang vielversprechend. Beide hofften so sehr, dass ihre einzige Tochter nach ihrer Tragödie doch wieder Liebe finden würde. Aber nach so vielen Jahren hatten sie beinah die Hoffnung aufgegeben. Sie kannten ihre Mareike zu genau und wussten sehr wohl, dass es ein ganz besonderer Mensch sein müsste, der den Vergleich mit ihrem Lars bestehen würde. Der arme Steve würde sehr kritisch beurteilt werden. Aber eins stand fest, sie würden ihr Möglichstes tun, um ihn willkommen zu heißen. Damit begann sie ihre Vorbereitungen, vor allem Mareikes holländische Lieblingsspeisen zu bereiten, die viel Zeit kosteten, wie marinierte Heringe mit Bratkartoffeln. Hoffentlich würden sie diesem „besonderen" Freund auch schmecken! Auch für den jungen Peer würde es gut sein, die Wochenenden nicht ausschließlich mit seinem Großvater als männlicher Bezugsperson zu verbringen, obwohl sich die beiden hervorragend verstanden. Sie lächelte glücklich, wenn sie daran dachte, wie selbstverständlich Peer seinen Großvater auf seinen Besuchen begleitete.

Pieters große Hoffnung war, dass der Junge eines Tages seine Tierarztpraxis übernehmen würde. Schon als Dreikäsehoch hatte er die richtige Einstellung zu Tieren gehabt. Ja, sie nickte vor sich hin, ihr Peer hatte das Herz auf dem richtigen Fleck. Und nun ein besonderer Mann im Leben seiner Mutter? Antjes Gedanken wanderten weiter – sicher ein Brite, dachte sie. Nun sie hatte nichts gegen Briten einzuwenden. Im Gegenteil, sie erinnerte sich gern an den Besuch der Rotarier von Devon nach Amsterdam vor vielen Jahren und wieviel Spaß sie mit einem der Tierärzte gehabt hatten. Dudley, wenn sie sich recht erinnerte. Ob er und seine reizende Frau wohl noch am Leben waren?

Während diese Erinnerungen in Antje wach wurden, war Dudley gerade im Begriff, ihre Tochter mit dem herzlichen Kuss und der speziellen Dudley Umarmung zu begrüßen, die er für besonders attraktive Damen reservierte.

Hier, Riet und Ber, ihr werdet euch sicher freuen, eine Wissenschaftlerin aus eurem schönen Amsterdam kennen zu lernen – Mareike van Doorp, die Tochter von einem Rotarier Freund und Veterinärkollegen, dem ich schon öfters begegnet bin."

Wie nicht anders zu erwarten, war diese neue Bekanntschaft ein voller Erfolg. Riet und Ber nahmen Mareike zum Abendessen für sich in Beschlag und saßen zusammen mit Dudley an einem Tisch. Steve hingegen nahm seinen Platz bei der Gruppe ein. Das Foto von Marys Wolfsbild hatte bei ihm tatsächlich Heimweh nach seinen eigenen Tieren ausgelöst. Er war sich sicher, dass auch sie ihn vermissten, besonders Tiny. Er stellte sich vor, wie sie sich im Auto an ihn schmiegte und ihn mit ihren goldenen Augen ansah. Für ihn würde sie immer ein ganz besonderer Hund sein. Und dann Breeze, die rassige Windhündin, es würde nicht lange dauern, und sie wäre ihm genauso ans Herz gewachsen. Beide würden den kleinen Blue verwöhnen und beschützen. Wenn er so an sein Leben dachte, konnte er sich nicht vorstellen, jemals wieder einen gut bezahlten Bürojob anzunehmen. Er würde ein solches Leben nicht ertragen können und Mareike unglücklich machen. Er müsste abwarten, wie Mareike sein Leben in Devon aufnahm.

Nachmittags hatte er mit großem Schwung den Dalyan Film fertiggestellt und war mit diesem ersten Versuch nicht unzufrieden. Er war nicht zu lang, hatte einen guten Anfang, viel Interessantes, eine Anzahl von humoristischen Momenten und ein wirklich ausgezeichnetes Ende. Auch die Hintergrundmusik, die er gewählt hatte, erschien ihm perfekt. Nun plante er eine erste Vorstellung nach dem Abendessen.

Eine etwas geänderte Version für Claire hatte er auch schon fertig gestellt. In der Tat hatte er so reichliches Fotomaterial, dass er plante, ein Fotobuch zusammenzustellen und nach ihrer Rückkehr, den Reiseteilnehmern als kleines Momento zu senden. Als er dabei gewesen war, seine Akten aufzuräumen, war der Terra Travel Rep. vorbeigeschlendert, und Steve hatte ihm von seinen Plänen erzählt. Der war sofort von seinen Ideen sehr beeindruckt und erkundigte sich, ob Steve nicht Interesse hätte, enger mit der Firma zu arbeiten. „Du scheinst eine so nette Beziehung zu den Gästen aufzubauen und hast so gute Ideen. Vielleicht würde dich auch die Reiseplanung interessieren?" „Um ehrlich zu sein, würde mich das sehr reizen. Ich werde ernstlich darüber nachdenken und auf Vorschläge von der Geschäftsleitung warten. Hoffentlich findet der Film heute Abend Anklang? Wie wäre es mit einem Brandy für alle von Terra spendiert, das würde sicher Beifall finden, wenn Timmy ihn mit dem Kaffee nach dem Essen servieren würde."

Nach dem Essen verteilten sich die Gäste in die bequemen Sessel im Aufenthaltsraum, wo Timmy damit beschäftigt war, Kaffee und Kognak zu servieren.Steve räusperte sich und wandte sich an alle „Hoffentlich werden Sie nicht zu ungnädig mit mir umgehen, bedenken Sie bitte, dass dies mein erster Versuch ist, den Preis von Cannes zu gewinnen. Ihnen allen danke ich für Ihr Interesse und Ihre Kooperation. Ich bin sicher, dass wir alle uns über dieses Momento an einen außerordentlich interessanten und schönen Urlaub freuen werden. Außerdem möchte ich die Gelegenheit nicht versäumen, Özden und Frank für ihre Gastfreundschaft zu danken." „Hört, hört," kam das Echo von den anderen. „Dies war so viel mehr wie ein Hotelaufenthalt! Wir haben uns gefühlt wie Freunde. Wir alle danken Ihnen!"

Darauf waren alle von der Musik beeindruckt, die er für die ersten Impressionen des Hotels mit Garten und Pool gewählt hatte. Besonderen Beifall bekam die Großaufnahme vom Frosch. Steve hatte wirklich das Beste aus schöner Landschaft, den faszinierenden Ruinen einer alten Kultur, Tieren, dem Meer und den Bergen herausgeholt. Mareikes Aufnahmen von seltenen Vögeln hatte er teilweise eingefügt. Das pulsierende Leben auf dem Markt mit dem Überfluss von Obst und Gemüse war überwältigend in allen seinen dramatischen Farben. Etliche urkomische Szenen vom Benehmen der verschiedensten Touristengruppen in den Schlammbädern waren unbezahlbar. Ganz einfach – mit diesem Film hatte er ein einmaliges Kaleidoskop von ihrer Zeit in der Türkei geschaffen und der laute Applaus am Ende des Films überzeugte

Steve, dass es ein Erfolg war. Mareike umarmte ihn „das war super, genau richtig mit so vielen interessanten Beiträgen, guter Fotografie und einem völlig neuen frischen Gefühl für einen Dokumentarfilm. Dieses Lob von Mareike bereitete ihm mehr Freude als alles andere. Er freute sich schon darauf, den Film seiner Grandma und Alex zu zeigen. Selbst, wenn sie die Zeit in der Krim von Herzen genossen, war er überzeugt, dass sie sich im Sultans Palas sehr wohl fühlen würden.

Kapitel 20

Wie gut war es, dass er nicht wissen konnte, dass Joan und Alex mit Ekaterina und Sergey in tiefster Sorge waren. Svenja war vor zehn Stunden mit ihrem Hund Baro ausgeritten und noch nicht zurückgekehrt.

Zunächst hatte sich niemand um Svenja Sorgen gemacht, weil sie eine so gute Reiterin war und die Umgegend sehr gut kannte. Ihr Hund würde außerdem immer den Weg zurückfinden. Er war der Sohn von Ekaterinas Barsoi Hündin Tatja und die beiden waren meist unzertrennlich. Tatja saß jetzt mit ihrem Kopf auf Ekatarinas Knie und winselte kläglich.

„Sie fühlt genau, wie besorgt ich bin" bemerkte sie zu den anderen. „Es ist erstaunlich, wie Hunde sich auf ihre Besitzer einstellen, und manches Mal fragt man sich, ob sie nicht mehr wissen, als wir." Ungeduldig sprang sie auf und rief „Sergey, ich fühle, dass sie mir irgendetwas sagen will. Sieh doch nur, wie aufgeregt sie ist, ganz anders als sonst." Die anderen boten an, sie zu begleiten; aber sahen ein, dass es wenig Sinn hätte. Sergey hatte Tatja an der Leine und sie machten sich mit dem Stallburschen und einem der Gärtner auf den Weg, alle mit Decken und starken Taschenlampen versehen.

Tatja winselte ungeduldig mit ihrer Nase auf der Fährte und zog an der Leine. Sie folgten ihr mehr als eine Stunde, bis sie an einen Gebirgsbach kamen. Tatja bellte einmal schrill auf, spitzte ihre Ohren und bellte noch einmal.

Aus anscheinend weiter Ferne schienen sie ein erbärmliches Heulen zu hören und Tatja warf sich so stark nach vorn, dass Sergey die Leine aus der Hand rutschte. Der Hund durchquerte das Gewässer und war im dichten Wald verschwunden. Ekaterina, Sergey und die anderen folgten so schnell sie konnten. Ekaterina war in Tränen ausgebrochen, als die Hündin verschwand. Sergey sprach ihr zu, so gut er konnte “sie würde dich niemals verlassen, Katinka, du weißt, wie sehr sie dich liebt.“ Tatsächlich kam sie zurück, bellte als ob sie wartete. Nun konnten auch sie das jämmerliche Heulen des jungen Hundes deutlich hören und begannen nach Svenja zu rufen. Plötzlich brach Svenjas Pferd durch das Unterholz, es schnaufte und zitterte vor Angst. Der Stallbursche packte die schleifenden Zügel und beruhigte das verängstigte Tier. Gleichzeitig winkte er die anderen zurück, der Boden fiel scharf nach unten ab zum Strand. Vorsichtig erreichten sie das Kante und sahen Svenja zusammengekrümmt regungslos mit dem Hund an ihrer Seite im Sand liegen. Tatja war die erste, die ihren Weg nach unten fand und wurde freudig von ihrem Sohn begrüßt. Svenja rührte sich nicht. Auch die anderen gelangten nach unten und erreichten das verletzte Kind. Sie schien ein Bein gebrochen zu haben und war dabei, wieder zu Bewusstsein zu kommen. Es würde ein Problem sein, sie nach Haus zu transportieren. Die einzige Möglichkeit war, sie auf einer Decke am Strand entlang zu ziehen. Aber sie hatten Glück, ein Fischer sah ihre Lichtsignale und nahm sie an Bord. Im Hafen mussten sie warten, bis ein Land Rover sie ins Jalta Krankenhaus brachte, wo Svenja sofort die beste medizinische Hilfe erhielt; während der Stallbursche mit Gärtner, Hunden und dem Pferd am Strand den Weg zurück zur Datscha fanden.

Angekommen, konnten sie Alex und Joan beruhigen, dass sie Svenja gefunden hatte. Trotzdem warteten sie bis die anderen völlig erschöpft in den frühen Morgenstunden zurückkehrten.

Joan zog die blasse Ekaterina in die Arme „wir wollen alle sehr dankbar sein, dass wir unser kleines Mädchen in Sicherheit haben. Nun musst du dich von diesem schlimmen Schock erholen. Junge Körper und Seelen sind widerstandsfähiger, als man annimmt und Svenja ist ein so tapferes kleines Mädchen. Jetzt musst du versuchen, für sie stark zu sein.“ Wie gut, dass wie in jedem russischen Haus, der Samowar immer bereit war, und Sergey schenkte sich und seiner Frau ein Glas Tee ein. Damit setzten sie sich und berichteten, an was Svenja sich erinnern konnte. Ein Reh war unerwartet aus den Dornenhecken gekommen und hatte ihr Pferd so erschreckt, dass es Svenja abgeworfen hatte und zwar gerade an dem Abhang zum Strand. Sie konnte sich an nichts anderes erinnern. Am ganzen Körper hatte sie schwere Prellungen, ein Bein war gebrochen, das andere verstaucht. Sie hatte großes Glück gehabt, mit so relativ leichten Verletzungen davon gekommen zu sein.

Ekaterina zog ihre Hündin Tatja an sich „und du, mein Liebling, warst ein so kluges Tier und hast sie für uns gefunden. Wie gut, dass ich meinem Instinkt gefolgt bin, und dir folgte. War es nicht außergewöhnlich, dass sie ihren Sohn von meilenweit entfernt hörte! Und nun müssen wir alle versuchen, uns zu entspannen und ins Bett gehen."

Obwohl Alex und Joan übermüdet waren, beschlossen sie noch, so bald wie möglich ihre Abreise zu planen.

Unter den gegebenen Umständen wollten sie auf keinen Fall ihren Gastgebern irgendwie zur Last fallen. Die beiden wollten ganz sicher so viel Zeit wie möglich mit Svenja verbringen und sollten sich nicht um Gäste sorgen müssen. In ein oder zwei Tagen würden sie das Thema anschneiden und versuchen, sich mit einer Reiseagentur in Verbindung zu setzen. Mit Sicherheit würde ihre Rückreise nicht so reibungslos und bequem verlaufen wie die Reise hierher mit Sergey; aber sicher würde er sein Möglichstes zu, um ihnen zu helfen. Am nächsten Morgen waren beide nach einer schlaflosen Nacht müde und abgespannt.

Die Vorbereitungen, um Svenja nach Haus zu bringen, liefen in vollen Touren. Ein Krankenbett war schon angeliefert und eine Pflegerin war auf dem Weg, um für die kleine Patientin zu sorgen. Joan und Alex waren erstaunt, dass es fast nichts gab, dass Sergey nicht organisieren konnte. Davon ermutigt, schlug sie Sergey vor, ein Sketchbuch, Pinsel und Farben zu besorgen, damit Svenja etwas zu tun hatte, wenn sie sich etwas erholte. Er folgte nur zu gern ihrem Vorschlag und Joan sah, dass Papier, Farben, Pinsel und sogar ein Lehrbuch von einer englischen Künstlerin auf Svenja warteten. Joan hatte keine Ahnung, ob sich Svenja überhaupt für Malen interessierte; aber sie hoffte, dass das Zusammensein mit Mary, es geweckt hatte. Sicher wäre es eine große Hilfe, die Langeweile während der Genesung zu vertreiben.

Nach etlichen Diskussionen hatten Joan und Alex ihre Gastgeber davon überzeugt, dass es für alle besser wäre, wenn sie ihren Aufenthalt abbrechen würden und Sergey hatte die nötigen Reservationen für sie vorgenommen.

Innerhalb weniger Tage war Svenja mit einer Krankenschwester in der Datscha installiert. Sie war vor allem beruhigt, dass weder ihr geliebtes Pferd noch Baro Schaden genommen hatten.

Baro verließ kaum ihre Bettseite und brachte hoffnungsvoll immer wieder seinen Ball, bis er einsehen musste, dass seine Svenja vorläufig keinen Sinn für ihre üblichen wilden Spiele hatte, und er sich dann vor ihrem Bett niederließ und glücklich war, dass ihre Hand auf seinem seidigen Fell lag.

Ekaterina mit ihrem Schatten Tatja kamen oft ins Krankenzimmer, um Svenja Gesellschaft zu leisten oder nur nach dem Rechten zu sehen. Svenja war mehr als dankbar, dass sie in ihrem schönen Heim sein konnte, verwöhnt und geliebt bei ihren Eltern. Das Elend von anderen Menschen in den Korridoren des Krankenhauses in Jalta hatte sie sehr beeindruckt, und sie begann zum ersten Mal zu begreifen, welche Privilegien die Stellung ihres Vaters ihr verschaffte. Alles Dinge, die sie als selbstverständlich akzeptiert hatte. Sie war zu jung und unerfahren gewesen, um es zu verstehen. Was es zum Beispiel bedeutete, dass sie auf ein englisches Internet gehen konnte, wenn sie wieder gesund war. Sie sah jetzt auch, wie verwöhnt und dumm sie gewesen war, einfach wegzulaufen und was für großes Glück sie gehabt hatte, dass Steve sie gefunden hatte. Viele, viele Gedanken wanderten ihr durch den

Kopf, als sie so im Bett lag und in den schönen Garten blickte. Sie dachte auch an Mary in Devon, wie hart sie arbeitete und wie sie und ihre Familie doch so glücklich und zufrieden schienen. Dann erinnerte sie sich an Marys Bilder und wie sehr sie sie bewunderte.

Als sie das Kunstmaterial entdeckte, dass ihr Vater für sie besorgt hatte, war sie zutiefst berührt, wieder zu sehen, wie sehr ihre Eltern ihr helfen wollten. Sie hatte noch nie ernsthaft probiert, zu zeichnen oder zu malen; aber nun entschloss sie sich, es zu versuchen. Sie begann damit, das Kunstbuch durchzublättern. Die Autorin war eine Malerin, die Blumen als ihr Lieblingsthema hatte und die verschiedenen Formen so interessant beschrieb und illustrierte, dass die Zeit schnell verging. Svenja bat ihre Mutter um ein paar Exemplare aus dem Garten, um sie zu zeichnen.

Beide Svenja und ihre Mutter waren überrascht, wie gut ihre ersten Versuche waren. Als nächstes begann sie, Baro zu zeichnen und entdeckte, mit Erstaunen, dass sie großes Talent für Karikaturen hatte.

In kurzer Zeit hatte sie ein paar reizende Skizzen von einem völlig gelangweilten Baro fertig, der mit einer Brille auf seiner aristokratischen Nase versuchte, die Zeitung upside down zu lesen. Dann machte sie einige Skizzen von ihrer Katze, wie sie sich vergnügte, einen Schmetterling zu fangen. Sie freute sich so sehr über dieses neu entdeckte Talent, dass sie Fotos von ihrer Arbeit machte und sie an Mary mailte.

Wenn Joan und Alex auch ihre Zeit mit Sergey und seiner Familie sehr genossen hatten, freuten sie sich nun doch auf ihre Heimkehr. Sergey hatte versucht, ihnen die Reise so angenehm wie möglich zu machen. Er würde sie bis Jalta bringen und dann mussten sie sich allein durchschlagen mit einem russisch-englischen Wörterbuch bewaffnet. „Wenn wir erst im Flugzeug sitzen, werde ich wirklich dankbar sein“ seufzte Joan, als sie ihren Koffer schloss. „Mach dir nicht so viel Sorgen, es wird schon alles glatt gehen und bedenke, dass keiner von unseren Freunden eine so interessante

Reise gemacht hat. Oder wollen wir nächstes Mal wirklich ein so langweiliges Ziel wie Brighton oder Bath aussuchen?" Wenn Alex sie auch neckte, würde er ebenso froh sein, wenn sie Devon erreicht hätten. Sie waren beide schon etwas zu alt, um die Ostblockstaaten zu bereisen. Allerdings könnte er nun im Rotarier Club einen Vortrag halten „Meine Reisen in Russland". Er musste über sich lachen, weil er bei allem etwas Positives fand.

Kapitel 21

Nicht nur Joan war am Kofferpacken – weit von der Krim entfernt in der Türkei, war Mareike erleichtert, als sie mit Packen fertig war. Sie nahm sich einen Augenblick Zeit, ging auf ihre Terrasse und setzte sich in den Korbsessel, um alles, was in so kurzer Zeit geschehen war und ihr Leben völlig umgekrempelt hatte, vor ihrem geistigen Auge vorüber ziehen zu lassen. Unwillkürlich schüttelt sie ihren Kopf, sie konnte einfach nicht aufhören, glücklich zu lächeln. Wie albern musste das aussehen! Aber sie konnte es nicht ändern. Sie war eben ganz einfach glücklich und konnte es kaum abwarten, dieses Glück mit ihren Eltern und Peer zu teilen. Sie wusste, dass ihr Sohn verstehen würde, was sie für Steve empfand und war zuversichtlich, dass er ihn in nicht allzu langer Zeit vielleicht nicht gleich als Vater, aber doch als väterlichen Freund betrachten würde. Wie schön würde es werden, wenn sie ein Leben als Familie mit ihren Tieren in der Natur zusammen haben würden. Es wäre perfekt. So träumte sie vor sich hin, streckte ihre langen, gebräunten Beine aus und schloss die Augen. Die Sonne war gerade richtig, nicht zu heiß - nur sanft und mild.

Bald würde sie daheim sein, sie freute sich auf die unberührten Dünen, die Weite des Strandes und den Wind in ihren Haaren. Sie fühlte, dass Steve es genauso lieben würde, wie sie selbst.

„Wie schön, ein so glückliches Gesicht zu sehen!“ Dudleys Stimme unterbrach ihre Träumerei „wir werden euch junge Leute schwer vermissen, wenn ihr abgereist seid!

Wo ist denn dein junger Mann?“ „Oh, er ist immer noch dabei, seine Aufzeichnungen zu sortieren. Er meinte, in seinem Cottage wäre nicht genug Platz für Bürosachen.“ Dudley schmunzelte „das kann ich nur wiederholen. Sogar meine Hundezwinger haben mehr Komfort. Aber nur keine Panik; mit etwas weiblicher Organisation, ist es sicher möglich, Ordnung zu schaffen. Was ich gern wissen möchte ist, wie lange ihr in Devon sein werdet?“ Mareike lächelte „schwierig zu sagen, es kommt auf zu viele Fakten an, die ich erst an Ort und Stelle klären kann, wie zum Beispiel ein gutes Internat für Peer.“ „Dann hoffe ich, du wirst dich für West Buckland entscheiden, meine Söhne und Enkelkinder waren dort alle glücklich. Sie treiben da viel Sport, das vertreibt alle dummen Gedanken bei den Bengeln!“ Mareike konnte sich ein Kichern nicht verkneifen „jetzt sehe ich, wieso Sie sich so gut mit meinem Dad verstehen, Dudley. Hoffentlich werden Sie ihn bald wieder einmal treffen!“ „Das hoffe ich auch, kann ich vielleicht Hochzeitsglocken hören?“ Christa schüttelte den Kopf „du bist wirklich manchmal furchtbar, Dudley! Bitte nimm keine Notiz von ihm, Mareike!“ „Keine Angst, Sie werden die Ersten sein, die es zu hören bekommen!“

Bald wurden die Abreisenden von der „Özden“ auf die andere Seite des Flusses gebracht. Sie bewunderten zum letzten Mal die rosa und weißen Oleanderbäume an den Straßenseiten, bis sie den Flughafen erreicht hatten und sie das Check-in für Amsterdam statt Exeter suchten.

Kapitel 22

Der erste Teil des großen Abenteuers für Steve konnte beginnen. Obwohl Mareike aufmunternd seine Hand drückte, war er doch ziemlich nervös. Schließlich traf man seine künftigen Schwiegereltern nicht jeden Tag. Er musste auch an seine eigenen Eltern in der Gironde denken, die keine Ahnung hatten, dass ihr Sohn sich mit Heiratsplänen trug.

Er konnte nicht ahnen, dass sein Vater gerade dabei war, kalten Rose´ Wein in zwei Gläser zu schenken. „Dies ist auf Steves Wohl. Wie ich von meiner Mutter höre, ist er wieder auf Tour. Hoffentlich findet er bald zu sich selbst."

Es war ein wunderschöner Abend in der Gironde. Die Sonne stand noch hoch über ihrem Tal und färbte die alten grauen Steine ihrer Gite mit warmen Honigtönen. Susan erhob auch ihr Glas und atmete die Blume des Weines ein. Sie sagte anerkennend „dies ist wirklich einer deiner besten Weine, Harry! Ich gratuliere!" „Wir hatten ein besonders gutes Jahr für Reben, ein großes Glück! Wenn doch nur unsere Kinder es mit uns teilen könnten!" Er sah auf den blühenden Garten, den einladenden Schwimmteich, der sich so harmonisch in die Landschaft einfügte, viel besser als es ein Pool getan hätte. Und auch viel weniger Aufwand, wenn er die natürliche Balance erreicht hatte.

„Ich glaube, wir müssen zugeben, dass wir beide immer sehr unabhängig gewesen sind und unser eigenes Ding gemacht haben – „we followed the desires of our own hearts" wie es in der Bibel heißt. Und nun ernten wir das Resultat. Es wäre doch schön, wenn wir mehr von unserer Familie sehen würden und etwas junges Leben um uns hätten."

Nachdenklich sah Harry in sein Glas. „Komm, Darling, lass den Kopf nicht hängen, vielleicht werden wir es mit Enkelkindern erleben." Damit versuchte Susan ihren Mann aufzuheitern „lass uns darauf trinken und uns vorstellen, wieviel Freude es uns machen würde, ihnen Schwimmen und Angeln beizubringen," dann lachte sie und fügte hinzu „obwohl, wenn sie nach Steve arten, werden sie unter Garantie mit einem Surfboard und einem Welpen an der Leine geboren ."

Darauf brachen beide bei der Vorstellung von ihrem blondköpfigen kleinen Sohn in Gelächter aus. Wie schon oft zuvor zweifelten sie, ob sie das Richtige getan hatten, als sie sich für das Leben auf dem Kontinent so weit entfernt von ihren beiden Kindern entschieden. „Weißt du, wir schreiben ihnen eine Karte und erinnern sie daran, dass sie hier betagte Eltern haben, die sie gern einmal sehen möchten."

Kapitel 23

Pieter von Doorp, Mareikes Vater wartete geduldig in Schiphol, dem Flughafen von Amsterdam, um seine Tochter und Steve abzuholen. Seinen Enkelsohn hatte er nach heftigen Debatten zurückgelassen, da er glaubte, es würde zu emotional für ein erstes Treffen. Selbst er, der immer so nüchterne Tierarzt, stellte fest, dass er sehr aufgewühlt war. Mareike, sein innig geliebtes Meisje, war sein ein und alles, und sie an einen anderen Mann zu verlieren, würde ihn mehr schmerzen, als er zugeben wollte. Aber er war sich gewiss, dass er im ersten Augenblick wissen würde, ob Mareike die richtige Wahl getroffen hatte. Nachdem er erfahren hatten, dass old Dudley, der Tierarzt in Devon diesen Steve kannte, war ihm schon etwas wohler zu Mute. Das war ein Mann, der ähnliche Werte hatte, wie er selbst, und er war überzeugt, dass alle Menschen, die Tiere liebten, das Herz auf dem richtigen Fleck haben.

Er hörte, die Bekanntmachung, dass das Flugzeug aus Dalaman gelandet war, und der Moment der Wahrheit war für ihn gekommen.

Sowie er den hochgewachsenen Mann neben Mareike erblickte, wusste er – sein Meisje hatte die richtige Wahl getroffen. Dies war ein Mann, der für seine Tochter und seinen Enkelsohn sorgen würde. „Kommt, lasst uns keine Zeit verschwenden. Deine Mutter, Peer und die Hunde warten und wir haben noch eine lange Fahrt vor uns. Die Fähre ist gebucht, wie schön, euch zu Hause zu haben."

Steve sagte wenig während der Fahrt. Er freute sich, dem lebhaften Gespräch von Tochter und Vater zuzuhören, aus dem hervorging, wie gut sich die beiden verstanden. Als sie auf der Fähre waren, roch es beinah wie in Devon – die Salzluft, die steife Brise und der Seetang. Es war inzwischen stockdunkel, und er konnte die ersten Lichter der Insel sehen. Die Fahrt durch ein oder zwei Dörfer, dann durch einige kahle Dünen endete vor einem niedrigen Farmhaus zwischen Hecken von Rosen, wie sie auf allen friesischen Inseln wachsen und deren süßer Duft in der Abendluft lag.

Die schwere dunkelblaue Tür wurde geöffnet und ein Junge mit zwei silbrigen Weimaranern stürmte heraus, gefolgt von einer blonden Frau.

Pieter legte einen Arm um Steves Schultern. „Sie müssen diese Aufregung entschuldigen, wir sind immer so glücklich, wenn Mareike nach Haus kommt. Dies ist Antje, meine Frau. Wir beide haben uns sehr darauf gefreut, Sie kennenzulernen." Antje sah Steve an, nahm ihn in die Arme „wie wunderbar, dich hier zu haben – es macht doch nichts, wenn ich du sage? Wir möchten, dass du das Gefühl hast, dass dies auch dein Zuhause ist, wann immer du auch kommst."

Steve fühlte ein wirklich warmes Willkommen und war unendlich erleichtert. Die beiden Hunde hatten ihn schon beschnüffelt und für gut befunden. Es blieb also nur noch der wichtigste Mensch in Mareikes Leben – ihr Sohn Peer, der sich ihm gerade zuwendete. „Was für super Hunde du hast, Peer. Wie heißen sie?"

Ohne es zu wissen, hatte er das Eis gebrochen. Der Weg zu Peers Herz ging über die Hunde. Er sah Steve mit strahlend blauen Augen unter seinem Schopf schwarzer Haare an, „dies ist William und sein Bruder heißt George. Ihre Mutter ist der niederländische Champion; aber Mama will unsere beiden nicht zeigen."

„Die haben aber bestimmt das Zeug zu Champions, sie sehen wirklich topfit aus." „Nun ja, ich nehme sie mit, wenn ich Rad fahre. Wasser mögen sie nicht besonders gern."

Steve lachte „da solltest du mal meine weiße Schäferhündin sehen, die kriege ich kaum aus dem Wasser raus. Seit kurzem habe ich auch eine Windhündin, aber die ist auch nicht so wild aufs Meer. Dann habe ich noch einen jungen Kater, Blue."

Überrascht blickte Peer auf „von blauen Katzen habe ich noch nie gehört." „Er ist auch nicht blau. Ich habe ihn nur so genannt, weil er so besonders schöne, blaue Augen hat. Mein Schäferhündin heißt Tiny, weil sie so riesig ist und der Windhund Breeze, weil sie so schnell wie der Wind ist."

Nun lachte Peer „die Namen finde ich gut! Ich nehme an, es ist der englische Humor." „Wie kommt es, dass dein Englisch so gut ist, Peer?"

Peer strahlte über das Lob „in unserem Internat dürfen wir jeden zweiten Tag nur Englisch sprechen." „Was für eine gute Idee, ist das so in allen Schulen in Holland?"

„Ich habe keine Ahnung. Da ruft uns meine Oma zum Abendbrot. Sie hat sich viel Mühe gemacht, um Mamas Lieblingsessen zu bereiten – Matjesheringe." Als sie hineingingen hörten sie, wie Mareike gerade sagte „oh, Matjesheringe, lecker!

Hast du auch den Genever kaltgestellt, Papa?" „Als ob ich das jemals vergessen würde, Meisje, er ist doch immer auf Eis!" Steve griente, als er sich daran erinnerte, was Dudley über die holländischen Gerichte erzählt hatte. Er probierte alles Neue mit Vergnügen und ohne alle Vorbehalte und Antje war hocherfreut, als er ihr erzählte, wie sehr Dudley vor vielen Jahren ihre Kochkunst genossen hatte.

Pieter hob sein eiskaltes Glas, prostete Steve zu mit einem herzlichen „op gezundheit! Proost!" Der frostige Schnaps mit den scharfen Heringen schmeckte ihm köstlich und er kargte nicht mit Komplimenten für Antje. Es wurde ein wunderschöner, harmonischer Abend, selbst Peer murrte nicht, als Mareike ihn schließlich zu Bett schickte.

Jeder von den vier Erwachsenen hatte sich Sorgen gemacht und war nun mehr als erleichtert, als es schien, dass sie sich schon lange gekannt hätten. Besonders Mareike war glücklich, als ihr Vater ihr zuflüsterte „his is een leuke aardige kerel." Von ihm war das ein großes Lob. Steve wollte Mareike die Gelegenheit geben, mit ihren Eltern etwas allein zu sein und entschuldigte sich, mit dem Vorwand, dass er ein paar Mails beantworten müsste.

Sowie er im Gästezimmer war, begann er sich Sorgen zu machen, was Mareike wohl von seinem Cottage in Devon halten würde – ohne Elektrizität und nur mit Plumpsklo; aber natürlich mit unübertreffbaren Aussichten und nicht zu vergessen – frischen Eiern zum Frühstück. Nicht mehr lange, und er würde es herausfinden. Zunächst aber musste er seinen Freund Brian anrufen und ihn bitten, Lebensmittel zum Cottage zu schicken.

Er hatte keine Ahnung, ob seine Globetrotter Großmama von ihrer Krim Tour zurück war, um ihm zu helfen. Wenn man sich doch nur auf das Wetter in Devon mehr verlassen könnte, würde er einen Grillabend mit Seebarsch planen. Seine Surfer Freunde würden ihn bestimmt gern für ihn fangen. Abgesehen vom Essen, wagte er kaum daran zu denken, wie schön es sein würde, Mareike für sich zu haben – weit ab vom Rest der Welt, die von ihm aus auch stillstehen könnte.

Aber die Welt stand natürlich nicht still, auch nicht, wenn Steve es sich noch so sehr wünschte. Im Gegenteil, alles schien in Bewegung zu geraten.

Joan und Alex waren auf dem Heimweg, Svenjas Verletzungen heilten schneller, als erhofft war und sie genoss es mehr und mehr zu skizzieren und zu malen.

Deidre war am Packen, sie hatte die Zeit in Devon außerordentlich genossen und kehrte nur ungern in die Zivilisation zurück.

James und Jenny im Tierheim schwebten ständig auf Wolke neun und waren dabei, ihre Hochzeit zu planen. Sie hofften sehr, dass die Zwillinge vom Villageshop ihre Pagen sein würden.

Ja, man konnte wohl sagen, dass die Zeit nicht stillgestanden hatte.

Steve hatte seine E-Mails gesendet, stand nun am offenen Fenster und genoss den weiten Blick auf die Nordsee. Er wusste, dass er niemals irgendwo leben wollte, wo er das Meer nicht hören und sehen konnte. Zu gut erinnerte er sich daran, wie unglücklich er in London gewesen war. Nun stand er vor wieder vor einem neuen Abschnitt in seinem Leben.

Er wünschte mehr als alles andere, dass er sein „Meisje" niemals enttäuschen und auch ein guter Vater für ihren Peer sein würde. Sicher hatte sein Großvater ihm schon Segeln und Fischen beigebracht; aber er freute sich darauf, mit ihm zu surfen und mit den Hunden am Strand zu laufen. Nachdem er nun Mareikes heißgeliebte Weimaraner kennengelernt hatte, war die Sehnsucht nach seinen eigenen Tieren noch stärker.

Ob Blue wohl sehr gewachsen war und – er musste lachen - ob er wohl die großen Hunde noch mit seinen kleinen rosa Pfoten regierte?

Nur wenig von ihm entfernt hatte auch Mareike ihr Schlafzimmerfenster geöffnet und sah über die Dünen hinweg auf das Meer.

Wie viele Male sie auch schon an diesem Fenster in traurigen und glücklichen Stunden gestanden hatte – immer hatte der ewige Rhythmus der Wellen ihr Kraft und Trost gegeben. Würde sie eine ähnliche Stärkequelle in einem anderen Land mit Steve finden? Innerlich war sie bereit, ein neues Leben zu beginnen und Peer einen Vater zu geben. Alles was sie brauchte, war ein wenig mehr Mut.

Am frühen Morgen wurde sie von lautem Klopfen an ihrem Fenster aus tiefem Schlaf geschreckt. Sie sprang aus dem Bett und traute ihren Augen kaum. Ja, es war tatsächlich Old Finn, die Möwe, die sie vor zwei Jahren mit einem gebrochenen Flügel nach Haus gebracht und liebevoll gepflegt hatte, bis sie wieder fliegen konnte. Wie sie so schnell spitzbekommen hatte, dass sie daheim war, würde wohl ein Rätsel bleiben. Sie gab ihr einen Keks aus der Dose, die am Fenster für sie stand.

Sie hüpfte auf die Fensterbank und ließ es sich schmecken, ließ einen ihren Kleckse zurück, und flatterte wieder hinaus. Sie würde sie vermissen, wenn sie nicht mehr verwöhnt wurde. In nur einer Woche plante sie, mit Peer Steve nach England zu folgen.

Verführerischer Kaffeeduft zog durchs Treppenhaus nach oben. Vor der Tür wartete Peer, um mit Steve und den Hunden am Wasser zu laufen. „Bleibt nicht zu lange fort" rief Antje hinter her „damit wir zusammen frühstücken können."

Als sie von ihrem Run zurückkamen war Steve angenehm überrascht, dass ein großer Becher Tee auf ihn wartete. Tee als erstes am Morgen zog er immer noch Kaffee vor. Ein herzhaftes Frühstück mit Rührei und Speck duftete köstlich, gefolgt von knusprigen Brötchen mit Heidehonig. Steve erzählte voller Stolz von seinen Hühnern und den wunderbaren Eiern. Antje, eine Farmerstochter stimmte mit ihm überein, dass Eier von eigenen Hühnern unschlagbar wären.

Steve freute sich sehr, als nach dem Frühstück der junge Peer zu ihm kam und ihn über Devon ausfragte. Über die Schule, den Sport und das Leben im Allgemeinen. Steve merkte, dass der Teenager sich durch die Situation verunsichert fühlte und versuchte, ihm das Leben in Devon so angenehm wie möglich zu schildern, damit er sich darauf freuen konnte. Als er anfing über das Surfen in Norddevon zu sprechen und wie sehr er es liebte, fing Peer Feuer und seine Augen leuchteten auf.

Steve sagte voller Begeisterung, „wenn ich morgens aus der Tür komme, kann ich sofort hören, ob die Brandung richtig zum Surfen ist. Ich kann es gar nicht abwarten, dich in die Lehre zu nehmen.

Aber du musst mir fest versprechen, dass du niemals allein ins Meer gehst. Die Strömungen an unserer Küste können sehr tückisch sein, vor allem wenn sich die Gezeiten ändern. Aber du hast ja immer am Meer gelebt und kennst die Gefahren."

Ernsthaft nickend stimmte Peer ein „mein Opa warnt mich auch immer wieder, er hat mir vor Jahren Schwimmen beigebracht. Wie ist es mit Fußball in Devon?" „Ah Fußball – ich fürchte in Westbuckland wirst du mehr Rugby spielen. Sie haben tolle Sportmöglichkeiten im Internat, du wirst beeindruckt sein. Und an den Wochenenden kann ich dich immer mit den Hunden abholen, sie werden es kaum glauben, dass sie einen Jungen haben, mit dem sie spielen können und little Blue wird auch dein Freund sein wollen. Und vergiss nicht, dass wir deine Mum vom Boot oder Chopper abholen können, wenn sie zum Wochenende Pause macht." „Das wäre super" war die etwas wehmütige Antwort „beinah wie eine richtige Familie."

„Möchtest du das wirklich, Peer?" „Aber sicher doch, wie die meisten Menschen!" „Und ich habe mir Sorgen gemacht, dass du deine Mum für dich behalten wolltest." „Wir hatten ja Glück, dass Oma und Opa immer da waren; aber Mamas Arbeit machte es auch manchmal schwierig. Solange meine Mum richtig glücklich wäre, ist das für mich das Wichtigste."

Steve drückte Peers Schulter „ich bin froh, dass wir darüber gesprochen haben. Um ehrlich zu sein, war ich ziemlich nervös, dich kennen zu lernen; aber nun weiß ich, dass wir beide das gleiche wollen und zwar sie glücklich zu sehen. Unser Geheimplot!"

Sehr ernsthaft schüttelten sie sich darauf die Hände.

„Was sind das für Geheimnisse hinter meinem Rücken" erkundigte sich Mareike, die gerade aus der Küchentür kam. „Nichts für kleine Mädchen" war Steves entschlossene Antwort.

Mareike war voller Dankbarkeit, zu sehen, wie gut die beiden sich zu verstehen schienen. Peer schien in Steves Gesellschaft so entspannt zu sein, wie sie ihn lange nicht erlebt hatte. Die Zeit, welche die zwei in Devon zusammen verbringen würden, könnte sie noch mehr miteinander verbinden. Und für sie war der Forschungsauftrag auf Lundy eine wissenschaftliche Herausforderung, auf die sie sich freute.

Zunächst musste sie sich von Steve trennen, aber das wäre mit allen ihren Zukunftsplänen nicht zu schmerzhaft. Sie wandte sich ihm zu und fragte zaghaft „macht es dir wirklich nichts, wenn ich nicht zum Flughafen komme? Ich würde mich viel lieber hier von dir verabschieden."

„Nein, überhaupt nicht. Ich hasse Abschiede an Bahnhöfen und Flughäfen, deshalb habe ich mir auch eine Taxe hierher bestellt.

Deine Eltern haben so wenig von dir, dass ich es nicht wollte, dass dein Dad mich den ganzen Weg nach Schiphol bringt. Sie haben mich so warm empfangen, dass ich es nie vergessen werde.“ Steve nahm ihre beiden Hände und küsste sie zärtlich, nahm seinen Koffer und ging.

Kapitel 24

Dies war der Beginn eines neuen Lebens, das er mit Mareike teilen würde – er konnte es kaum fassen.

Als er aus dem kleinen Flughafen in Exeter trat, kam es ihm vor, dass er viel länger als drei Wochen fort gewesen war, soviel hatte sich ereignet. Voller Überraschung sah er seine Schwester Deidre, die ihm zuwinkte und nicht seinen alten Studienfreund, den er erwartet hatte. Erfreut rief er ihr zu „was machst du denn hier, was für ein Zufall, dich hier zu treffen!“ „Überhaupt nicht,“ war ihre fröhliche Antwort „ich bin hier, um dich abzuholen, kleiner Bruder“ „ja, was ist passiert, ist Grandma ok?“ „Keine Panik, alles ist in Ordnung, Grandma geht es gut. Du brauchst dir keine Sorgen zu machen. Ich war in deinem Cottage, um nach dem Rechten zu sehen. Dein Unifreund war eine Katastrophe und musste ersetzt werden. Hunde, Hühner, Kater, Garten – alles ist in top Order und ich hatte viel Spaß mit allem. Wann immer du mich brauchen kannst, brauchst du nur anzufragen.“

Steve wusste kaum, wie ihm geschah – geschockt, besorgt, ärgerlich, erleichtert und dankbar. Alles stürmte auf ihn ein. „Lass uns eine Tasse Tee trinken und du kannst es mir etwas genauer erzählen, so kann ich mir nicht vorstellen, was passiert ist.“ Deidre lachte verständnisvoll „das kann ich mir denken. Du hast aber eine Reihe von sehr guten Freunden, die dir hier geholfen haben. Von deinen Unifreunden wollen wir lieber schweigen. Aber Jenny, James und Brian haben sich ein großes „Danke“ verdient.“ „Und wie es aussieht du auch, große Schwester. Bleib doch noch eine Nacht, ich habe dir so viel zu erzählen. Sind Grandma und Alex wieder da?“

„Ja, sie kamen vor ein paar Tagen zurück und freuen sich auf deine Neuigkeiten. Du siehst aus, als ob Geburtstag und Weihnachten auf einen Tag gefallen sind. Endlich bist du wieder dem Steve ähnlich, den ich seit Jahren vermisse. Grandma wird begeistert sein und – welche Überraschung - unsere Eltern aus Frankeich! Zum ersten Mal haben sie uns in die Gironde eingeladen!"

„Ich kann es kaum glauben, meinst du, sie werden alt? Lass uns Grandma und Alex auf ein Glas heute Abend einladen. Ich kann unmöglich die Tiere schon wieder allein lassen, es wäre nicht fair und dann werde ich euch alles erzählen. Aber dir kann ich schon mal etwas zeigen, damit du verstehst, was deinem Bruder passiert ist." Und damit zog er triumphierend Mareikes Foto aus der Tasche.

„Kein Wunder, dass du strahlst wie eine 100-Watt-Birne mit einer solchen Eroberung, Steve!" „Ja, Mareike ist ein wunderbares Mädchen und sie hat einen sehr liebenswerten Sohn. Du wirst sie sehr mögen, sie ist genau dein Typ. Und nun lass uns machen, dass wir nach Haus kommen, ich kann es kaum abwarten, die Tiere zu sehen."

Beide genossen die Fahrt zusammen durch Devon, sie machten nur eine kurze Pause, um ein paar Flaschen akzeptablen Wein für später einzukaufen und dann gab es nichts als Chaos von wild wedelnden Schwänzen und Riesenpfoten als sich Tiny und Breeze in ihrer Wiedersehensfreude auf Steve warfen. Blue tat sehr hochnäsig und stelzte mit steif erhobenem Schwanz umher, da er erkannte, dass er sich nicht in das Getümmel wagte, bis Steve ihn am Schopf griff um ihn auf seine Lieblingsposition auf seiner Schulter zu setzen, wo er sofort ein Galakonzert von Purrs begann und sich zärtlich um Steves Hals wand.

Steve war gerührt, als er entdeckte, wie fleißig Deidre gewesen war. Alles war wunderbar in Ordnung. Der kleine Garten stand in voller Blüte, die Hühner waren zufrieden und gesund. Er hatte direkt Schuldgefühle, weil er sich nicht erinnern konnte, dass er jemals etwas Besonderes für sie getan hätte. Er war ja immer nur der jüngere Bruder gewesen. Er nahm sich fest vor, dass er sich in Zukunft bessern würde. Merkwürdig eigentlich, dass sie niemals einen Freund erwähnte. Er sah sie prüfend von der Seite an und studierte ihr Profil. Könnte es sein, dass sie sich mehr für ihr eigenes Geschlecht interessierte? Ja, ganz dunkel erinnerte er sich an eine sehr enge Freundin während ihrer Schulzeit. Wie war doch noch ihr Name gewesen – Maxine. Jetzt erinnerte er sich. „Wie geht es denn eigentlich Maxine, du hast sie schon lange nicht mehr erwähnt?" „Sie ist vor zwei Jahren an Aids gestorben", und als er sie wieder ansah, war ihr Miene von tiefem Schmerz gezeichnet. Er legte seine Arme um sie „das ist zu traurig, Deidre, ich hatte keine Ahnung. Aber wenn du mal eine feste Schulter als Halt brauchst, bediene dich und du weißt doch, dass Schornsteinfeger Glück bringen." „Danke, Steve, ich werde es nicht vergessen."

Beide erinnerten sich jetzt, wie oft sie auf den verschiedensten Stränden in Frankreich gespielt hatten, wo sie gemeinsam die schönsten Sandschlösser bauten. Immer waren sie besorgt, dass ihr Vater plötzlich mit ein oder zwei unglückseligen französischen Kindern auftauchte, die mit ihnen spielen sollten.

Sie hassten diese Einbrüche in ihre eigene kleine Welt und flehten ihre Mutter an, ihren Vater davon abzuhalten. „Aber er meint es doch so gut, Kinder und möchte, dass ihr Französisch beim Spielen lernt." Sie sahen sich an und fingen an zu lachen.

Sie wussten genau, woran sie beide dachten und sagten schließlich zusammen „voulez vous jouer avec mes enfants?" Deidre konnte nicht aufhören zu lachen. Was hatten sie nur für Spaß in ihren Ferien gehabt! Und was für ein Meister Steve gewesen war beim Zeltaufbau. Er duldete nie die kleinste Falte.

Es stimmte wohl, dass ihre Eltern seit Jahren ihr eigenes Leben führten; aber sie hatten ihnen wunderbare Eindrücke bei ihren Reisen durch Europa geschenkt und meistens mit sehr wenig Geld.

Hoffentlich könnten sie bald einmal zusammen sein und sich an die alten Zeiten erinnern. Es wäre auch zu schön zu sehen, wie die alte Gite jetzt aussah, die sie für einen Apfel und ein Ei vor Jahrzehnten erworben hatten und die sie seitdem mühselig renovierten.

Beide standen winkend vor der Tür, als Joan und Alex mit ihrem Spaniel ankamen. Nach freudigen Willkommensgrüßen setzten sie sich schließlich zusammen, um die letzten Familienneuigkeiten zu teilen. Das Telefon unterbrach sie – es war Mareike, die mit jedem ein paar Worte wechseln wollte, genau wie ihr Sohn Peer. Dann erst begannen ernstliche Diskussionen, bis Joan schließlich sagte „dies hat alles keinen Zweck, wir müssen Listen machen, sonst kommen wir nie weiter."

„Du hast recht wie immer," pflichtete Alex ihr bei „ich werde den Sekretär Posten übernehmen." „habt ihr schon entschieden, wo die Hochzeit stattfinden soll? Auf Ameland oder hier?" Mit einem tiefen Seufzer stöhnte Steve „darüber haben wir noch gar nicht gesprochen, es ist alles so kompliziert. Ich wette, mein armes Meisje und ihre Eltern sind genauso besorgt wie wir."

Und das war milde gesagt. Je mehr Mareike darüber nachdachte, desto besorgter wurde sie. Sollte man eine Menge Freunde und Familie von Holland nach Devon verfrachten oder umgekehrt? Es musste doch einen besseren Weg geben! Ob Steve und sie ganz einfach heimlich heiraten sollten, nur mit Peer und den Hunden ohne jeden Aufwand? Sollte sie mit Steve darüber sprechen, sie war überzeugt, er wäre ihrer Meinung.

Aber jetzt wollte sie nicht mehr darüber nachdenken, sondern sich auf das Packen für sich und Peer konzentrieren. Die Hunde würden zum letzten Mal auf Ameland zurückgelassen.

Reisevorbereitungen hatte sie seit langem für ihre viele Touren im Ausland perfektioniert. Alle ihre technischen Hilfen waren das Neueste und Beste. Auf dem Trip in die Türkei war sie nicht sonderlich gefordert gewesen; aber das würde auf Lundy völlig anders sein. Es würde unwahrscheinliche Möglichkeiten geben, die wilde Küste und den Atlantik zu fotografieren. Besonders liebte sie stürmische oder auch neblige Tage, die so viel mehr Atmosphäre zu bieten hatten. Mit etwas Glück könnte sie vielleicht sogar ausreichend Material für ein Buch zusammenstellen, an dem sie im Winter arbeiten wollte.

Bald hatte sie ihre eigenen Sachen gepackt und begann Peers Sachen zusammenzusuchen, kam aber zu dem Entschluss mit Schulsachen zu warten, bis sie die nötigen Listen vom Westbuckland Internat erhalten hatte, um alles in England zu kaufen. Sie hoffte so sehr, dass ihr Junge in England glücklich sein würde.

Als sie ihre Mutter hörte, die sie zu einer Tasse Kaffee nach unter rief, fand sie, dass sie eine halbe Stunde nur vor sich hingeträumt hatte.

Sie nahmen ihren Kaffee mit nach draußen und genossen den Duft der Heckenrosen, die über und über auf der Insel in voller Blüte standen.

„Ohne dich und Peer wird es hier sehr ruhig sein und bald werden sogar die Hunde uns verlassen. Ich mag es mir kaum vorstellen und deshalb habe ich beschlossen, ehrenamtlich in der Seehundauffangstation zu arbeiten. Schließlich will ich nicht noch melancholisch werden." Antje sagte es mit einem traurigen kleinen Lächeln. „Immerhin können sie da jemanden brauchen, der keine Angst hat, nass gespritzt zu werden und nicht zu zimperlich ist, mit einem Eimer voll Heringen umzugehen, was meinst du?"

„Ja, aber wird Papa dich nicht in der Sprechstunde vermissen,"

„Papa weiß, dass ich mir schon lange gewünscht habe, mit Seehunden zu arbeiten, besonders mit den Babys, den verlassenen Waisen, den „Hulers" und er ist dabei, ein junges Mädchen aus dem Dorf als seine Assistentin einzuarbeiten."

„Mama, du kennst mich doch gut genug um zu wissen, dass ich es gut finde, wenn du einmal deinem eigenen Interesse folgen kannst, und ehe du nun deine übliche Litanei anstimmst - sei vorsichtig, klettere nicht ohne Sicherheitsseile, beobachte die Gezeiten etc., verspreche ich, dass ich alles befolgen werde! Und denk doch nur, Exeter Airport ist nur 40 Minuten von Amsterdam entfernt!" Antje lachte „in dem Fall wird es sich lohnen, wenn wir ein Monatsticket buchen." Im gleichen Augenblick kamen Pieter und Peer mit den Hunden um die Ecke und wollten wissen, was es zu lachen gab.

Mareike war erleichtert, dass ihre Eltern so verständnisvoll akzeptierten, dass Peer in einem Internet in England seine Erziehung fortsetzen sollte, dass sie beinah vermutete, die beiden würden eine Zeit ohne die Verantwortung für einen jungen Menschen vielleicht sogar willkommen heißen und beginnen, ihr eigenes Leben zu genießen, wie es Steve Eltern schon seit langer Zeit taten. Sollte das wahr sein, würde alles für sie viel leichter sein.

Es war Tatsache, dass nur ihre Eltern ihr es ermöglicht hatten, ihrer Karriere zu folgen, während beide für ihren Sohn und ihre Tiere sorgten und sie selbst am Wochenende liebevoll willkommen hießen. Die Liste war endlos – Mama und Papa, wie konnte sie ihnen je genug danken. Ihre Augen füllten sich mit Tränen, sie wandte sich ihrer Mutter zu und nahm sie fest in den Arm „Mama, ich werde dich so vermissen." „Mein Meisje, denk nur, was für Spaß wir haben werden, wenn wir hin und her fliegen!"

Peer schien es schwerer zu fallen, sich von den Hunden zu trennen, als von seinen Großeltern. Er freute sich auf neue Abenteuer. Steve seinerseits bemühte sich sehr, das Cottage so schön wie möglich für Mareike zu machen.

Er konnte kaum die Zeit abwarten, bis ihr dunkelgrüner, offener VWKäfer, sich den steilen Weg zu seinem Cottage hoch quälte.

Kapitel 25

Schon auf dem Weg war Mareike von der Schönheit Devons beeindruckt. Die Küstenstraße war zu dieser Jahreszeit und bei gutem Wetter mit den letzten goldenen Blüten des wilden Ginsters und dem dunkelblauen Hintergrund des Atlantiks überaus malerisch. Kein Wunder, dass Steve nur hier leben wollte. Was für ein Glück, dass sie beide den gleichen Geschmack hatten. Auch sie würde ein Leben in der Stadt hassen. Sie schauderte bei dem Gedanken allein. Noch eine Kurve und hier war es – Steves Cottage in der „Wildnis", von dem er so liebevoll erzählt hatte.

„Oh wow, Mama, wie super, diese Aussicht und sieh nur, da kommen sie – Tiny, Breeze und an dem Fenster Blue." Tiny und Breze standen schon auf ihren Hinterpfoten am offenen Wagen und jaulten voller Aufregung, während Steve mit Riesenschritten und offenen Armen zum Auto kam. „Willkommen in Devon, wie glücklich bin ich, dass ihr gut gelandet seid!"

Peer war sofort mit den Hunden über alle Berge auf Entdeckungstour, als Steve Mareikes Hand ergriff „erinnerst du dich an unsere Märchenwiese in Dalyan? Unser eigenes Märchen ist jetzt hier – du, Peer, die Hunde" dann zeigte er auf die Dünen „alles dies ist es, das zu meinem Glück gehört."

Mareike sagte zunächst kein Wort, sie zog ihn stumm an sich, sah ihn mit leuchtenden Augen an und sagte dann nur mit triumphierender Stimme: „Wir haben es geschafft!"

Nach einer Weile sagte sie „nun müssen wir mal praktisch denken und zwar an die Schlafmöglichkeiten.

„Ganz recht" war die Antwort „du und Peer oben in meinem Schlafzimmer erst einmal; aber ich habe auch ein tolles Zelt, falls Peer das Abenteuer liebt.

Baupläne liegen schon vor, mehr Platz zu schaffen. Meine Grandma hatte eine große Überraschung für uns. Sie fand ein uraltes Dokument aus dem hervorgeht, dass wir vergrößern und modernisieren können. Wir können also gleich anfangen mit der Planung." „Das ist beinah zu gut, um wahr zu sein! Was für Spaß wird es machen, alles so einzurichten, wie wir wollen. Lass mich nur mal einen Augenblick hier sitzen und es verarbeiten. Ich muss auch die Hunde und Blue richtig begrüßen, schließlich sind wir ja jetzt eine richtige große Familie. Wo haben sie Peer wohl hingeführt?" „Einen Moment" und er ließ seinen scharfen Pfiff hören. In kürzester Zeit erschienen die Drei hinter den Dünen, offensichtlich schon die besten Freunde.

„Oh Mama, George und William werden es hier lieben, es ist einfach einmalig, und die Wellen sind so viel höher als bei uns. Ich kann es kaum abwarten, das Wellenreiten zu lernen." Peers glückliches Gesicht bedeutete Mareike mehr als alles andere. Trotzdem fühlte Steve, dass die lange Fahrt, der Abschied von ihren Eltern und die Aufregung hier zu viel für sie wurden.

„Also, du versuchst jetzt, dich etwas zu entspannen, meine junge Dame, während Peer mir mit Drinks und dem Abendbrot helfen kann, und zwar in der Reihenfolge." Dann holte er einen Stuhl für ihre Füße herüber. „Jetzt Ruhe bitte, Doktors Anordnung!" Damit legte er den Arm um den lachenden Jungen und zog ihn zum Cottage. Kaum hatte er die Tür geöffnet, als Peer wie von einem schwarzen Blitz getroffen wurde. Blue! Wie gut, dass Peer der Enkel eines Tierarztes war und ihn so leicht nichts schrecken konnte.

„Das war ein guter Sprung von dem Schrank, Blue, lass dich mal anschauen!" Er griff ihn am Nacken und sah stracks in die schönsten blauen Augen, und wie die meisten anderen, verfiel er dem Zauber des kleinen Katers sofort.

„Dies ist aber ein ganz besonderes Kätzchen, Steve, ich habe noch nie ein ähnliches in Opas Sprechstunde gesehen, und wir sehen dort eine ganze Menge. Ich weiß nicht, es ist beinah etwas spukig – wie aus einem alten Märchen. Obwohl ich natürlich nicht mehr an Märchen glaube," fügte er hastig zu. „Nein, natürlich nicht; aber du hast ganz richtig gespürt, dass Blue etwas Besonderes ist. Würdest du dieses Glas Wein deiner lieben „Modere" bringen und ich komme mit unseren Drinks hinterher. Für dich habe ich etwas ganz Spezielles, was meine Grandma aus Holunderblüten braut. Ich wette, es wird dir schmecken." Zusammen gingen sie nach draußen. Blue thronte noch immer auf Peers Schulter.

Steve räusperte sich etwas verlegen, er war eigentlich kein Freund von großen Reden. „Wir wollen immer an diesen Abend denken, an dem wir zuerst hier in Devon zusammen waren – hoffentlich auf viele glückliche Jahre!" Fröhlich toasteten sie sich dann zu.

Peer probierte etwas zögernd den Holunderwein, doch seine Miene klärte sich und er rief „mmh, das ist ja lecker, kann ich noch etwas mehr haben?" „Meine Grandma wird sich freuen, dass es dir schmeckt. Obwohl ich niemanden kenne, der es nicht mag. Ich finde immer, es schmeckt so frisch wie ein Frühlingsmorgen."

Dann begannen sie die nächsten hektischen Wochen zu planen, sodass die Zeit zu schnell verstrich und Peer entscheiden musste, wo er in der ersten Nacht im wilden Devon schlafen wollte. Sowie Steve ihm das Zelt mit einem Feldbett, einer Lampe und sogar dem letzten Surfing Magazin gezeigt hatte, wählte er ohne Zögern das Zelt.

Als er dann im Schlafanzug aus der Tür kam, war er freudig überrascht, dass beide Hunde und Blue hinter ihm hermarschierten. Steve zwinkerte Mareike zu „es sieht so aus, als ob uns alle verlassen haben; aber nun bin ich beruhigt, dass die Tiere bei ihm bleiben wollen. Jetzt kann ihm wirklich nichts passieren." „Weißt du, nichts könnte für einen Jungen wie Peer schöner sein. Er wird es als Ehre empfinden, dass die Drei mit ihm schlafen wollen. Ich muss dir danken, Steve, dass du es geschafft hast, diese Situation, die ja auch schwierig hätte sein können, so zu lösen und ihm ein Zugehörigkeitsgefühl zu geben."

Als sie dann oben waren, lehnten sich beide aus dem Fenster mit den wilden, mondhellen Dünen weit vor sich und der Brandung des Meeres im Hintergrund, sie hielten sich an der Hand und Steve fragte nur ganz leise „glücklich?"

Kapitel 25

Die folgende Woche, ehe Mareike ihr Projekt auf Lundy begann, war voller Termine. Sie wurde vielen von Steves Freunden und Verwandten vorgestellt; aber besonders wichtig war der erste Besuch in Westbuckland School, der zur allgemeinen Zufriedenheit verlief. Außerdem hatte Mareike beschlossen, mit Steve und Peer einen Trip nach Lundy zu machen, damit auch sie einen Eindruck von ihrer Arbeit hatten. Sie hatten Glück, dass das Boot, welches Lundy mit Lebensmitteln versorgte, sie mitnehmen konnte. Das kleine Schiff lief aus dem Hafen Ilfracombe aus, der sich bei dem herrlichen Sonnenschein und noch ohne viele Touristen besonders malerisch präsentierte.

Wie so oft, dachte Steve, dass es wohl wenige Orte gab, die so schön wie Norddevon waren – solange das Wetter mitspielte. Die dramatische Felsenküste hatte noch immer farbenfrohe Flecken von wildem Rhododendron in voller Blüte, der sich an kleinste Risse im Gestein klammerte und zu der wilden Schönheit der kantigen Felsen beitrugen, die aus den klaren blauen Wellen des Atlantiks ragten.

Mareike beobachtete die Möwen und Seeschwalben, die ihrem Schiff in der Hoffnung folgten, dass sie etwas Fressbares erwischen konnten.

Peer war von den Erzählungen des Seemannes fasziniert, der dem wissbegierigen Jungen nur zu gern den Kopf mit Geschichten über die Piraten füllte, die um Lundy ihr Unwesen getrieben hatten, die Schiffe plünderten und ihre Beute auf der Insel versteckten. „Und hat irgendwer die Schätze gefunden“ wollte er wissen – mit aufgerissenen Augen voller Neugier. „Bisher noch nicht, sie sind in versteckten Felsenhöhlen, von denen manche bei Flut unter Wasser sind und warten darauf, entdeckt zu werden.“ Peer wandte sich hoffnungsvoll an Steve „können wir es auch einmal versuchen?“ „Ich würde mir nicht zu große Hoffnung machen. Zu viele Schatzsucher haben es schon versucht, sogar mit Metalldetektoren; aber gefunden hat noch niemand etwas." Das war eine sehr enttäuschende Antwort.

Die Landung auf Lundy war für Peer ganz abenteuerlich, sie wurden vom Boot auf einen Jeep verladen, der rückwärts in das seichte Wasser gefahren war. Die Küste von Lundy war völlig anders als die sanften Strände der westfriesischen Inseln, die Peer so gut kannte. Als der Seemann Peer zeigte, wo die Piraten wahrscheinlich ihre Schätze verborgen hatten, fragte er gleich hoffnungsvoll „wollen wir da auch hin, Modere?" „Nein, tut mir leid, Peer, heute nicht. Ich muss einen Platz finden, wo ich mehr oder wenig unsichtbar bin und zwar auf dem oberen Teil von Lundy, wo die Puffins leben. Aber wir können das alles andere später einmal erkunden." Das fügte sie schnell hinzu, als sie seine traurige Miene sah.

Oft schon hatte Peer seine Mutter auf ihren Projekten begleiten dürfen und wusste, wie wichtig die Arbeit ihr war, deshalb machte er keine weiteren Einwände, sondern genoss die Fahrt durch Lundy in dem Geländewagen des Aufsehers. Mareike, Steve und auch Peer waren beeindruckt von den einmaligen Ausblicken und dem Frieden, der sie umgab. „Ja," sagte der Aufseher „es ist eine Insel, auf der die Zeit stehengeblieben ist und das soll auch so bleiben. Ich glaube nicht, dass es viele ähnliche Plätze in Europa gibt. Wir leben in ständiger Angst, dass diese geldgierigen Windturbinen Firmen, ihr Augenmerk auf uns richten. Die Konsequenzen für die Natur, die Vögel und das marine Leben wären eine Katastrophe. Es bleibt eine ewige Sorge, für alle Naturliebhaber."

Mareike stimmte sofort zu. „Wir haben das gleiche Problem in den Niederlanden. Die Windturbinen breiten sich mehr und mehr aus. Viele Menschen protestieren dagegen, es wird ein immer größeres Streitobjekt. Leider ist es ein großes Geschäft für die Betreiber und viele Leute bekommen durch den Namen „Wind Farm" einen völlig falschen Eindruck. Die Tatsache ist, dass es wahrhaftig keine Farm ist, sondern eine aggressive industrielle Entwicklung, die im Endeffekt weder das Kima rettet noch besonders viel Energie produziert."

Mareike war ganz besonders empfindlich bei diesem Thema. Zehntausende von Vögeln und hunderttausende von Fledermäusen wurden durch die grausamen Flügel der Turbinen getötet. Wann endlich würden die Regierungen aufwachen und sich anderen erneuerbaren Energien zuwenden?

Plötzlich wurde ihre Diskussion durch die Vögel unterbrochen, für die Lundy berühmt ist – die Tauchpapageien. Ein großer Vogel flog dicht an ihnen vorüber. Der Fremdenführer erzählte Peer, dass Lundy sogar eine eigene Briefmarke mit dem Bild eines Puffins hätte. Und Peer überraschte ihn damit, dass er wusste, dass Puffins nur ein Junges haben und anderes mehr, das er von seiner Mutter aufgeschnappt hatte, wie ein kleiner Schwamm.

Mareike lächelte voller Stolz, dass es ihrem jungen Sohn offensichtlich nicht schwerfiel, eine vernünftige Unterhaltung in einer ihm fremden Sprache zu führen. Genau wie Steve, der ihm zunickte mit einem „well done, my boy!"

Kapitel 26

Dieses Projekt war sehr wichtig für Mareike und sie war dem Fremdenführer mehr als dankbar, als er ihr anbot, die Nächte in seinem Haus mit ihm und seiner Frau zu verbringen. Sie wollte gern ausgeruht arbeiten können und nicht halb erfroren nach einer Nacht im Zelt. Er versicherte ihr, wie sehr seine Frau und er sich über Gesellschaft freuen würden - bei aller Liebe für ihr einsames Leben auf der Vogelschutzinsel.

Wieder konnte Peer es nicht lassen, nach den Schätzen zu fragen. „Wie kommt es dann, dass noch niemand irgendetwas gefunden hat?" Der Führer kratzte sich den Kopf und zwinkerte Mareike und Steve zu. „Ich denke mir, das Meer hat die Zugänge zu den alten Höhlen durch die Strömungen versandet und nur ein wirklich wilder Sturm könnte sie eines Tages wieder befreien, was meinst du, Steve?" „Ich fürchte du hast recht, Richard. Wenn irgendetwas entdeckt worden wäre, hätte man sicher davon gehört. Es wäre eine Sensation für die ganze Welt!" „Und wird immer noch danach gesucht?" Das war die nächste Frage, so leicht gab Peer nicht auf. Richard meinte „ich weiß nicht recht. Nicht viele Menschen haben von Lundy gehört. Wenn sie Schätze suchen wollen, würden sie vermutlich ihr Glück in der Karibik bei Wracks versuchen und nicht auf einer Vogelschutzinsel an der englischen Küste." „Aber wäre es nicht zu toll, etwas zu finden" seufzte Peer traurig. Der alte Führer lachte „na, vielleicht hast du ja Glück, mein Junge!" Sofort kannte Peers Fantasie kaum Grenzen, er sah sich in Gedanken, wie er einen geheimen Eingang in eine Höhle entdeckte und da bei einem großen Stein eine rostige Kiste fand. Er würde sofort versuchen, sie zu öffnen und nach großer Anstrengung den Deckel zu heben – und dann vor seinen Augen – glitzernde Juwelen!

„Möchtest du lieber ein Schinken- oder Tomatenbrot" unterbrach seine Mutter diese Wunschträume. Das schöne Traumbild der Schatzkiste war zersplittert.........

„Tomaten, bitte, Mama." Und er war zurück auf dem Boden der Wirklichkeit. Dann aber wandte er sich an seine Mutter. „Mama, du hast mir doch so oft erzählt, wie Papa und du an Neptun geglaubt habt und dass er euch so nahe war. Meinst du, er würde bei einer Schatzsuche helfen?" Mareike lächelte wehmütig bei den Erinnerungen an ihre Kinder- und Jugendzeit mit ihrem Lars. Daran, wie sie in ihrer Kinderwelt tatsächlich Neptun mit in ihre Abenteuer einbezogen hatten und er für sie beide immer gegenwärtig war. Und selbst heute noch bei großen Freuden oder tiefem Kummer sagten ihre Eltern. „Geh und sprich mit Neptun." Wenn sie dann am Rande des Meeres stand und auf die Brandung blickte, fand sie immer Trost. Sie antwortete etwas zögernd.

„Also, ich weiß nicht recht, mein Junge, irgendwie glaube ich nicht, dass Neptun die Geheimnisse seines Reiches verraten würde." Peer nickte verständnisvoll, beinah hatte er eine solche Antwort erwartet. Aber nicht umsonst war er der Sohn von Wissenschaftlern und hatte nicht vor, so schnell aufzugeben. Zunächst musste er versuchen, über Piraten und ihre Geschichte zu lesen, so wie er es bei seiner Mutter beobachtete, wenn sie einem seltenen Vogel auf der Spur war. Seine Gedanken wanderten weiter und er erinnerte sich, dass in den Informationen über West Buckland School auch eine alte Bibliothek erwähnt wurde, in der sich wertvolle historische Bücher befanden. Das konnte schon ein guter Startpunkt sein. „Du bist plötzlich sehr schweigsam Peer, alles in Ordnung?"

„Ja, klar, ich habe eben über die neue Schule nachgedacht, wann fange ich denn da an?" „Das hat noch bis zum neuen Semester etwas Zeit. Jetzt bleibst du erst mal bei mir und kannst das Surfboard ausprobieren, das ich für dich aufpoliert habe. Eins kann ich dir garantieren, du wirst ein begeisterter Surfer werden!"

Peer sagte nichts mehr über Schatzsuche; aber während der Bootsfahrt zurück und auch nach der Ankunft in Steves Cottage wurde er die Gedanken daran nicht los.

KAPITEL 27

Bald winkte Peer seiner Mutter zu, als sie zu ihrem Studienprojekt nach Lundy aufbrach und Steve ihm die ersten Grundregeln des Bodysurfings erklärte. Er war vom frühesten Alter an mit dem Meer vertraut gewesen und ein guter Schwimmer. In kürzester Zeit hatte er den Trick raus, die Wellen abzuschätzen. Steves Freunde, die zusahen waren voller Bewunderung. „Der Junge ist ein Naturtalent, er wird uns bald überholen" war ihr Kommentar, ehe sie durch die Brandung liefen, um ihre Kunst zu zeigen.

Steve hatte Recht gehabt, als er Peer prophezeite, dass er gern surfen würde. Er war völlig davon besessen und konnte nicht genug bekommen. „Nur noch eine Welle" oder „sieh doch nur, die Welle dahinten, das wird die beste sein, wir müssen sie kriegen!" Auch Steve liebte das Wellenreiten; aber er hatte schließlich die Verantwortung für den Jungen und wusste nur zu gut, dass er selbst mit Wetsuit nicht zu lange im Wasser bleiben durfte, es war einfach zu anstrengend. So gebrauchte er dann die Hunde oder Blue als Ausrede, dass sie nicht länger auf sie warten könnten oder, dass er noch einen dringenden Job hatte. Die beiden kamen wunderbar miteinander aus.

Steve gab dem Jungen Aufgaben zu erfüllen, wie er von seinen Großeltern gewohnt war. Es machte ihm Spaß, morgens die Eier für das Frühstück zu suchen. Tiny, Breeze und sogar der kleine Blue standen am Hühnerzaun und beobachteten ihn genau. Alle drei mochten nichts lieber als ein rohes Ei und hofften, dass Peer sie nicht vergessen würde. Meistens fiel eins versehentlich hin und drei rosa Zungen schleckten es gemeinsam auf. Bald würde ihr glänzendes Fell das Geheimnis verraten.

Das „englische Frühstück" liebte Peer ganz besonders. Bei seiner Oma in Holland gab es auch ein reichhaltiges Frühstück mit Wurst und Käse, aber die Spiegeleier mit Speck und Champignons, wie Steve sie morgens bereitete waren etwas ganz Besonderes, weil Peer selbst die Pilze frühmorgens gesucht und die Eier eingesammelt hatte. Der Stapel Toast, der auf dem Tisch vor ihm war, verschwand in kurzer Zeit. Schließlich seufzte Peer zufrieden, rieb sich seinen Bauch „das war super, Steve, vielen Dank!" Steve grinste ihn an „wir wollen ja kaum, dass deine Mutter ein Skelett vorfindet, wenn sie zurückkehrt! Und nun pack deine Sachen zusammen, heute Morgen wollen wir surfen. Hörst du die Brandung, wenn sie sich so anhört, sind die Wellen richtig. Lass uns bloß nicht die Flut versäumen." Die beiden brauchten nicht lange, um schnell aufzuräumen, die Boards ins Auto zu holen, wo die Hunde schon saßen und sie waren unterwegs.

Kapitel 28

Das Donnern der Brandung wurde laut und lauter als sie den schmalen Weg zum Putsborough Strand hinunterfuhren. „Oh, sieh doch nur die Wellen, sie sind riesig“ rief Peer begeistert. „Ich weiß nicht recht, mir scheint, es ist doch etwas zu wild heute“ zweifelte Steve. „Och Steve, du weißt doch, dass ich ein guter Schwimmer bin“ drängelte Peer.

„Lass mich erst mal mit den anderen sprechen und hören, was die meinen“ antwortete Steve und ging zu den anderen Surfern, während Peer sein Board nahm und mit den Hunden vorauslief.

Steves Freunde teilten seine Bedenken „nein, auf gar keinen Fall, es ist viel zu gefährlich für den Jungen, außerdem haben wir heute eine tückische Unterströmung. Gleich hissen wir die rote Fahne, um allen zu verbieten, ins Wasser zu gehen. Und wenn die Ebbe einsetzt, wird es noch gefährlicher,“ „vielen Dank für den guten Rat, Freunde, Peer wird wohl sauer sein; aber er wird sich damit abfinden müssen, bis später!“

Als Steve um den Felsvorsprung lief, sah er voller Sorge, dass Peer schon bis zur Taille im Wasser war. Er schrie so laut er konnte „komm zurück, Peer, komm zurück!“ Aber bei der tosenden Brandung und dem heulenden Wind war es unmöglich, dass Peer es hören konnte.

Steve kannte die Gefahr nur zu gut, er warf sich voller Panik in die tobenden Wellen und wusste sofort, dass die Unterströmung Peer schon erfasst haben musste und ihn gnadenlos auf die gefährlichen Felsen von Baggy Point sog.

Peer war voller Begeisterung in die hohe Brandung gelaufen, um Steve zu zeigen, wie gut er schon das Bodyboard beherrschte. Sowie er jedoch bis über die Knie im Wasser war, wurde ihm klar, dass er einen großen Fehler gemacht hatte und wollte ans Ufer zurück. Aber schon der erste Brecher warf ihn um und zog ihn hinaus. Er schluckte Wasser, und kämpfte um Luft. Dann erfasste ihn die Unterströmung und er verlor den Boden unter den Füßen. Verzweifelt erkannte er nun die Gefahr, in der er sich befand, schrie um Hilfe, hustete und schluckte mehr und mehr Wasser – hilflos in der tödlichen Strömung gefangen. Er kämpfte mit letzter Kraft in der brodelnden Brandung – ein Junge gegen den allmächtigen Atlantik!

Steve setzte seine ganze Kraft und Erfahrung ein, um Peer durch die Brandung zu erreichen. Er war sich völlig der Gefahr bewusst, in der er sich selbst befand. Schließlich sah er Peer fast bewusstlos vor sich. Es gelang ihm, ihn unter den Schultern zu packen, dass er kurz Luft holen konnte und ihn vorm Untergehen zu bewahren. Aber er wusste sehr genau, dass die Zeit, die ihnen beiden blieb, sehr begrenzt war. Umso dankbarer war er, als er über sich den Rettungshubschrauber von RAF Chivenor hörte und dankte dem Himmel für seine Freunde, die ihn alarmiert haben mussten.

Als die Rettungsmannschaft Peer an Bord gezogen hatten, war der Junge kaum noch am Leben, sie hatten ihn tatsächlich in letzter Minute gerettet.

Nachdem auch Steve an Bord war und auf das Inferno unter ihm blickte, sah er mit Entsetzen, dass sein Hund ihm gefolgt war und hilflos mit der Brandung kämpfte.„Wir müssen noch einmal runter, um meinen Hund zu retten“ schrie er dem Piloten zu. „Du bist wohl wahnsinnig, das werde ich auf keinen Fall wagen. Dieser Junge muss so schnell wie möglich ins Krankenhaus, sonst ist es zu spät für ihn!“ Das war die brutale Wahrheit.

Unter Tränen musste Steve sehen, wie seine treue Tiny ihrem Schicksal in der Flut überlassen wurde. Niemals würde er den letzten Blick ihrer Augen vergessen, wie der Chopper abdrehte. Er konnte sich nicht mehr beherrschen und brach in bitteres Schluchzen aus.

Ja, er war unsagbar dankbar, dass Peer gerettet war; aber sein eigener Verlust war ein bitterer Preis, der er ihm abverlangt wurde. Auf der anderen Seite, wie hätte er Mareike je gegenübertreten können, wenn ihr Sohn in seiner Obhut tödlich verunglückt wäre.

Dennoch war ihm der Gedanke an Tiny unerträglich und er musste sich zwingen, mit den Ärzten und Krankenschwestern in der Aufnahme des Krankenhauses vernünftig zu sprechen und seine Gedanken zu sammeln.

Kapitel 28

Endlich waren die Formalitäten erledigt, Peer lag gut versorgt in seinem Krankenhausbett und war wieder bei Bewusstsein. Er suchte Steves Hand, hielt sie fest in seiner eigenen und flüsterte „Du hast mich gerettet, Steve, genau wie ein richtiger Vater es getan hätte." Dicke Tränen liefen ihm über sein Gesicht, als er sich an seine Rettung erinnerte. Steve zog den Jungen an sich und hielt ihn fest. Die Verbindung zwischen den beiden war damit fest besiegelt.

Eine Krankenschwester brachte ihnen eine Tasse Tee und reichte Steve das Telefon. „Ein Anruf für Sie Sir." „Hi, Steve, hier spricht der Vet. von der Mullacott Praxis. Eben ist mir Ihr Hündin gebracht worden. Sie wurde von Surfern am Strand von Croyde halb tot gefunden. Aber sie ist dabei, sich zu erholen und kann morgen entlassen werden. Übrigens ist Ihr anderer Hund bei Ihren Surfer Freunden." Peer erschrak, als Steve vor seinen Augen in Tränen ausbrach. Aber als Steve ihm berichtete, in welcher Gefahr Tiny sich befunden hatte, konnte auch er sich nicht beherrschen. Die Erleichterung und Freude, die Steve überflutete war überwältigend. Er verbarg sein Gesicht in Peers Kissen. Noch niemals hatte er dazu geneigt, seine Gefühle zu offenbaren; aber die Erinnerung an den letzten Blick auf Tiny, als sie in den grausamen Wellen um ihr Leben kämpfte, weil sie ihn retten wollte, überwältigte ihn. Er wünschte nur, er brauchte sich nur wie ein Hund zu schütteln, um sein seelisches Gleichgewicht zurück zu erhalten.

„Tut mir leid, mein Junge" murmelte er verlegen „nimm keine Notiz von meinem Benehmen. Keine Ahnung, was in mich gefahren ist. Gleich bin ich wieder ok."

Peer erfuhr, was geschehen war und war er von Schuldbewusstsein erfasst. Steve begann zu grienen und sagte „was sind wir doch für zwei große Helden! Ich möchte nicht hören, was deine Mutter sagen würde, könnte sie uns sehen!"

Schon am nächsten Tag kam Mareike in ihr Krankenzimmer mit Tiny an der Leine, beide nahmen keine Notiz von allen Protesten der strengen Oberin mit ihrem Stab von Schwestern. Aber als sie die Wiedersehensfreude der Drei sah, wandte sie sich ab und sagte nur mit einem Lächeln, als sie die Tür schloss, „wir haben nichts gesehen und gehört."

Nun war Mareike an der Reihe, Tränen zu vergießen. Eine Reaktion auf den Schock, unter dem sie gestanden hatte, von dem Augenblick, als der alte Warden ihr in den Hubschrauber geholfen hatte und ihr dann bei der Landung die Hundeleine mit Tiny in die Hand gedrückt wurde. Steve und Per versuchten, sie zu trösten, bis sie sich endlich beruhigte und beide an sich drückte. „Meine beiden Jungen - wie bin ich dankbar, dass ihr in Sicherheit seid!"

Dann konnte Tiny sich nicht länger beherrschen und sprang auch noch auf das Bett, gerade in dem Moment, als die Schwester mit einer Tasse Tee eintrat. Kopfschüttelnd verließ sie das Zimmer wieder, nicht ohne vorwurfsvoll das leere Paket Tempotaschentücher aufzuheben.

Als sie sich alle von diesem Gefühlsausbruch erholt hatten, sahen sich gegenseitig an, schauten auf Tiny, die nun auf dem Rücken lag und erwartete, dass ihr Bauch gekitzelt würde und brachen in erleichtertes Lachen aus.

„Jetzt aber runter von diesem Bett, du unerzogenes Hundetier" schimpfte Steve und gab Tiny einen liebevollen Schubs. „Wir sollten uns anziehen und fertig machen, sicher werden wir gleich nach Haus entlassen." „Nur nicht so hastig, ich glaube sicherlich, ihr müsst warten, bis der Arzt euch entlässt. Auf keinen Fall wollen wir noch mehr Chaos verursachen" warnte Mareike die beiden ungeduldigen Patienten. „Sicher hast du recht, obwohl mir nun wirklich nichts fehlt, aber wir wollen doch lieber auf den Doc warten. Wann planst du, nach Lundy zurück zu kehren?" Nachdenklich antwortete Mareike „nicht vor nächster Woche, was sich gut trifft, weil sich das Wetter ändern soll. Bis jetzt habe ich unheimliches Glück gehabt. Du wirst begeistert sein, wenn du meine Fotos von tauchenden Puffins siehst. Hast du übrigens von Claire betreff der Filme gehört?"

Während seine Mutter und Steve ihre Neuigkeiten austauschten, konnte Peer immer noch nicht die Schätze von Lundy aus dem Sinn bekommen. Er konnte nicht verstehen, dass selbst mit Metallsuchern noch nichts entdeckt worden war. Vielleicht war auf dem unteren Teil der Insel überhaupt nie etwas versteckt worden. Wenn er darüber nachdachte, würde er das sicher anders machen. Es war viel zu leicht zu erreichen und auch leicht zu überblicken. So blöde würde er bestimmt nicht sein! Auch eine Unterwasserhöhle käme für ihn nicht in Frage. Immer wieder grübelte er darüber nach.

Nie hätte er es für möglich gehalten, dass er sich irgendwann mal auf den Schulanfang freuen würde; aber tatsächlich konnte er es kaum abwarten, in der ehrwürdigen alten Bibliothek von West Buckland seine Nachforschung zu beginnen. Er müsste es auch bald machen, solange seine Mutter auf Lundy arbeitete und er diesen guten Grund hatte, die Insel zu besuchen. Sie brauchten nicht lange auf den diensthabenden Arzt zu warten. Wie erwartet erklärte er Steve für fit; aber wollte Peer noch ein paar Tage beobachten. Mareike versuchte, Tinys Anwesenheit zu entschuldigen; aber der Arzt winkte ab. „Dieser Hund hat ein Riesenglück gehabt! Noch nie ist jemand, der in die Strudel von Baggy Point geraten ist, mit dem Leben davongekommen. Es muss der Seetang bei Croyde gewesen sein, der sie aufgefangen hat." „Ganz bestimmt! Sie können sich kaum vorstellen, wie dankbar ich bin. Der Moment, als der Hubschrauber ohne sie abflog, war einer der schlimmsten in meinem Leben!" Der Arzt nickte verständnisvoll „ich mag es mir gar nicht vorstellen, es ist zu furchtbar für Worte. Es war nett, Sie kennenzulernen und vor allem Ihren Hund. Passen Sie bloß auf, dass die Oberin Sie nicht erwischt."

Es war eine schöne Woche, die sie dann zusammen verbrachten, ehe sie Peer nach West Buckland brachten. Peer genoss vor allem das Gefühl, endlich zu einer „richtigen" Familie zu gehören. Die geteilte Gefahr schien sie fest vereint zu haben. Eine große Überraschung erwartete sie im Internat. Unter all den Eltern und Schülern erblickten sie Svenja mi ihrem Vater Sergey!

„Das ist ja ein wunderbarer Zufall" rief Sergey nachdem Steve ihn mit Mareike und Peer bekannt gemacht hatte.

„Nun hat mein kleines Mädchen hier jemanden, den sie kennt!" Peer hatte das junge russische Mädchen mit großem Interesse wahrgenommen. Er erinnerte sich daran, dass sie verschiedene Springrennen gewonnen haben sollte und war beeindruckt. Aber auch ihre hellblonden Haare und großen braunen Augen gefielen ihm mehr als gut.

Svenja hingegen war von Peers Mutter fasziniert. Eine Wissenschaftlerin, die auf der Insel Lundy das Leben der Tauchpapageie filmte und studierte! Sie war noch nie in ihrem Leben schüchtern gewesen und so begann sie sofort, Peer nach seiner Mutter auszufragen. Für ihn war das genau das richtige Gesprächsthema; denn es gab niemanden, den er mehr bewunderte als seine Mutter, Außerdem wusste er viel über ihre Arbeit. Beide waren sofort in einer lebhaften Diskussion. Sie boten ein reizendes Bild – Svenja so zierlich und blond neben dem hochgewachsenen Peer mit seinem dichten schwarzen Haar und leuchtenden blauen Augen.

Mareike und Steve sahen sich an, Steve zog seine Augenbrauen hoch und bemerkte „dein Junge wird erwachsen, mein Liebes." Sie sah Steve scharf an und wandte sich den beiden zu. „Ich freue mich, dich kennenzulernen, Svenja. Wir haben von deinem Unfall in der Krim gehört. Hast du noch viel Schmerzen an deinem Bein?" Svenja zog ihr Hosenbein hoch und zeigte Mareike eine neuartige Stütze um ihr Bein. „Nein, es ist nicht mehr so schlimm, seitdem mir diese Stütze verschrieben wurde. Sie ist viel bequemer als die alten Gipsverbände! Ich hinke noch und darf nicht reiten. Aber ich bin so froh, dass meinem Pferd nichts bei dem Fall passiert ist!" „Sicher liebst du dein Pferd sehr, ich kann das gut verstehen. Mein Pferd musste auf Ameland bleiben und ich vermisse es sehr."

Svenja war begeistert, einen Pferdefan kennenzulernen, „ja, das kann ich verstehen, ich vermisse auch mein Pferd ganz ungeheuer. Vielleicht, wenn Mama kommt, können wir reiten zusammen. Die Moore sollen schön sein zum Reiten, ja?" Mareike nickte, „das ist eine gute Idee, Peer ist auch ein guter Reiter, wir müssen etwas planen, Svenja."

Schon war die Zeit des Abschieds gekommen. Die Schüler wurden von den Lehrkräften sehr geschickt in Gruppen geordnet und unterteilt, dass keine Zeit für Abschiedskummer war. Steve, Mareike und Sergey verabschiedeten sich vom Headmaster, der sie einlud, ihre Kinder in einem Monat zu ihrem ersten freien Wochenende abzuholen.

Sergey war niedergeschlagen, als sie zusammen West Buckland verließen. Der Abschied von seiner Tochter machte ihm immer sehr zu schaffen. Er lud Steve und Mareike zu einem Pub Lunch ein, um die Einsamkeit noch etwas herauszuschieben. Sie besuchten eins der malerischen alten Pubs in Exmoor, wo sich die Männer mit einem Glas Ale entspannten, während Mareike einen Rotwein gewählt hatte. „Auf eine glückliche Schulzeit von Peer und Svenja!" Steve und Mareike stimmten gern zu „hear, hear!" Alle drei unterhielten sich dann angeregt, bis Sergey beide ins Auge fasste, „Sie müssen mir verzeihen, wenn ich etwas offen bin, aber dürfte ich eine Frage stellen?"

„Schießen Sie nur los, wir haben keine weltbewegenden Geheimnisse, Sergey," scherzte Steve.

„Mir ist, als ob ich eine Troika mit Hochzeitsglocken höre, wie sie im alten Russland sagen?" Steve zögerte einen Herzschlag „das ist gut möglich, obwohl ich glaube, das sind eher Schiffsglocken, wenn die in Frage kommende Dame ihr Jawort gibt."

Mareike schüttelte ihre kurzen Locken, lachte und sagte „dies muss wohl der merkwürdigste Heiratsantrag sein, den ich mir vorstellen kann, falls es tatsächlich einer sein soll.“ Steve sah äußerst verlegen aus, als er zugab „ hmm, ja, bisher hatte ich noch nicht die Courage zu fragen, Sergey, vielen Dank, dass Sie es zur Sprache gebracht haben.“ „Soll das heißen, Sie haben die große Frage tatsächlich noch nicht gestellt, Steve?“ Sergey konnte seinen Ohren kaum trauen. „Ja, ich fürchte, das ist die Wahrheit. Ich hatte zu große Angst vor einer Absage. Aber da es ja nun erörtert wird, frage ich dich, Dr. Mareike van Doorn, würdest du es in Erwägung zu ziehen, einen Schornsteinfeger aus Devon zu heiraten?“ „Ja, du dummer Schornsteinfeger, ich würde dich wirklich zu gern heiraten.“

Sergey hatte sich taktvoll in den Hintergrund zurückgezogen, und verhandelte mit dem Wirt, ob er eventuell eine Flasche Sekt auf Vorrat hätte und hörte zu seinem Erstaunen, dass immer eine Flasche Veuve Clicquot auf Eis lag. Und so wurde diese einmalige Verlobung mit einem guten Glas Champagner und einem russischen Toast besiegelt. Mareike konnte gerade noch Sergey daran hindern, in guter Kosaken Manier, sein Glas in den Kamin zu schleudern, was dem Wirt sicher nicht gefallen hätte.

Die drei Freunde verließen das Pub in wesentlich fröhlicher Stimmung, als sie es betreten hatten. Sergey musste zurück nach London und Steve mit Mareike machten sich auf den Weg nach Hause. Sie hatten sogar schon angefangen, Hochzeitspläne zu schmieden. Nun, da die Würfel gefallen waren, hoffte Steve auf eine Hochzeit in nicht allzu weiter Ferne. Etwas zögernd fragte er Mareike „wir brauchen doch nicht unbedingt zu warten, bis unsere Baupläne verwirklicht sind, oder was meinst du? Ich denke, es wäre auch für Peer besser.“

Zu seiner Freude stimmte Mareike ihm gleich zu und zu Hause angekommen, begannen sie eine ernsthafte Diskussion über die etwas komplizierten Einzelheiten.

Mareike hatte eine genaue Vorstellung von einer Segnung am Ufer von Lundy vor Augen. „Steve, stell dir doch nur den Strand mit dem silbrigen Sand und den dunklen Felsen dahinter vor, davor das klare türkisene Wasser – wir laden nur unsere engste Familie und beste Freunde ein, alles ganz einfach und natürlich. Ich würde einen Brautstrauß von Seedisteln, Lavendel und weißen Rosen tragen . . . Kannst du dir nicht ausmalen, wie unglaublich schön es wäre, nur mit dem mit dem sanften Plätschern der Wellen als Begleitung."

Steve war von dieser überraschend romantischen Vorstellung seines Meisjes tief gerührt und war entschlossen, ihr diesen Wunsch zu erfüllen, wenn irgend möglich. Nur an das Wetter mochte er kaum denken. Wieviel Tage gab es wohl in Norddevon, an denen das Wetter mitspielen würde? Ein Haupttreffer in der Lotterie wäre wahrscheinlich eher denkbar. Aber er sagte doch „und was sollen wir anziehen, Wetsuits?"

„Och Steve, nun sei kein Spielverderber! Wir brauchen uns nicht um das Wetter zu kümmern. Wir müssen nur Neptun vertrauen, immerhin ist Lundy in seinem Reich und er wird für uns sorgen, ich weiß es! Immer wenn ich wirklich unglücklich war oder Sorgen hatten, sagte mein Vater zu mir „geh und sprich mit Neptun, mein Kind." Und weißt du, er hat mir immer geholfen."

„Du hast völlig recht, mein Liebes" war Steves ernste Antwort „und das ist einer der Gründe, dass ich niemals irgendwo leben könnte als am Meer. Du kannst dir kaum vorstellen, wie verloren ich mir in London vorkam.

Aber nun lass uns einmal den Tatsachen ins Gesicht sehen. Meinst du nicht, es wäre realistischer, wenn Teil unserer Hochzeit in Holland stattfinden würde. Am besten die standesamtliche Trauung. Dann könnten wir alle deine entfernteren Freunde und Bekannten dazu einladen und nur die engsten Verwandte kommen nach Lundy."

Mareike strahlte ihn an „das ist eine sehr gute Idee und meine Eltern werden sich darüber freuen. Aber wie ist es mit einem Pastor, der uns trauen würde?" „Da glaube ich, kenne ich genau den richtigen Mann. In Georgeham gibt es ein religiöses Ferienheim, das von einem sehr modernen und motivierten jungen Pastor geleitet wird. Er ist ein begeisterter Surfer, ich habe mich neulich lange mit ihm unterhalten und muss zugeben, dass ich von seinen Ansichten sehr beeindruckt war. Aber noch wichtiger - wie sollen wir denn die Genehmigung bekommen, eine Trauung auf Lundy zu haben?"

Mareike erwiderte sehr zuversichtlich „die Universität für die ich die Studien auf Lundy mache, hat die besten Beziehungen zum National Trust und ich werde es ihnen überlassen. Wir wissen beide doch, dass es am wichtigsten ist, die richtigen Leute zu kennen."

Jetzt hatte Mareikes Idee von der Segnung auf Lundy auch von Steve Besitz ergriffen. Er konnte es sich alles genau vorstellen und war sich sicher, dass nichts anderes so gut zu seinem Meisje passen würde, wie dieser einmalige Ort im Atlantik, wo der Wind durch ihre kurzen Locken wehte und der Geruch von Seetang in der Luft lag.

Er war voll Dankbarkeit für das große Glück, dass er sie und Peer gefunden hatte. Die letzten Ereignisse hatten ihm gezeigt, wie sehr ihm auch ihr Sohn ans Herz gewachsen war.

„Wach auf, mein Junge" sagte Mareike und gab ihm einen sanften Schubs „du siehst plötzlich ganz verträumt aus und wir haben so viel zu bedenken.

Zum Beispiel, was sollen wir denn statt Wetsuits anziehen" und lachte. Steve konterte sofort „, wenn du schon so genau weißt, wie dein Brautstrauß aussieht, warum machst du nicht die Augen zu und stellst dir vor, was dazu passen würde?" „Manchmal muss ich zugeben, entwickeln Männer tatsächlich Fantasie, so wie eben. Also, ich sehe für mich weiße seidene Hosen und eine lavendelfarbene Bluse – und weiße Jeans und ein dunkelblaues Seidenhemd für dich. Was meinst du dazu?" „Ich habe mich noch nie viel um Mode gekümmert; aber das hört sich gut an. Was ist mit Peer? Er ist zu erwachsen, um ein Page zu sein und zu jung für

„best man"?" „Es wäre doch nett, wenn er der Begleiter für Svenja wäre. Beide müssten weiße Jeans und marine Tops tragen" Mareike träumte weiter „sie würden reizend zusammen aussehen und dann hätten sie auch keine Langeweile." Peer seufzte „bald ist es kaum noch eine einfache kleine Zeremonie am Strand, sondern ein großes Event. Wollen wir nicht lieber einfach weglaufen?" „Unsinn, wir müssen auch an unsere Familien denken. Wir haben großes Glück, dass sie sich auch für unsere ganz andere Hochzeit begeistern werden, nicht wie die meisten Eltern. Und wir werden uns immer an unsere Hochzeit an ein ganz besonderes Ereignis in unserem Leben erinnern können – genau wie wir es uns wünschen."

„Selbst, wenn es in Strömen gießt und ein Orkan Stärke 8 tobt?" „Ganz bestimmt" versprach Mareike „und nun behalte deine negativen Bemerkungen für dich oder ich werde nicht daran teilnehmen!" „Das darfst du mir nicht antun, ich verspreche, dass ich mich von jetzt an zurückhalten werde! Nun kommen wir zum leiblichen Wohl, hast du eine gute Idee?"

„Also, ich weiß ja nicht, was du davon hältst; aber für eine so ungewöhnliche Hochzeit könnte ich mir ein Makrelen Barbecue gut vorstellen. Das könnte am Strand bereitet und auf dem Schiff serviert werden, falls wir eins haben."

Steve machte ihr eine kleine Verbeugung „du hast dir einen besonders klugen Mann angelacht, der seine Schornsteinfegerbeziehungen zum Kapitän des Yersorgungsbootes nach Lundy geschickt genutzt hat, und es für eine Hochzeit in einem blank geputzten Zustand arrangieren kann. Wir hätten auch die „Oldenburg" haben können; aber ich denke, sie wäre etwas zu groß." „Das könnte nicht besser sein, wir dürfen nicht die Zitronen für die Makrelen vergessen.

Wie ist es mit Musik? Eine Orgel können wir unter Garantie nicht haben; aber wie wäre ein Akkordeon? Ich würde wirklich gern „All things bright und beautiful" haben, schließlich lieben wir beide Tiere, und mein Vater ist Tierarzt." Steve griente von Ohr zu Ohr „auch das ist kein Problem, einer meiner Surfer Freunde spielt in Pubs und würde es bestimmt gern machen. Ich könnte mir vorstellen, alte Sea Shantys wären während der Mahlzeit sehr willkommen."

Sie waren beide mehr als zufrieden mit ihrer Planung und fanden, dass sie als Hochzeitplaner eine große Zukunft haben würden. „Ob wir wohl bei der Hochzeit selbst so viel Spaß haben werden, wie bei der Planung, was meinst du, Steve?"

Mit großer Überzeugung sagte Steve „noch mehr, denk doch mal, wie schön es sein wird, alle unsere Freunde und Familie hier zu haben. Was meinst du übrigens, ob sich Peer wohl im Internat wohl fühlt?" Mareike zauderte einen Moment, ehe sie antwortete, „ja, er scheint zufrieden zu sein, aber mir kommt es etwas merkwürdig vor, dass er immer wieder über die Bibliothek spricht. Das ist sonst gar nicht seine Art.

Er hat schon immer gern gelesen; aber diese plötzliche Leidenschaft scheint mir doch irgendwie übertrieben. Ein Glück, dass auch Svenja im Internat ist. Sie scheint mir sehr vernünftig zu sein. Eigenartig, dass sie nicht mehr von ihrer Mutter sieht, warum wohl?" „Sie hat mir erzählt, dass sie das Leben in diplomatischen Kreisen in London hasst und ich kann ihr das wohl nachfühlen. Aber Sergey tut mir leid. Es kann nicht einfach für ihn sein, fast nur ein Junggesellendasein zu führen. Wir müssen versuchen, Svenja oft einzuladen, wenn wir etwas mehr Platz haben."

Svenja und Peer hatten keinerlei Schwierigkeiten sich in Westbuckland einzuleben. Beide hatten nette Mitschüler und schlossen leicht freundschaftliche Beziehungen. Peer hatte keine Zeit verloren, schon in seiner ersten Woche hatte er Erlaubnis erhalten, die Bibliothek zu benutzen.

Als sein Klassenlehrer ihn zum ersten Mal in den hohen Raum mit den tausenden von Büchern führte, um ihm die Hausregeln zu erklären, war er von Ehrfurcht und dem Gefühl der Vergangenheit ergriffen. Die Ausstrahlung von uralten in Leder gebundenen Bänden taten das ihre, eine ganz besondere Atmosphäre zu schaffen.

Er konnte sich kaum satt sehen, als er Reihen von Büchern über Lundy entdeckte – Lundys Piraten und Schiffsbrüche, Lundys Geschichte bis zurück in das Bronzezeitalter.

Niemals hatte Peer vermutet, dass eine so winzige Insel an der Küste von Norddevon eine so faszinierende Geschichte gehabt haben konnte. Und wie er es erhofft hatte, gab es noch jede Menge an Schätzen zu entdecken. Wie merkwürdig dachte er, dass Lundy niemals in Romanen oder Filmen auftauchte! Warum immer nur Old John Silver und die Piraten der Karibik, wenn es hier auch jede Menge von Piraten, Sklaven, Abenteuern und Dramen gab, die man sich nur vorstellen konnte?

Ob er wohl Svenja davon erzählen sollte, überlegte er sich. Sie schien ein ganz vernünftiges Mädchen zu sein und es wäre wirklich schön, wenn er jemanden hätte, mit dem er darüber sprechen könnte. Schon am nächsten Tag ergab sich eine gute Gelegenheit, als sie nebeneinander beim Abendessen saßen. Sie war gleich bereit, ihn nach dem Essen zu treffen und schien ehrlich erfreut zu sein, ihn wiederzusehen.

Als er dann begann, über Lundy, Piraten und Schätze zu sprechen, war sie sofort hochinteressiert und hörte aufmerksam alle seine Theorien an. Peer hingegen war sehr beeindruckt, wie gespannt sie zuhörte und ihn nicht einmal unterbrach, wie es wohl die meisten Mädchen getan hätten, bis er sie endlich fragte „also was meinst du dazu, Svenja?“

„Du muss einen Moment warten, Peer, das ist alles so unheimlich aufregend, dass ich es kaum glauben kann. Hast du schon irgendeinen Plan?“ „Bis jetzt noch nicht; ich bin noch immer dabei, die Bücher in der Bibliothek zu studieren. Aber weißt du, es hilft mir jetzt schon, wenn ich darüber reden kann. Was meinst du überhaupt dazu, dass meine Mutter und Steve heiraten werden?“

„Da hast du großes Glück, ich habe festgestellt, dass Steve ein ganz besonderer Typ ist.“ Per sah sehr ernst aus, als er erwiderte „da hast du wohl recht. Ich hätte nie geglaubt, dass ich irgendjemanden für gut genug gefunden hätte; aber Steve mag ich auf jeden Fall sehr. Würdest du lieber mit deiner Mutter zusammen in Russland leben?“ „Mama geht völlig in ihrem Leben in St. Petersburg auf, und dann verbringt sie sehr viel Zeit mit ihren Pferden. Viel sehe ich nicht von ihr, auch wenn ich in Russland bin. Ich fühle mich irgendwie mehr zu meinem Babuschka hingezogen. Und mein Pferd, Hund und Katze vermisse ich hier sehr.“

„Das kann ich verstehen. Wenn meine Oma und Opa zur Hochzeit von Holland kommen, werden sie unsere Hunde, William und George, mitbringen. Die werden von dem Leben hier begeistert sein. Ist es nicht merkwürdig, dass sich manchmal alles so plötzlich ändern kann?“

Kapitel 29

Nicht nur Peer und Svenja redeten über die Hochzeit – Pieter und Antje auf Ameland redeten über ihr „Meisje", als sie mit den Hunden durch die Dünen wanderten. „Es wird merkwürdig sein, wenn wir weder Mareike noch Peer und die Hunde am Wochenende hier haben werden, bestimmt sehr einsam. Ich mag es mir gar nicht vorstellen. Wenigstens müssen wir vorher noch die Hochzeit organisieren. Am besten sicherlich in Amsterdam, meinst du nicht auch? Es ist für alle leicht erreichbar und wir haben die Auswahl von vielen netten Restaurants. Ich sehe da kein Problem." „Wie immer hast du recht, Pieter! Ich muss zugeben, dass ich mich mehr auf die Zeremonie auf Lundy freue. Genau das Richtige für unsere Mareike, wie auch Steve irgendwie bestens zu ihr und Peer passt. Es wird so schön sein, unsere alten Freunde wiederzusehen."

„Das finde ich auch, und wie eigenartig, dass wir nun Verbindungen, nicht nur mit England, sondern sogar Russland haben werden. Ein Zeichen unserer modernen Zeit, meinst du nicht auch?" Antje nickte „wer wohl noch zu der Inseltrauung kommen wird? Mareike sprach nur von Familie und sehr guten Freunden."

Wie Antje und Pieter diskutierten auch Joan und Alex die Gästeliste und kamen zu dem Resultat, dass ungefähr 19 Gäste zu erwarten waren. Hunde müssten für einen Tag in den Zwinger verbannt werden und Blue das Cottage hüten. Joan hatte schon immer hervorragend organisieren können und war in ihrem Element.

Die Zeit verstrich wie so oft viel zu schnell. Mareike und Steve waren nach ein paar hektischen Tagen unterwegs nach Amsterdam, wo sie sich endlich entspannen konnten, denn Svenjas Eltern hatten alles so hervorragend organisiert, dass nichts für die beiden zu tun war, als ihr Glück zu genießen, ganz ohne Sorgen um Peer, Hunde und Job. Antje und Pieter hatten sie als Überraschung in einem Boutique Hotel an einer ablegenden Gracht eingemietet.

„Wie liebevoll deine Eltern unsere Hochzeit gestaltet haben, werde ich nie vergessen, mein Meisje“ seufzte Steve glücklich, als sie nach dem Fest endlich zur Ruhe kamen. „Ja, du hast recht, trotzdem hat mir mein Junge gefehlt, aber er wird ja auf Lundy dabei sein!“

Da alle Erwachsenen vollauf mit Hochzeitsvorbereitungen beschäftigt oder in Amsterdam waren, konnten Peer und Svenja ihren Plan ausführen, auf Lundy nach einem Schatz zu suchen. Sie schwindelten der Schulleitung vor, dass sie Peers Mutter auf Lundy bei ihren Studien zur Hand gehen sollten mit Kamera tragen und ähnlichem. Peer wusste genau, wo sich das Zelt seiner Mutter mit allen Provisionen befand. Er hatte alles, was er in den Büchern entdeckt hatte, ausgewertet und war jetzt überzeugt, dass es wenig Sinn hatte, nach vergrabenen Schätzen zu suchen, sondern eher nach Artikeln von Wracks, die von der Flut angetrieben waren. Die Route der meisten portugiesischen Koggen führte an Lundy vorüber auf dem Weg nach Cornwall, um dort Zinn einzuladen. Svenja und er machten sich am Wochenende auf den Weg nach Ilfracombe, um dort das Versorgungsboot zu nehmen. Sie wussten, dass der Milchmann, der die Schule frühmorgens belieferte, zurück nach Ilfracombe fuhr. Er hatte ihnen versprochen, beide für fünf Pfund mitzunehmen.

Alles klappte wie am Schnürchen und als sie an dem sonnigen Morgen auf dem Schiff waren, sahen sie sich triumphierend an. Das große Abenteuer konnte beginnen. Während der Bootsfahrt erzählte Peer Svenja noch mehr von Lundy. Er hatte in einem der alten Bände entdeckt, dass Lundy auch mysteriös mit Stonehenge verknüpft war. In diesem Buch wurde nachgewiesen, dass Lundy eins von drei vorzeitlichen Orten war, die durch den Glauben der Druiden verbunden waren. Stonehenge war der zweite und in Schottland lag der dritte. Die Forschungen auf Lundy gingen bis in die Bronzezeit zurück. Aber beide wussten, dass die Chance, dass sie hier irgendetwas aus grauer Vorzeit finden würden, sehr gering war. Beide waren erleichtert, als sie das Versorgungszelt tatsächlich fanden und es alles enthielt, was sie brauchten. Als erstes nach guter britischer Sitte, bereitete Peer auf dem kleinen Campingkocher für jeden einen Tee. Sie saßen auf ein paar Felsen, blickten aufs Meer und Peer sagte, „selbst, wenn wir nichts finden, ist dieser Trip hierher einmalig!" Svenja strahlte ihn an „und ich danke dir tausendmal, dass du mich mitgenommen hast, auch wenn ich Tee mit Milch trinken muss und nicht mit Zitrone!"

Kapitel 30

Dann breitete Peer eine Karte von Lundy aus, die er kopiert hatte. „Sieh mal, hier verläuft die Strömung der Gezeiten. Die Punkte, die ich eingetragen habe, sind die Wracks der letzten 300 Jahre.

Danach kann man sich so ungefähr überlegen, wo irgendetwas angetrieben sein könnte. Dazu kommt natürlich noch der Faktor, dass große Stürme alles durcheinanderbringen."

Svenja sah ihn bewundernd an „es ist ganz toll, wie du das alles erforscht und geplant hast, wie ein richtiger Wissenschaftler!" „Na, darauf kann ich mir nicht viel einbilden, ich habe diese Vorbereitungen schon so oft bei meiner Mutter gesehen. Sie sagt immer, dass gründliche Planung das Wichtigste bei wissenschaftlichen Forschungen ist. Siehst du hier gleich neben dem Piratenstrand"

Er zeigte es ihr auf der Karte „ist hinter diesem Felsen ein schmaler Sandstreifen, der in eine Höhle führen könnte. Das ist eine Stelle, die ich ausgesucht habe. Wenn die Strömung der Flut so verläuft, wie es hier auf der Karte aussieht, könnten Gegenstände von diesen vier Wracks hier angeschwemmt worden sein. Wir müssten auf Ebbe warten, um dort hin zu kommen. Der Abstieg von oben ist zu gefährlich. Am besten, wir sehen es uns heute noch genau an, damit wir morgen nur noch auf die Ebbe zu warten brauchen."

Svenja war zu allem bereit und folgte Peer bereitwillig. Sie ließ ihre Augen über die unberührte Natur schweifen und entdeckte zu ihrer Freude wilde Himbeeren zwischen den Brombeerbüschen und nahm sich gleich vor, sie zum Abendbrot zu pflücken.

Sicher führte Peer sie über die Insel zu ihrem Ziel, und tatsächlich konnte man es nur bei Ebbe erreichen; aber dann schien es ganz einfach zu sein. Svenja bemerkte auf dem Rückweg, wie wortkarg Peer erschien. „Was ist denn, tut dir was weh, oder was hast du?" Etwas verlegen antwortete er schließlich, „komisch, ich habe beinah ein schlechtes Gewissen, weil ich dies ohne meine

Mutter mache. Und du musst nicht denken, dass ich etwa ein Muttersöhnchen bin; aber wir haben bisher immer alles zusammen gemacht. Es wäre so super, wenn ich etwas finden würde, um es ihr zur Hochzeit zu schenken." „Das kann ich gut verstehen, Peer. Aber überleg doch mal, wenn es eine Überraschung sein soll, musst du es doch ohne deine Mutter machen, also?" Sichtlich erleichtert stieß er sie an und rief, - „wer die meisten Himbeeren findet!"

Den Rest des Tages verbrachten sie damit, Brutstätten von Seevögeln zu suchen und zu notieren und sich gegenseitig von ihrer Kindheit zu erzählen. Zufrieden saßen sie noch zusammen und bewunderten den Sternenhimmel nach ihrem Abendessen von Porkpie gefolgt von wilden Himbeeren. Dann überließ Peer Svenja den Schlafsack seiner Mutter, während er sich in eine Decke einrollte. Beide waren so müde, dass sie sofort einschliefen. Noch vor dem Abendessen hatte Peer sorgfältig seinen Rucksack gepackt.

Karte, Kompass, Wasser, Verbandszeug, Messer – dann fiel sein Blick auf die Abseil Ausrüstung. Die könnte nützlich sein, er war froh, dass er den alpinen Abseilkursus im Internat in Amsterdam mitgemacht hatte und suchte ein paar Klampen, Seile und einen kleinen Hammer aus.

Der Morgen brach wolkenfrei und sonnig an, und die beiden Abenteurer machten sich erwartungsvoll auf den Weg. Am Piratenstrand angekommen, konnten sie, ohne lange zu warten, um den hohen Felsen zu dem schmalen Landstreifen gelangen.

Sie entdeckten, dass er in eine tiefe Höhle führte. Peer setzte seinen Rucksack ab und war dankbar, dass er ein Seil mitgenommen hatte. Er gab Svenja den Anfang des Seils und prägte ihr ein, dass sie es auf keinen Fall loslassen dürfte. Dann hängte er es sich über die Schulter. Als er den Höhleneingang betrat, ärgerte er sich sofort, dass er nicht an eine Taschenlampe gedacht hatte. Außerdem hatte er versäumt, draußen zu prüfen, wie hoch das Wasser bei Flut in der Höhle steigen würde. Eigentlich sollte er die Erforschung der Höhle aufgeben; aber seine Wissbegier trieb ihn weiter. Er tastete sich vorsichtig an der Wand weiter, bis er plötzlich in eine Vertiefung abrutschte. Gerade noch konnte er sich mit einer Hand an der Felskante festklammern, die andere Hand krallte sich um einen runden Gegenstand, der sich aus dem Felsen löste und er ihn aber über die Kante schieben konnte. Mit beiden Händen klammerte er sich nun an die Felsen und versuchte einen Ellenbogen hoch zu wuchten. Einen Augenblick wartete er; dann nahm er alle Kraft zusammen, um höher zu gelangen. Sein Ellenbogen lag nun auf einer scharfen Kante; aber er verbiss wütend den Schmerz. Was hatte er nur gemacht? Am schlimmsten war ihm der Gedanke, dass er die kleine Svenja in Lebensgefahr gebracht hatte! Jetzt hörte er ihre Stimme „Peer komm zurück, die Flut kommt!" Wie konnte er nur so unvernünftig gewesen sein! Steve war vor seinen Augen, wie er ihn gerettet und beinah seinen Hund verloren hatte und nun passierte etwas viel Schlimmeres.

Nein, er musste es schaffen und wenn sein Arm noch so schmerzte! Er erinnerte sich an irgendeinen Film und versuchte, mit einem Bein einen Halt zu finden. Was für eine Erleichterung, er hatte gegen Stein getreten. Nun brauchte er nicht mehr lange, bis er sich über die Kanten gearbeitet hatte. Mit dem Knie stieß er gegen den Gegenstand, der aus dem Felsen gebrochen war und packte ihn seinen Anorak.

Besorgt stellte er fest, dass der Boden unter ihm schnell von Wasser überflutet wurde. An seinem Seil tastete er sich so schnell wie möglich aus der Höhle und wurde von der weinenden Svenja erleichtert begrüßt. Tatsächlich hatte die Flut eingesetzt und überflutete den schmalen Streifen Strand. Noch ein Fehler stellte Peer schweigend fest. Er hatte angenommen, die Ebbe hätte gerade eingesetzt, als sie ankamen, während sie schon zu Ende ging. Ein fataler Irrtum. Er blickte sich um und hob Svenja auf den nächsten Felsabsatz.

„Du brauchst keine Angst zu haben" versicherte er ihr „ich habe ja den Kletterkurs gemacht, und wir werden hier schnell rauskommen.“ Auf keinen Fall durfte Svenja merken, wie besorgt er selbst war. Aus seinem Rucksack holte er die Kletterweste seiner Mutter und zog sie Svenja über, dann klinkte er sie an das Leitseil, verstaute das runde Fundstück im Rucksack, bewaffnete sich mit Klampen und dem kleinen Hammer und zog sich auch auf den Felsvorsprung hoch.

Das Wasser ging ihm indessen schon bis an die Hüfte. Die Flut, so stellte er fest, kam hier nicht in Wellen an einem flachen Sandstrand allmählich näher und näher, wie er es von Holland gewohnt war, sondern stieg schweigsam und stetig in die Höhe, beinah unheimlich. Er studierte dann die Felswand, die sie vom Piratenstrand trennte und zog seineTrainers aus. „Meine Mutter hat mich immer ihren kleinen Affen genannt, als ich noch klein war“ erklärte er lachend Svenja, um sie weiter zu beruhigen „, weil ich mich beinah mit meinen Zehen festhalten konnte. Nun greif du das Seil ganz fest und sei ruhig, du kannst dich auf mich verlassen!“ „Das tue ich doch auch, wenn wir zusammen sind, habe ich wirklich keine Angst“ versicherte ihm Svenja. „Du musst genau aufpassen, wo ich meine Füße hinsetze und versuchen, es ebenso zu machen. Ich weiß doch, was für eine gute Reiterin du bist, damit verglichen, ist dies ein Kinderspiel. Du wartest, bis ich einen guten Halt gefunden habe und dich mit dem Seil heraufholen kann.“

Damit wandte er sich der Felswand zu und erreichte tatsächlich einen kleinen Vorsprung ohne Schwierigkeit. Dann konnte er sich völlig darauf konzentrieren, Svenja herauf zu helfen. Voller Bewunderung sah er, wie sie ohne jede Panik seinen Anweisungen folgte. Ein tolles Mädchen, dachte er.

Meter für Meter kletterten die beiden nun an dem schroffen Felsen hoch, bis sie die Spitze erreicht hatten und den Piratenstrand auf der anderen Seite sehen konnten. „Nun nur nicht unvorsichtig werden“ warnte er Svenja „der Abstieg ist manchmal schwieriger als nach oben. Vor allem, sieh niemals nach unten. Bald haben wir es geschafft."

Er selbst musste sich sehr zusammennehmen, denn die Wunden an seinem Ellenbogen und an seinen Händen schmerzten jetzt fast unerträglich. Aber nicht umsonst war er der Sohn seiner Mutter. Er musste, die ihm anvertraute Svenja aus dieser gefährlichen Situation, in die er sie gebracht hatte, retten. Mit eiserner Entschlossenheit benutzte er jede Felsspalte für den Abstieg, bis er es geschafft hatte und nachdem er auch Svenja in Sicherheit hatte, verließ ihn fast alle Kraft. Aber auch der Piratenstrand stand nun schon unter Wasser und die beiden mussten sich durch die brusthohe Flut ans Ufer kämpfen. Dann aber ließen sie sich ins Heidekraut fallen, unfähig auch nur noch einen einzigen Schritt weiter zu machen.

Svenja lag an Peers rechter Seite und sah den blutdurchtränkten zerrissenen Ärmel seines Anoraks. Vorsichtig, ohne dass Peer es bemerkte, hob sie einen Zipfel des Ärmels auf und zuckte zusammen, als sie die tiefe Wunde sah. Wie gut, dass sie schon manchen Reitunfall mit Verletzungen gesehen hatte und sich nicht schrecken ließ. Besonnen holte sie das Verbandszeug aus Peers Rucksack und entdeckte erleichtert eine kleine scharfe Schere, Jod und Verbandszeug. Ein Vorteil war, dass die Wunde durch das Meerwasser sauber war. Wenn sie jetzt noch mit Jod betupfte würde, könnte eine Entzündung sicher verhindert werden. Ganz vorsichtig schnitt sie den Anorak Ärmel völlig ab. Nun aber musste sie Peer aus seinem erschöpften Schlaf wecken; denn das Jod würde höllisch schmerzen. Sie wartete noch einen Moment, dann sagte sie leise „Peer, kannst du jetzt mal die Zähne zusammenbeißen, dies wird mächtig wehtun; aber du weißt ja, wie wichtig es ist, dass sich nichts entzündet. Du musst aber ganz stillhalten!"

Schlaftrunken murmelte er „ok, aber dann lass mich weiterschlafen," setzte sich auf und lehnte sich gegen einen Baumstumpf. Svenja sah, wie ihre Hand zitterte und zögerte noch, bis er brummte „nun mach schon." Dann tupfte sie die klaffende Wunde mit dem jodgetränkten Wattebausch vorsichtig ab. Peer stöhnte nur auf und wurde kreidebleich unter seiner Sonnenbräune. Dann stammelte er „ist da noch ein Schluck Wasser"? Schnell holte Svenja die Flasche aus dem Rucksack und gab sie ihm. Durstig trank er ein paar Schluck und kam wieder etwas zu sich.

Er griff nach Svenjas Hand und flüsterte nur „danke für alles!" „Was meinst du denn, du hast mir doch das Leben gerettet," protestierte Svenja. „Aber ich habe dich ja erst in die Gefahr gebracht, und das kann ich mir nicht verzeihen. Aber ich will dir eines sagen, wenn ich nicht gewusst hätte, dass ich dich hier rausholen musste, hätte ich in der Höhle wohl aufgegeben."

„Oh Peer, was haben wir für Glück gehabt, meinst du, es war Neptun?" „Meine Mutter würde sagen – bestimmt! Aber was anderes, sieh doch mal in meinen Rucksack. In der Höhle brach so ein rundes Ding aus dem Gestein, als ich mich daran festhielt und ich habe es mitgenommen. Was es wohl ist?"

Svenja fand es sofort und zog es heraus – eine kreisrunde Bronzescheibe mit einigen Löchern am Rand und einer Art Griff, dachte sie, ganz und gar mit hartem Sand verkrustet. „Einen Augenblick, ich spüle es eben ab" und sie lief schnell zum Wasser. Wortlos kam sie zurück und reichte Peer den Gegenstand. Auch ihm fehlten zuerst die Worte, bis er schließlich ganz leise und ernst sagte „da ist unsere Antwort" und zeigte auf eine uralte Sonnenuhr, die er in der Hand hielt, auf der das Gesicht eines lächelnden Neptuns eingraviert war. Dann wies er auf die Jahreszahl - 1689!

Svenja setzte sich stumm neben ihn und beide starrten ehrfürchtig auf die Sonnenuhr, die Peer noch immer in der Hand hatte. Jetzt griff Svenja nach Peers Hand. „Es ist irgendwie unheimlich, findest du nicht?" „Ja, schon; aber es passt auch alles zusammen. Für dich ist diese ganze Neptungeschichte ja fremd; aber meine Mutter und Großeltern sprechen oft so, als ob er zu uns gehört, wenn auch halb im Scherz. Dies ist fast ein Zeichen – ich bin bei euch! Was für ein Hochzeitsgeschenk für meine Mutter!"

Er blickte auf seine Uhr „wir müssen aufbrechen und zu dem Zelt zurück, etwas Trockenes anziehen, das Zelt in Ordnung bringen und sehen, dass wir die „Oldenburg“ noch mit der Abendflut bekommen.“ Svenja griff sich den Rucksack und sie marschierten los, beide tief in Gedanken versunken.

Für weitere Diskussionen war keine Zeit und sie waren froh, als sie auf der Oldenburg einen bequemen Platz bekamen und Svenja Tee und Kekse einkaufen konnte. Zu ihrer Erleichterung kamen sie noch pünktlich im Internat an und Peer suchte als erstes den Sanitäter, um seinen Ellenbogen, Hände und Füße behandeln zu lassen. „Meine Güte, Junge, was hast du denn getrieben,“ war die einzige Frage, und der Medic schien mit der Antwort „ich war Klettern“ zufrieden. Über die derben Fragen seiner Mitschüler „na, deine kleine russische Freundin hat wohl schärfere Krallen, als du gedacht hattest“ lachte er nur gutmütig „seid nicht so albern, sie ist so eine Art Kusine.“ Todmüde fiel er schließlich ins Bett, ohne Schlaf zu finden. Zuviel war auf ihn während der letzten Tage eingestürmt. Wie oft hatte seine Mutter ihm eingeprägt, genau zu überlegen, was er brauchen würde! Und er hatte einen so wichtigen Artikel wie die Taschenlampe vergessen! Dann die Fehlkalkulation mit der Ebbe! Wie leicht hätte das eine Katastrophe werden können! Die Verantwortung für Svenja! Die strenge Regel seiner Mutter immer eine Nachricht zu hinterlassen, wo sein Ziel war!

Wie naiv und verantwortungslos war diese Suche nach einem Schatz gewesen!

Und doch – das gütige Lächeln von Neptun auf der Sonnenuhr, als ob er ihm verzeihen wollte. Es hatte ihn mehr berührt, als er es sich eingestehen wollte. Und endlich mit dem lächelnden Neptun vor seinem geistigen Auge schlief er endlich ein.

Kapitel 31

Wie gut, dass Mareike nichts von den Abenteuern ihres Sohnes wusste und in vollen Zügen das Wochenende nach ihrer standesamtlichen Trauung mit Steve genoss.

Am Montagmorgen saßen sie zusammen am hübsch gedeckten Tisch in ihrem Hotel kurz vor ihrer Abreise und warteten auf das Frühstück. Die Sonne glitzerte auf der Gracht, der Kaffee duftete verlockend – Steve griff nach Mareikes Hand, „wie gut deine Eltern dies für uns ausgesucht haben." Er wurde durch sein Handy unterbrochen „entschuldige, ich sehe, es ist meine Schwester." Sein Gesicht wurde blass, während er telefonierte und Mareike sah mit Entsetzen, dass seine Augen sich mit Tränen füllten.

Wieder ergriff er ihre Hand und sagte nur „meine Mutter ist tot." Dann wandte er sich wieder seiner Schwester zu und hörte ihr aufmerksam zu, nickte nur von Zeit zu Zeit bis er das Handy an Mareike übergab. „Deidre, wie furchtbar" begann Mareike zu stammeln „was ist denn geschehen?" „Viel kann ich dir auch nicht sagen, nur dass meine Mutter sich schon seit einiger Zeit nicht wohl fühlte. Sie hatten wohl eine Hitzewelle an der Gironde, wie meistens um diese Jahreszeit. Den ganzen Tag waren sie am Packen, weil sie am nächsten Morgen ihre Fahrt nach England zu eurer Hochzeit antreten wollten. Mum sagte nur zu Dad, sie wollte sich im Badeteich erfrischen und kam nicht wieder. Sie ist nach ihrem Bad wohl noch aus dem Teich herausgekommen, aber lag tot am Ufer. Es muss schrecklich für Dad sein.

Sie waren so miteinander verwachsen, wie kaum ein anderes Paar." Darauf hörte Mareike Steves Schwester nur noch bitterlich schluchzen und gab Steve das Handy zurück.

Er versuchte, seine Schwester zu trösten. „Wie gut, dass sie in ihren letzten Momenten im Wasser sein konnte, du weißt doch, Deidre, wie unsere Mutter Wasser mehr geliebt hat, wie alles andere. Und sie hat ihr Leben mit Dad so führen können, wie sie es sich immer erträumt haben. Diese Erfüllung ist nicht vielen Menschen gegönnt. Du bist doch noch in Amsterdam, lass uns gemeinsam in die Gironde fahren. Mareike telefoniert gerade mit ihrem Vater, der von hier aus versucht, unsere Hochzeit in Devon abzusagen, und ich werde gleich Grandma anrufen, damit Alex alles in Devon organisiert - auch dass Blue zu den Hunden in den Zwinger kommt. Versuche, dich zu beruhigen, und wir sehen uns morgen hier." Mareike war noch im Gespräch mit ihrem Vater, und so seufzte Steve tief und begann eine Liste für Alex zu machen.

Als Mareike ihr Handy niederlegte, sah er sie fragend an. Sie setzte sich eng zu ihm und legte ihm liebevoll einen Arm um die Schulter. „Mein armer Steve, wie furchtbar traurig, gerade als wir so glücklich waren!" „Ach, Mareike, es tut mir so schrecklich leid, du hattest unsere Segnung auf Lundy so liebevoll geplant und stattdessen fahren wir zu einer Beerdigung!" „Aber wir fahren doch zusammen, und das wird dir helfen. Meinst du nicht? Und die Segnung auf Lundy ist doch nur aufgeschoben, vielleicht können wir sie auch mit einer Taufe kombinieren?"

Ungläubig starrte Steve sein Meisje an. „Wirklich?" Nun, ich will es nicht beschwören; aber es sieht beinah so aus." „Ich weiß nicht, was ich sagen soll, nur dass sich eine schwarze Wolke auflöst und dahinter die Sonne scheint. Mareike! Wie wunderbar, es wird ein ganz besonderes Kind mit einem so großen Bruder! Wir werden sehr glücklich sein!" „Wir wollen es noch niemanden sagen, nur Neptun weiß es, an meinem letzten Tag auf Ameland war ich lange am Meer."

Steve zog seine junge Frau noch dichter an sich, beide waren in Gedanken versunken, als das Handy wieder klingelte. Es war Mareikes Vater, der Steve sein Beileid aussprechen wollte, dann fügte er hinzu „morgen komme ich und bringe euer Hochzeitsgeschenk, das eine große Überraschung in Devon sein sollte. Antje und ich haben euch ein Wohnmobil gekauft, das wird jetzt für eure Fahrt in die Gironde gerade richtig sein, und ihr könnt auch

Deidre darin mitnehmen. Es war für glückliche Zeiten geplant, aber die werden auch wiederkommen. Nun braucht ihr euch auch keinen Leihwagen zu nehmen."

Steve wusste kaum, was er zu einem so großzügigen Geschenk sagen sollte und stammelte ein von Herzen kommendes Danke. Sofort erkannte er, wie sehr ihnen ein Wohnmobil jetzt helfen würde. Mareike lächelte still, ohne viel zu sagen. Ihr Vater hatte wieder einmal einen ihrer heimlichen großen Wünsche erfüllt, ohne dass sie ihn je ausgesprochen hatte. Er kannte sie so gut, dass er sie lesen konnte, wie ein offenes Buch. Ihrc Eltern waren beide eine so liebevolle und starke Konstante in ihrem Leben, ohne sie konnte sie sich ein Dasein gar nicht vorstellen.

Steve gab sich einen innerlichen Ruck, jetzt war es an ihm in dieser tragischen Situation die Familie zusammenzuhalten. Zärtlich sah er Mareike an „am meisten bedauere ich, dass meine Mutter dich nicht mehr kennengelernt hat.

Sie hat sich immer so viel Sorgen um mich gemacht - leider oft mit Recht. Ich habe meine Eltern auch viel zu wenig besucht. Aber ich wollte ihre ewigen Vorwürfe, dass ich eine gute Karriere einfach hingeworfen hätte, nicht immer anhören. Wie oft hat meine Grandma mir das vorgehalten und gesagt, dass ich es eines Tages bereuen würde; aber sie hat mich doch verstanden.

Trotzdem, sie hat Recht behalten, und ich will wirklich versuchen, meinem Vater eine Stütze zu sein, wenn er sie braucht. Wie gut, dass Deidre mit uns kommt und vielleicht bei ihm bleiben kann. Ich gehe jetzt kurz fort und besorge mir eine neue Karte für Frankreich. Sicher kommt Deidre gleich, dann können wir morgen früh losfahren. Am besten, du wartest du hier auf deinen Vater."

Traurig blickte Mareike ihm nach, armer Steve! Er hatte alles so schwergenommen und war in der letzten Zeit wie verwandelt - so offen und glücklich hatte er sich gezeigt. Sie hatte keine Zeit, sich ihren traurigen Gedanken hinzugeben. Ihr Vater war mit dem neuen Wohnmobil angekommen und brannte darauf, ihr alles zu zeigen. Sofort sah sie, dass ihre Mutter bei der Auswahl der Einrichtung genau ihren Geschmack getroffen hatte! Helle leuchtende Farben – nicht die plüschige Gemütlichkeit, die so viele Wohnmobile aufwiesen. Mareike hätte es nicht besser aussuchen können. Es war zu traurig, dass dieses schöne Geschenk zu einer so traurigen Gelegenheit eingeweiht werden würde; aber sie stellte sich vor, wie sehr Steve, Peer und sie es in der Zukunft genießen würden. Voll Dankbarkeit sah sie ihren Vater an. „Papa, eine größere Freude hättet ihr uns nicht machen können. Mir fehlen einfach die Worte!"

„Dann lass es man sein, mijn klein Meisje, solange du nur glücklich bist!" Dann zog er sie an sich und sie fühlte sich geborgen, wie immer bei ihrem Vater. Ihr blieb gerade noch Zeit, Peer anzurufen, bis sie dann die lange Fahrt durch Frankreich antraten.

Kapitel 32

Es wurde warm und wärmer auf den endlosen Autoroutes während der Fahrt quer durch Frankreich. Deidre hatte das Steuer übernommen. Steve genau wie Mareike war erschöpft eingeschlafen. Das gab ihr die Gelegenheit, einmal ernstlich über ihr Leben nachzudenken. Seitdem sie ihre große Liebe, Maxine, an Aids verloren hatte, war sie wie ein Zombie gewesen und hatte nur vor sich hingelebt.

Die besinnliche Zeit in Steves Cottage mit seinen Tieren in der unverfälschten Natur hatte ihr zu denken gegeben, und der plötzliche Tod ihrer Mutter sie scharf aufgerüttelt. Sie musste ihr Leben ändern und es nicht länger vergeuden, das wurde ihr nun klar. Zunächst konnte sie bei ihrem Vater in der Gironde bleiben, um zu sich selbst zu finden. Von allen Menschen würde er ihr am meisten Verständnis entgegenbringen und sie nicht zu einer Entscheidung drängen. Aber vor allem musste sie ihm bei seinem schweren Verlust zur Seite stehen. So lange sie denken konnte, waren ihre Eltern für sie ein Ideal gewesen. Von der Schulbank an hatten sie zueinander gehalten. Wie er das verkraften würde, war ganz gewiss ein großes Problem.

Gegen Mittag hielt sie im Schatten einiger Bäume und Mareike mit Steve wachten endlich auf. Schuldbewusst sah Steve, wie blass und müde seine Schwester aussah. „Deidre, du hättest mich doch schon längst wecken sollen. Es tut mir leid, dass ich so fest geschlafen habe. Wenn wir jetzt etwas gegessen haben, musst du dich hinlegen und dich ausruhen. Wo sind wir eigentlich?“

„Wir sind gut vorangekommen und haben Chartres bereits hinter uns gelassen. Es ist schon ok, das Wohnmobil lässt sich hervorragend fahren, selbst wenn es von diesen riesigen französischen Juggernauts überholt wird, kommt es nicht ins Schleudern.“

Mareike hatte inzwischen ein Picknick entdeckt, das ihre Mutter in dem kleinen Kühlschrank für die Reise vorbereitet hatte. Ihre

Mama dachte aber auch an alles. Schnell deckte sie den Campingtisch und rief Steve und seine Schwester. Als sich die Drei setzten, dachten sie, wie schön es hätte sein können, wenn ihnen das Herz nicht so schwer wäre. Wenigstens waren sie zusammen, anders als ihr Vater, der nun allein auf ihre Ankunft wartete.

Harry in der Gironde setzte sich zur gleichen Zeit vor seinem Haus an den alten Gartentisch. Er schenkte sich ein Glas Rotwein ein, hob es gegen das Licht und bewunderte die klare Farbe. Er war von Herzen dankbar, dass seiner Frau eine lange, qualvolle Krankheit erspart geblieben war. Seine Susan – sie war so unwahrscheinlich tapfer gewesen und hatte sich nur noch gewünscht, die Hochzeit ihres Sohnes mitzuerleben, ohne dass ihre Kinder von ihrer Erkrankung erfahren würden. Harry blickte auf sein Glas mit dem rubinroten Wein – wieviel Arbeit hatte es gekostet, diesen eigenen Wein zu produzieren, und wie tatkräftig hatte Susan ihm zur Seite gestanden. Immer hatte sie ihn unterstützt in allen seinen oft verrückten Ideen. Nie hätte er eine andere Frau lieben können! Wie schön wäre es doch, wenn er an ein Wiedersehen im Paradies, was immer das auch sein möge, glauben könnte! Gedankenvoll trank er einen Schluck. Susan würde von ihm erwarten, dass er jetzt für Steve und Deidre ein guter Vater sein würde und das müsste er auch versuchen.

Zu lange hatten Susan und er ihr eigenes Leben geführt und viel seiner Mutter in Devon überlassen. Gewiss – seine Kinder waren längst erwachsen, aber Harry befürchtete, dass es auch ihrem Leben Tragödien gegeben hatte, mit denen sie ihre Eltern nie belasten wollten.

Er straffte die Schultern und begann, das Haus auf seine Familie vorzubereiten. Zunächst rief er nach Simone, die ihm und Susan seit Jahren eine große Hilfe gewesen war. Sofort stand sie mit verweinten Augen vor ihm „Monsieur“ fragte sie. „Simone, sind zwei von den Gästezimmern fertig für meine Familie“ er sah sie fragend an. „Mais oui, Monsieur, die Zimmer nach vorn habe ich gestern fertig gemacht. Ich muss nur noch frische Blumen hinstellen, genau wie Madame es gern mochte."

Damit begann sie wieder zu schluchzen. Harry legte ihr seinen Arm um die Schulter "Simone, du musst aufhören zu weinen, du weißt doch, dass Madame sehr krank war. Jetzt möchte sie sicher gern, dass wir alles so schön wie möglich für Deidre, Steve und seine junge Frau machen. Am besten, du bereitest eine von deinen köstlichen Kasserolen für das Abendessen vor und besorgst frische Baguettes und Croissants für morgen und dann sehen wir weiter. Ich bin so erleichtert, dass du mir zur Seite stehst."

Dann wandte er sich ab, ging ins Wohnzimmer und wählte einige Bücher aus. Seufzend sah er um sich. Wie stolz waren Susan und er auf ihr Haus gewesen, das sie von Grund auf restauriert hatten. Die rau verputzten weißen Wände mit den leuchtenden Farben der Kissen auf den alten französischen Möbeln, der hohen Vase mit strahlenden Sonnenblumen – die letzten, die Susan selbst geschnitten hatte – alles war wie zuvor, nur sie, der Mittelpunkt des Lebens für ihn – fehlte. Müde ging er die weiße Treppe nach oben, um in jedes Gästezimmer ein paar Bücher zu legen. Seine Kinder sollten sich auch unter den traurigen Umständen willkommen fühlen. Wie die Zukunft für ihn aussehen würde, konnte er sich nicht vorstellen. In den glücklichen Jahren mit Susan hatte er wenig an seine Mutter Joan gedacht, die schon lange Zeit verwitwet war.

Erst jetzt wurde ihm bewusst, wie sehr auch sie unter Einsamkeit gelitten haben musste. Konnte er es je wieder gutmachen - wohl kaum. Arme Mutter, die immer für seine Kinder gesorgt hatte. Nein, ein guter Sohn oder Vater war er wirklich nicht gewesen! Alle diese Selbstvorwürfe nützten ihm jetzt herzlich wenig, erkannte er. Nun hatte ihn das Leben eingeholt und er musste versuchen, das Beste daraus zu machen. Am liebsten hätte er sich mit seinen Gedanken und einem Glas Wein im Garten verborgen.

Es war ihm, als ob er einen Wagen hörte und er ging entschlossen nach unten.

Kapitel 33

Überrascht blickten Steve und Deidre sich an, als sie in die Einfahrt bogen. Das attraktive Gite mit den weißen von Kletterrosen umrankten Mauern und den fröhlichen sonnengelb lackierten Fensterläden erinnerte wirklich nicht mehr an das Ferienhaus ihrer Kindheit. Ihre Eltern hatten hier ein kleines Paradies erschaffen und zwar mit vieler harter Arbeit. Ein wunderschöner Garten umgab das Haus und sie konnten sogar einen Badeteich sehen. Es war kein Wunder, das ihre Eltern sich hier so wohl fühlten.

Harry trat an den Wagen und öffnete die Türen. „Ich freue mich, dass ich nun meine Schwiegertochter endlich kennenlerne! Willkommen in der Gironde, meine liebe Mareike!“ Mareike stieg aus und umarmte Harry herzlich. „Wie schön wäre es unter anderen Umständen gewesen, aber vielen Dank für den Willkommensgruß!“ Stumm zog er dann beide seiner Kinder an sich und unterdrückte mit Gewalt ein Schluchzen. „Danke, dass ihr gekommen seid! Seht nur, da kommt schon Simone, unser guter Geist, die uns schon seit Jahren unersetzlich geworden ist. Sie wird mit dem Gepäck helfen und euch die Zimmer zeigen. Ich werde im Garten auf euch warten. Noch immer halte ich mich an unsere alten Bräuche. Na, ihr wisst schon „happy hour“ usw., obwohl jetzt nicht mehr ganz so happy - leider.“

Simone ging ihnen voran, zeigte die Zimmer und das Bad und sagte dann, „ich bin so erleichtert, dass Sie hier sind. Für Ihren Papa ist diese Einsamkeit kaum zu ertragen. Sein ganzes Leben hat sich nur um Madame gedreht. Sie waren so glücklich miteinander. Wie selten ist das heute!

Es war für mich eine große Freude in dieser Harmonie zu arbeiten.“ Deidre drückte ihr die Hand. „Für uns ist es eine große Beruhigung, dass unser Vater nicht ganz sich selbst überlassen ist. Ich habe vor, eine Weile hier zu bleiben und bin sicher, dass wir gut zusammen auskommen werden.“

Alle Drei machten sich rasch frisch und liefen dann nach unten zu Harry, der im Garten auf sie wartete. „Bitte lasst uns heute Abend nicht über den Tod Eurer Mutter sprechen, sondern dieses Wiedersehen und in Mareikes Fall „Kennenlernen" genießen: Meint ihr nicht auch, dass es in Susans Sinn wäre?" Alle drei nickten wortlos.

Steve räusperte sich „Deidre und ich sind so erstaunt über alles, was ihr aus unserem Ferienhaus gemacht habt, Dad. Es ist fast unglaublich!" Auch Deidre stimmte sofort ein, „es sieht beinah wie ein Haus aus „Schöner Wohnen" aus, überall sehe ich Mutters Hand." „Ja, eure Mutter hatte unfehlbar guten Geschmack und außergewöhnliche Ideen, sie würde sich freuen, dass es euch so gut gefällt. Vergesst aber auch nicht, was für eine Freude es für sie war, zu erleben, wie ihre Wünsche Gestalt annahmen. Meine Güte, es hat ja auch viele Jahre gedauert! Ja, ich bin fest davon überzeugt, dass sie glücklich war, wenn ihr die Familie auch manches Mal gefehlt hat. Ehe ihr fragt, hier in der Dorfkirche wird eine kleine Trauerfeier stattfinden und zu einem anderen Zeitpunkt können wir ihre Asche hier im Garten verstreuen, wie sie es gewünscht hat."

Harry schluckte krampfhaft, nippte dann an seinem Glas und starrte vor sich hin. Er war fest entschlossen, Haltung zu bewahren; aber es kostete ihn große Kontrolle.

Steve und Deidre nickten und Deidre sagte schließlich „was immer du auch geplant hast, Dad, wir helfen dir dabei. Glaub mir, wir sind erleichtert, dass Mum nicht lange gelitten hat und man kann fühlen, dass dies hier eine ganz besonders glückliche Atmosphäre ist." Dann fügte Steve dazu „und das soll es auch in Zukunft bleiben."

Noch einen Moment saßen sie zusammen in Erinnerungen versunken, bis Simone sie zum Essen rief. Sie hatte in der gemütlichen Küche den Tisch gedeckt und der köstliche Duft ihres „pot au feu" erinnerte daran, dass sie trotz allem Hunger verspürten.

Sehr erschöpft ließen sie sich später ins Bett fallen und bemerkten gerade noch den Duft des Lavendels, der in einem kleinen Beutel über den Betten hing.

Schon am nächsten Tag fand der schlichte Dankgottesdienst in der kleinen Dorfkirche statt. Einige der wenigen Freunde wurden auf ein „coup memoire" zu Harry eingeladen und tauschten ihre Erinnerungen an Susan aus. Mareike, die ja als völlig Fremde in diesem Kreis war, erfuhr zu ihrer Überraschung, wie bekannt Susan als Künstlerin in ihrem Umfeld war.

Sonst fühlte sie sich ziemlich allein in einer unbekannten Umgebung, einer noch fremden Familie, nur mit Steve, der völlig darin aufging, seinem Vater eine Stütze zu sein. Sehnsüchtig dachte sie an ihren Peer, ob er wohl sehr enttäuscht war, dass die so liebevoll geplante Hochzeit verschoben war?

Kapitel 34

Ja, ihr Sohn war schon enttäuscht; aber mehr als auf die Hochzeit hatte er sich darauf gefreut, seine Mutter mit der uralten portugiesischen Sonnenuhr zu überraschen, die er auf Lundy gefunden hatte. Er saß mit Svenja in einem ablegenden Winkel des großen Gartens, der das Internat umgab und paukte mit ihrer Hilfe französische Verben. Neidisch dachte er an die französischen Schüler, die es so viel leichter hatten, Englisch zu lernen.

„Diese Verben sind entsetzlich, ich werde sie nie begreifen“ stöhnte er. Svenja tröstete ihn „warte nur ab, wenn du erst in Frankreich bist, fällt plötzlich alles an seinen Platz und voila, du kannst sprechen!“ „Du hast gut reden, du kannst russisch, deutsch, englisch und französisch“ „aber ich musste es alles lernen. Du weißt doch, wie schlecht mein englisch war. Du hast mir so geholfen, wenn du es vielleicht auch nicht gemerkt hast. Denk doch mal, wie toll es wäre, wenn du richtig gut französisch sprichst, falls du mal mit deiner Mutter und Steve in die Gironde fährst!“

„Meine Mutter hörte sich etwas einsam an, als wir gestern telefonierten“ sagte Peer besorgt. „Das kann ich mir auch sehr gut vorstellen. Es für deine Mutter sicher schwierig in einer neuen Familie in einem anderen Land und unter so traurigen Umständen zu sein! Und dann sofort nach der Hochzeit! Zu traurig!“

„Du hast recht, ich wünschte nur, Steve und Mama kämen bald zurück. Ich habe auch Sehnsucht nach den Hunden, was machst Du denn in den Herbstferien, Svenja“ wollte er wissen. „Keine Ahnung, Papa wird es mir wohl bald erzählen. Und du?“ „Auch keine Ahnung.“

Er zögerte einen Augenblick „sag mal, Svenja, hättest du nicht Lust, mit mir nach Ameland zu kommen?“ „Meinst du das wirklich?“ Peer schüttelte den Kopf „sonst würde ich es ja wohl kaum sagen!“ Svenja strahlte „zu gern! Aber deine Großeltern – meinst du, sie sind damit einverstanden?“ Peer griff nach seinem Handy

„das werden wir gleich hören“ und wählte die holländische Nummer. „Ja, van Doorn, an het woord“ hörte Svenja. Peer brach dann in einen niederländischen Wortschwall aus, den sie nicht verstehen konnte.

„Mein Opa war am Apparat und er ist sehr erfreut. Er bucht unsere Flüge von Exeter nach Amsterdam und holt uns da ab. Sicher bringt uns Steves Grandma zum Flughafen.“ Dann verdüsterte sich seine Miene „aber wie ist es mit deinem Dad, das hatte ich ganz vergessen. Wird er es erlauben?“ „Bestimmt; aber ich kann ihn ja auch gleich fragen. So einfach ist das!“ Und ohne lange zu zaudern wählte sie die Nummer ihres Vaters. Sergey war erfreut, Svenjas Stimme zu hören, und wie sie gewusst hatte, erlaubte er ihr gern den Besuch bei Mareikes Eltern.

Svenja lachte Peer an. „Siehst du, alles erledigt. Mein Babuschka wird noch an deine Großeltern schreiben, er ist nämlich noch sehr altmodisch! Ich freue mich, werden wir auch reiten können?“ „Aber sicher, es wird dir bestimmt gefallen. Und wenn Neptun uns gut gesonnen ist, wird das Wetter nicht zu schlecht!“ Alles hatte sich geändert, sie strahlten sich gegenseitig an und freuten sich auf die Ferien. „Weißt du, Svenja, ich habe mir gedacht, dass ich die Neptun Sonnenuhr mit nach Holland nehme. Mein Opa wird sie gut aufbewahren, bis ich sie meiner Mutter schenken kann.“ „Das ist eine sehr gute Idee, ich fand es auch ziemlich leichtsinnig, dass du sie in deinem Spind hattest.“

Viel zu packen und vorzubereiten hatten die beiden sonst nichts, und so standen sie bald in Exeters kleinem Flughafen am Check-in nur mit ihren Rucksäcken als Gepäck. Peer war erstaunt, als er seinen Rucksack öffnen musste und der Zollbeamte triumphierend die Sonnenuhr herauszog.

„Aha, was haben wir denn hier? Hast du dir gedacht, dass du so einfach wertvolle, antike Gegenstände ins Ausland transportieren kannst, mein Junge?“ Blitzschnell unterbrach Svenja den Zollbeamten „einen Moment bitte, es handelt sich um mein Eigentum.

Mein Mitschüler hat es nur in seinem Back Pack untergebracht und ich habe diplomatische Privilegien, bitte hier ist mein Pass. Sie können aber auch gern die russische Botschaft in London anrufen, hier ist die Nummer."

Sehr verunsichert bat der Beamte die beiden, in seinem Büro zu warten, während er sich mit seinem Vorgesetzten beriet. Peer war völlig erstaunt. Dies war eine Svenja, die er noch nicht kennengelernt hatte. Sie zwinkerte ihm heimlich zu. Er dachte nur – was für eine Überraschung! Voller Bewunderung sah er sie an und wartete gespannt auf die Reaktion des Zollbeamten. Nach einigen Minuten trat er zu ihnen. „Man hat entschieden, dass die antike Sonnenuhr bei Ankunft in Amsterdam gegen Signatur ihrem Erziehungsberechtigten ausgehändigt werden darf." Sehr erleichtert erklärte Peer, dass sie von seinem Großvater Dr. van Doorn abgeholt würden, dem die Uhr übergeben werden könnte. „Wofür ein Diplomatenausweis doch gut ist," flüsterte ihm Svenja hinter vorgehaltener Hand zu, als die Stewardess ihnen ihren Orangensaft serviert hatte.

Wie versprochen war Pieter am Flughafen und sehr beunruhigt, als sein Name aufgerufen und ihm von einem Sicherheitsbeamten ein verhülltes Päckchen gegen Unterschrift ausgehändigt wurde. Gleich darauf standen ihm schon sein Enkel mit einem reizenden jungen Mädchen gegenüber.

„Dies ist Svenja, Opa, sie hat sich schon gefreut, dich kennen zu lernen". „Svenja, was für ein schöner Name, der zu einer so hübschen jungen Dame wunderbar passt," erwiderte Pieter als Kavalier der alten Schule. „Nun erzählt mir aber, was dieses geheimnisvolle Päckchen bedeutet." „Das ist eine lange Geschichte, Opa, lass uns erst mal aus dem Flughafen raus sein!" „Dann kommt, mein Wagen ist nicht weit, dann wollen wir uns auf den Weg machen." Auf dem Weg zum Hafen erzählten die beiden dann die aufregende Geschichte, wie Svenja nicht nur die Situation, sondern auch die wertvolle Sonnenuhr gerettet hatte. Beide waren erleichtert und froh, dass sie nun in Holland waren und eine Woche Ferien vor sich hatten. Als sie erfuhren, dass Steve und Mareike in drei Tagen erwartet wurden, freuten sie sich besonders. Svenja hatte anfangs Bedenken, dass sie bei diesem Familientreffen stören würde; aber Peer überzeugte sie, dass sie zu ihnen gehörte.

Die ersten Tage vergingen im Fluge. Peer war in seinem Element, als er Svenja alle seine Lieblingsplätze zeigen konnte und fühlte, wie sehr sie die karge Schönheit „seiner" Insel genoss. Die Sorge, dass sie durch die tropischen Reize der Krim verwöhnt war, erwies sich als völlig falsch. Sie genoss die liebevolle Fürsorge seiner Großmutter mehr als alles andere. Peers Familie war etwas, wovon sie bisher nur geträumt hatte.

Steve und Mareike trafen wohlbehalten von Frankreich auf Ameland bei ihrer Familie ein. Peer konnte nun seiner Mutter das spezielle Hochzeitsgeschenk überreichen.

Mareike war völlig überwältigt und zu Tränen gerührt. Alle Erinnerungen an die enge Verbindung zu dem Neptun, ihrer Kindheit, die sie mit Peers Vater geteilt hatte, wurden lebendig. Ehrfürchtig strich sie über die Gravierung des lächelnden Neptuns auf der Jahrhunderte alten Sonnenuhr.

Sie zog ihren Sohn fest an sich und sagte leise, nur für ihn bestimmt „für mich ist diese Sonnenuhr, die du gefunden hast, wie ein Zeichen von Neptun, der über uns wacht. Ich weiß genau, dass es abergläubisch klingt; aber ich habe immer gefühlt, dass mich mehr mit dem Meer verbindet, als die Liebe zum Wasser. Dein Vater hat das genauso empfunden und du, glaube ich, auch. Wir wollen nicht darüber sprechen. Ich bin sicher, dass die meisten Menschen uns für verrückt halten. Aber, wenn man so wie wir, mit der Natur verbunden aufgewachsen ist, fühlt man sich eins mit den Elementen." Peer nickte verständnisvoll „du hast recht, Modere. Als ich mich mit knapper Not aus der Höhle befreit hatte und entdeckte, dass der Halt, den ich gefunden hatte, diese Sonnenuhr war, auf der Neptun mich anlächelte, war ich sicher, dass er seine Hand im Spiel hatte." Er lachte verlegen und sah seine Mutter an. „Siehst du, auch ich bin abergläubisch und Svenja genauso."

Mareike erwiderte plötzlich sehr ernst. „Vergiss nicht, dass man sagt „es gibt mehr Dinge zwischen Himmel und auf Erden usw." Nun komm, wir müssen zurück zu den anderen und Pläne machen, wann wir abfahren. Ich bin gespannt, wie weit sie mit dem Umbau gekommen sind. Es wäre ja zu schön, wenn wir eine warme Dusche hätten.

Opa hat den Hunden schon alle nötigen Injektionen verpasst. Sicher macht euch die Reise im Wohnmobil Spaß. Du hast es dir noch gar nicht richtig angesehen. Der Schlüssel steckt, ihr beide könnt es gründlich unter die Lupe nehmen. Wir wissen noch nicht, welche Route wir nehmen werden, Steve ist dabei, es zu buchen."

Beide liefen gleich zum Motorhome, Svenja war besonders von den fröhlichen Farben entzückt, während Sven sich natürlich mehr für die technische Ausstattung interessierte. Steve trat mit besorgter Miene zu ihnen. „Was ist denn Steve," wollte Peer gleich wissen. „Ich habe Schwierigkeiten bei den normalen Linien zu buchen und muss mal sehen, wo wir noch unterkommen, vielleicht mit einem kleineren Frachter, der in Plymouth dockt, dazu müssten wir ganz nach Le Havre fahren." „Das wäre doch ganz schön, die Bretagne zu sehen" meinte Svenja. „Ganz richtig, und wir hätten es nicht so weit in England, na, mal sehen!"

Tatsächlich hatte Steve Glück und konnte einen Platz auf der Fähre buchen, allerdings gleich am nächsten Tag. Das hieß, sie mussten von Mareikes Zuhause Abschied nehmen und die Insel verlassen. Den Hunden, George und William, sowie Peer und Mareike wurde allen ein Platz zugewiesen. Ihnen wurde die Aufgabe erteilt, die beste Route zu finden. Dann war der Augenblick des Abschieds viel zu schnell gekommen, und bald rollten sie durch die Dörfer der Bretagne. Auch einen Campingplatz entdeckten sie und konnten nun das Campingleben erproben. Für Svenja wurde zum Schlafen die Couch im Wohnbereich ausgesucht, Mareike und Steve das abtrennbare Schlafabteil und Peer kletterte nach oben, wo auch noch ein Schlafplatz war. Alles war gut gelaufen und sie freuten sich auf Devon.

Am nächsten Morgen war es mit dem schönen Wetter vorbei, der Himmel war grau bewölkt; und laut Radiowarnung war ein Sturm zu erwarten. Schon im Hafen sahen sie, dass nicht mit einer ruhigen Überfahrt zu rechnen war. Die arme Svenja zog sich auf eine Kabine zurück, Steve hatte die Hunde im Auto Deck getröstet und fand Mareike mit Peer, die beide völlig seefest waren in einer Ecke an Deck. Zusammen genossen sie den Ausblick auf das wilde Meer, die Möwen, die über der Fähre ihre Kreise zogen und die Wolken, die sich am Himmel jagten. Mareike hatte die Sonnenuhr im Handgepäck verwahrt. Sie holte sie hervor und vertiefte sich mit Steve und Peer in die feine Ziselierung und den Anblick des gütig lächelnden Neptuns. Nachdenklich bemerkte sie dann „es ist eigentlich ungewöhnlich einen freundlichen Neptun zu sehen. Meistens sieht man ihn eher streng oder furchteinflößend. Aber Lars und ich haben ihn uns eigentlich immer so vorgestellt, wie er auf dieser alten Sonnenuhr aussieht. Der Gedanke, dass wir ihn wahrscheinlich an ein Museum abgeben müssen, ist mir gar nicht recht!“ Liebevoll strich sie über die Bronzescheibe. „Könnt ihr euch vorstellen, dass er dann auf immer in einer Vitrine hinter Glas sein wird?“

„Nein, daran habe ich gar nicht gedacht, wie furchtbar, glaubst du das wirklich, Mutter?“ Mareike saß zwischen ihnen, sie sah zuerst ihren Sohn und dann Steve an und wusste sofort, dass die beiden den gleichen Gedanken hatten wie sie. Dann sagte sie nur „aber erst, wenn wir wirklich auf hoher See sind,“ fasste beide an der Hand und fügte dann zu „unser Geheimpakt.“

Das offene Deck war wegen des hohen Seegangs menschenleer, als die Drei schließlich an die Reling traten und zusammen die alte Sonnenuhr mit „ihrem“ Neptun in die tosenden Wellen fallen ließen. „Nun ist er wieder in seinem Element“ sagte und jeder in seine Gedanken versunken, bis sie hinter sich die fröhliche Stimme von Svenja hörten „da seid ihr ja, ich dachte schon, Neptun hätte euch geholt. Mir geht es viel besser! Seht doch mal, ist das schon die Küste von Devon?“ Sie trat zu ihnen, und wirklich, am Horizont konnte man die Umrisse von Land erahnen.

Es würde nun nicht mehr lange dauern, bis sie England erreichten. Steve legte seine Arme um Mareike und Peer nahm Svenjas Hand, zusammen blickten sie auf die Küste, der sie näher und näher kamen.

Dort würde ein ganz neues Leben als Familie für sie beginnen, voller Hoffnung und Liebe – Plötzlich sprühte eine Welle über Bord und durchnässte sie alle. Überrascht sahen sie sich erst gegenseitig an, dann lachten sie, blickten ins Meer und waren sicher, dass sie Neptuns lächelnde Miene in den Fluten erkannten.

ENDE